東京のぼる坂くだる坂

ほしおさなえ
Hoshio Sanae

筑摩書房

目次

1 幽霊坂 7
2 闇坂 23
3 狸穴坂 39
4 梯子坂 55
5 胸突坂 71
6 別所坂 87
7 王子稲荷の坂 103
8 くらぼね坂 119

9 異人坂 135
10 桜坂 151
11 三折坂 167
12 明神男坂 183
13 氷川坂 199
14 本氷川坂 215
15 相生坂、赤城坂 231
16 蛇坂 249
17 蓬莱坂 265

カバー・表紙・扉イラストレーション　しらこ
イラストマップ　九ポ堂
ブックデザイン　アルビレオ

東京のぼる坂くだる坂

1

幽霊坂

坂をのぼっている。東京の三田にある聖坂《ひじりざか》という坂だ。

わたしは学術書の編集者で、その日は朝いちばんに著者である大学教授の家に資料を届けることになっていた。印刷用に借りた貴重な古文書だったから、宅配便というわけにはいかない、どうしても直接会って返さなければならないのだった。

三田の駅で降り、教えられた通り慶應義塾大学の前の道に出て、横断歩道を渡る。おにぎり屋の角を斜めにのぼる坂が聖坂だ。その聖坂に面したマンションに教授は住んでいる。

坂をのぼっていくと、右に曲がる小道の前に潮見坂という表示板があった。その名前に覚えがあり、じっと見入った。だが、記憶の正体は判然としない。約束の時間があったので、思い出せないまま先に進んだ。

しばらくいくと、普連土学園という学校の表札があり、これもまた見覚えがある気がした。気になる。しかし遅れるわけにもいかない。教授は今日の午後から長い研修旅行に出る予定らしく、どうしてもその前に資料を返してほしいと言われていた。旅行の支度があるから、時間も朝いちばんを指定されていた。

そのまま坂をのぼりきり、三田中学校という学校を通り過ぎたとき、はっとした。ここはむかし住んでいた場所じゃないか。中学は改築されて当時とはまったくちがう外見になっている。だが名前は同じ。あれはまだわたしが小学校にはいる前のことだ。さっきから見覚えがある気がしていたのはそのせいだったのだ。

やがて亀塚公園という公園の前に来て、まちがいないと確信した。幼いころよく父に連れられてきた公園だ。遊具は変わっていたが、公園の奥にぽっこりとした塚がある。亀塚だ。木に覆われた亀塚はむかしのままだった。塚の前でしばしぼんやりしてから、あわてて教授の家に向かった。

仕事はあっという間に終わった。旅行の支度に追われていた教授は、玄関先で資料を受け取って中身を確認すると、ありがとう、ご苦労さん、と言い、それで終わりだった。

先生のところでなにがあるかわからないから、会社には昼までに行くと言ってあった。午後からの会議には遅刻できないが、用事が早く終わったため、時間には余裕があった。さっきの亀塚公園がどうしても気になって、戻ることにした。

五年前に死んだわたしの父は、引っ越し好きの変人だった。三十歳くらいで実家を出てから引っ越しをくりかえし、七十六歳で亡くなるまでに住んだ部屋は二十ヶ所を超える。部屋を借りて住む。だが更新の時期が近づくころには、次の部屋を探して引っ越してしまう。ヤドカリのように。

一戸建てもあれば高級マンションもあり、おんぼろアパートのときもあったようで、広さもそのときによりまちまちだった。ただし、ひとつ条件がある。坂道に建っているということだ。しかも名前のついた坂でなければならなかった。

わたしは父が四十をすぎてからできた子で、母とはきちんと結婚していた。だから、父の引っ越し癖もこれでおさまるだろうとまわりの人はみんな思った。母もそう思った。だがちがった。わたしたちと暮らしているあいだにも、父は四回引っ越しをしている。わたしが一歳のとき、三歳のとき、五歳のとき、六歳のとき。そして、わたしが八歳のとき、ひとりで家を出て行った。だからわたしが子ども時代を暮らした部屋もすべて坂道に建っており、その四つとも名前のある坂だった。

父が出て行ったあと、母はしばらく、もしかしたら父が帰ってくるかもしれない、とその部屋に住み続けていた。わたしも一年くらいはそう思っていた気がする。数年経って、母はようやく引っ越しを決めた。わたしが中学にあがる春のことだった。

わたしは家には執着がなかった。小学校のときの友だちと離れるのにもさほど抵抗はなかった。別れるのが辛いほど仲の良い友だちなんていなかったのだ。だがなぜか、坂から離れるのは辛かった。母は、長年坂の町に住んで、坂ののぼりおりにほとほとうんざりしており、引っ越すなら坂のない場所がいい、とこだわった。そうして見つけたあたらしい家は、駅からも近く、平坦な商店街の外れのような場所だった。

坂のない場所に越すと、母にとっては、父のことも坂のことも過去のことになってしまったらしい。あのころは重い買いもの袋を持ってたいへんだった、なんであんな生活で我慢していたんだろう、とせいせいした顔でよく言った。父を恨んだり、憎んだりということもなくなってしまった。前の家にいたころは、ときどきこぼすこともあったのに、越したとたん、昨日の新聞のようにどうでもいいことになってしまったみたいなのだ。するするとあたらしい街に馴染んでいった。父と暮らしていたころは、しょっちゅう引っ越ししていたためか荷物もさほど増えず、ものの少ない家だったのに、もう越さないと決めたからだろうか、鉢植えなどがやたらと増え、家の空間を埋め尽くしていった。

わたしは、といえば、坂の暮らしがなつかしく、平坦な道を歩いていると、自分が世界にむき出しになっているようで、ときどき妙に不安になった。斜面の方が安心だった。平らだと足元に力がはいらず、いつかふわふわと浮いていってしまう気がした。

父からは、引っ越すたび、わたし宛に転居通知のハガキが来た。母は見向きもしなかったが、わたしはそのハガキをすべて保存していた。ハガキにはあたらしい住所とともに必ず坂の名前が書いてあって、それを見るたびに父はいまこの坂に住んでいるのか、と思った。

そうやって年月が流れ、わたしは結婚もせず、母とふたりで平坦な街に住み続けている。父の住処《すみか》はどんどん変わっていった。父と直接会うことは一度もなかった。高校の卒業式に来ていた気がするが、保護者の列のうしろの方にいるのが見えただけで、言葉を交わしたわけではない。だからほんとうは見まちがいで、父でなかったのかもしれないとも思う。

大学を出て働くようになると日々の雑事に追われ、父のことも坂の暮らしのことも表面的にはすっかり忘れてしまっていた。だから、五年前に父が亡くなった知らせを受けたときも、悲しいのかどうかわからず、ただぽかんとした。

母は葬式には行かない、と言った。結婚はしていなかったようだが、晩年の父と暮らしていた女性が葬式を取り仕切っているので、顔を合わせたくなかったのかもしれない。仕方なく、わたしだけ黒い服を着て、斎場に向かった。同じように黒い服の人がたくさん集まっていた。

父にはわたしのほか、子どもはない。父方の祖父母はもうだいぶ前に亡くなっていたし、父にはきょうだいもなかった。だからここにいるなかで、父と血がつながっているのはわたしだけだ。だが、ただ受付でふつうに名前を書いただけで特別名乗りもしなかったので、そのことに気づく人はだれもいなかった。

棺にはいった父は小さく、記憶のなかの父とはまるでちがった。年をとっていたこともあるだろうが、表情が消えたことで骨格ばかりがあらわになり、わたしが父の顔だと思っていたものがすっかり抜け落ちてしまったみたいだった。少しだけ父と暮らしていたころの記憶が頭をよぎった。だがそれも、うしろの人の視線を感じてすぐに消えてしまった。

斎場を出るとき、もう一度入口に貼られた案内の文字を見た。父の名前が書かれている。死んだのは父だ。だが、なんだか実感がない。父と暮らしていたときからあまりに長い時間が過ぎてしまったからなのか。喪失感はあるが、悲しみの所在がわからない。中途半端な気持ちで家に戻った。

葬儀の様子を母に訊かれたが、父の知人のことなどなにも知らない。だれがいたか、という問いには答えようもなく、人がどれくらいいた、というようなぼんやりした話だけすると、母は、ふうん、と言った。次の日になると、またいつもの暮らしが待っていた。同じように会社に通い、母と夕食をとる。休日は読書か美術館めぐり。父が死んでもなにも変わらない。そう思っていた。

だが一ヶ月くらいして、信託銀行から電話がかかってきた。母とわたしに父の遺言状があるらしいのだ。父の死や葬儀のことを伝えてきたのもその信託銀行の人で、それも父が言い遺したことだったらしい。母はいまさら、と言って不機嫌な顔をした。それでも受け取らないわけにはいかない。あのころはまだ母も働いていたが、仕方なく平日に休みを取って、いっしょにその銀行に出向いた。

わたしたちにもいくらかの預金が遺されていた。それと、わたしに宛てた遺言状の最後のメッセージには、なぜか父がこれまで住んできた坂の名前が一覧になって記されていた。住所はない。坂の名前とそこに住んだ年だけ。なぜそんなものを記したのかの説明もなかった。

仰々しい説明が終わって解放されると、なんだかぐったり疲れて甘いものが無性に食べたくなり、母といっしょにフルーツパーラーに寄って、パフェを食べた。坂の名前のことを母に訊いた。母に宛てた遺言状にはそんなものは書かれていなかったらしい。なんでこんなものを書いたんだろう、と首をひねる。さあ、書きたかったんじゃないの、あの人、とにかく坂が好きだったから、と母は言った。

家に帰って父からの引っ越しハガキの束を出し、遺言状と見くらべた。わたしたちと別れたあとのリストはハガキと一致していた。だが、リストには母と暮らしはじめる前に住んでいた坂も記載されていて、それはわたしの知らない情報だった。坂の名前を見ながら、父はなぜこんなに坂にこだわっていたのだろう、と思った。しかも一年か二年住むとすぐに出て行ってしまう。さすがに晩年の住居だけは数年住み続けていたらしいが、それは自分の意志というより、身動きが取れなくなっていたからだろう。

それから五年。父の名残は少しずつさらさらと砂のように消えていって、この世に父がいたということ自体、まぼろしみたいに思えるようになっていた。

公園の奥のこんもりした塚の前に立つ。看板が立っている。亀塚は古くから古墳と言われてきたが、学術調査がおこなわれず古墳と断定できないままでいた。昭和四十五、四十六年に調査が行われ、古墳時代以降にできたものと判明、さらに平成にはいってからも調査が行われたが、まだ古墳と断定されていないとある。

つまりこの塚は、長いことその正体がわからないままここにずっと存在しているということになる。そういえばむかし父が、これはなんだかわからない塚、お墓かもしれないしそうじゃないかもしれない、と言っていたのを思い出した。

ほんの三十段ほどの階段をのぼる。階段はあたらしくなっていた。塚のてっぺんには亀山碑という大きな石があり、碑を見たとき、この前で撮られた写真を思い出して驚いた。アルバムに貼ってあった写真で、わたしがひとりで碑の前に立っている。てっきり旅先かなにかで撮ったものと思っていたが、あれはここだったのか。

母に訊けばわかったことかもしれないが、母は父と暮らしていた当時のことを思い出したがらなかったし、写真も見たくないようで、アルバムを開いたこともなかった。捨てられてしまうのをおそれて、ある時期からわたしの部屋に移し、隠していた。

碑は木漏れ日を浴びていた。頭上から鳥の声がした。わたしがこの土地を離れ、亀塚のことも碑のこともすっかり忘れてしまっていたあいだもこの碑はずっとここにあって、こんなふうに鳥の声のなかで立っていたのだ。そうしてそれはこの塚にとってはきっとたいした時間でもなかったのだろう。

幽霊坂を探そうと公園を出た。道沿いに説明板が立っている。この一帯は多くの坂に縁取られた高台の上にあり、江戸時代には武家地、寺社地となっていた。見晴らしがよいため、行楽地にもなっていたようで、聖坂から伊皿子《いさらご》にかけては月の岬と呼ばれる月見どころだったらしい。維新後は武士に代わって政府高官や華族が住んでいた、とある。

坂が多い。そう、たしかに坂が多い場所という記憶があった。聖坂をのぼりきったあとは何本も右に曲がる小道があり、すべてが坂だった。

大きなマンションの先に幽霊坂という表示を見つけ、右に曲がる小道をのぞく。思わず立ち尽くした。そうだ、ここだ。現実感がぐらぐらした。どこにいるのか、いまがいつなのか、危うい感じになった。まわりはまちがいなく現在なのに、わたしひとりだけがタイムスリップしてしまったかのような。車一台ようやく通れるような細い道。建物などはあちこち変わっているのに、坂道の形は怖いくらい変わっていない。

坂をゆるゆるとくだり出す。ところどころ見覚えのある古い戸建も立っていた。当時わたしたちが住んでいた路地もそのままだった。幽霊坂から左にはいる階段の路地。わたしたちの暮らした家には、知らない人の表札がかかっていた。

突然、忘れていた記憶の断片がよみがえってきた。家のなかのことはあまり思い出せない。なにしろあのころは何度も引っ越していたから、いろいろな家の記憶がぐちゃぐちゃに混ざり合っている。だが、ところどころ鮮明に覚えているところがあった。二階の廊下のつきあたりに小さな窓があり、わたしはよくそこから外を見ていた。窓の外は切り立った崖で、上は空だけ、下には墓が見えた。建物は二階建てだが、崖の分があるから、ずいぶん高く感じられた。

そのはるか下に四角い墓がいくつもならんでいた。

いまもそこには墓地が広がっている。わたしたちはここに住んでいたのか。日差しが強くて、足裏がふわふわする。幽霊になって飛んでいってしまいそうになる。

坂を少しくだると、それが玉鳳寺《ぎょくほうじ》という寺の墓地とわかった。そんな名前だったかもしれない、と思う。いろんなことがあいまいだ。ここに住んでいたのは小学校にあがる前のことだったから。寺の入口には石榴《ざくろ》の木が立って、実がなっていた。見あげると、ぱっくり口を開け、なかのつぶつぶが見えるものもある。墓の前には赤い前垂れをつけた地蔵が六体ならんでいる。覚えている、うっすらと。

やけにぽっかり晴れていて、坂はずっと日に照らされている。そんなに長い坂ではない。だが、ずいぶん長い気がした。

玉鳳寺と向かい合って、もうひとつ寺がある。その角を右にはいるとまた坂。ふたつの寺のあいだを抜けると、坂は少し急になる。急になってすぐのところに左にはいる路地があった。坂に対して直角、尾根道のようなもので、勾配はない。斜面に沿って細く、くねくねしている。この道をよく父に連れられて散歩した。

道からは斜面が見おろせた。横のマンションのベランダで洗濯ものを干している人がいた。斜面の下の方からつきあげるようにのびてきた大樹が道の上まで枝を伸ばし、影を作る。この道で蝶を捕まえたこともある。大きなアゲハチョウだった。父といっしょだった。なんだかすべてがまぼろしのようだ。

鳥の声がして、バカにのどかだった。人が死のうと生きようと、ここはずっとこんなふうなのだろうと思うと、むなしく、さびしく、しかし妙にあかるい気持ちになった。

尾根道の横に清久寺にのぼるクランクになった坂があり、ここでよく父とじゃんけんグリコをしたと思った。幽霊坂に戻ろうと引き返す。ビルの隙間から東京タワーが見える。ああ、こんなだったかもしれない。でもすべてが遠く、ぼんやりしていた。


幽霊坂に戻って急なところをおりていると、小さな娘を連れた父親が坂をのぼってくる。女の子は両手に棒つきのキャンディを持って、ふりながら歩いている。坂が急なせいか、まわりがしずかなせいか、ふたりともなにもしゃべらない。ただ黙々と足元を見ながら歩いている。突然父親の方が娘に向かって、あのなあ、ここ、幽霊坂っていうんだってさ、と言う。娘はやっぱりなにも言わず、地面を見つめながらキャンディをふっている。

――蓉子、なぞなぞだ。東京の坂で、のぼり坂とくだり坂、どっちが多いか。

ふいに父の声を思い出した。のぼり坂とくだり坂。わたしは必死に考え、同じ、と答えた。どうして？　父は笑ってわたしの目をのぞきこんだ。うっ、と思った。ほんとうは考えてもわからなかったのだ。だから適当に答えただけだった。苦しまぎれに、だって、のぼったら必ずおりなくちゃいけないでしょう、と答えた。だが、答えたそばから不安になった。そうしたら、東京と東京じゃないところの境にある坂はどうなるのだろう。のぼっただけでくだりのない坂もあるかもしれない。

ハズレ、と父は言った。

——どういうこと？　じゃあ、どっちかが多いの？

——いいや、のぼり坂とくだり坂の数は同じだよ。だってさ、どんな坂も、のぼりでもあるし、くだりでもあるんだ。上から見るのと、下から見るのでちがうだけ。

父が笑って言うのを聞いて、あっ、と思った。悔しかった。だまされた。どんな坂も、のぼりでもあるし、くだりでもある。あたりまえのことじゃないか。そのときのことを思い出したとたん、悔しくてたまらなくなった。

道の脇の古い木造の家。これはあっただろうか。そしてまた墓。向かいは寺。

坂をおりきると、そこは平たい広い道だった。現世におりてきた心地がした。だがここが現世ならいまくだってきたのはなんだったのだろう。人はみな、ほんとうは自分が生きているのかどうかもわからないまま、のぼっているのかくだっているのかもわからないまま、長い坂道を歩いているのかもしれない。

ふりかえると、いまおりてきた坂が光っている。坂の下に表示の杭が立っている。

幽霊坂　ゆうれいざか　坂の両側に寺院が並び、ものさびしい坂であるためこの名がついたらしいが有礼坂の説もある。幽霊坂は東京中に多く七カ所ほどもある。

――蓉子、なぞなぞだ。東京の坂で、のぼり坂とくだり坂、どっちが多いか。

父の声がした。そのとき、思った。これから少しずつ、父の住んだ坂を訪ねてみよう、と。

幽霊坂 YUUREI ZAKA
周辺マップ
緑があって気持ちよい坂。
ジトッとした幽霊的雰囲気を味わいたい時は、雨の日がオススメ。
地蔵堂
山門
美肌になれる!? 御化粧延命地蔵尊
玉鳳寺
パフ
ベビーパウダーおいてあった
おしろい地蔵パフされて全身まっしろ!
昔は海が見える坂だったらしい。今はビルしか見えない。
→三田駅方面
三田おにぎり
潮見坂
米屋
鉄骨
足場
オドロキ!
アリマストンビル 蟻鱒鳶ル
井
魚籃坂方面
ひとりで施工したらしい
つげ義春のマンガにでてきそうな古い長屋
寺入口
清久寺への参道の坂道。古い石垣。長屋へのアプローチでもある。
東京タワーの先っぽが見える!
三田中学校
坂ならではのだんだん塀
雨の日は涙を流しているかのような雨染み こわい
レトロな家電屋「東京テレビ」
桜田通り
下
忍願寺
お話に出てくる尾根道のような道
ハイム三田
斜面
仙翁寺
南臺寺
玉鳳寺
ザクロの木 六体の地蔵
幽霊坂
聖坂
上
長屋
清久寺
御田小学校
プイッと地蔵がいた。
ピーコック (近距離に2軒も)
寺に囲まれた小学校
亀塚
亀塚公園
テラス
カイダン
斜面
常教寺
緑多い2つの公園 平日の昼は、サラリーマンだらけ!
ちょこんと小さく建っている弁当屋「たしろ」
徳玄寺
魚籃寺
秘仏魚籃観音が祀られている。
荘厳寺
鐘楼
正山寺
魚籃坂
ピーコック
お昼は行列!
コレ
三田台公園 遺跡公園
LUNCH
長谷川弓具店
昔ながらの佇まい
家庭的な弁当 500~600円 日替わり天津チャーハン
ずしっとボリューム満点!!
華頂宮邸跡の外壁(亀塚公園も)
瓦
亀塚 まだ古墳と断定されていない。森の甲羅をせおった亀のよう。
レトロな家電屋
マンション1Fはピーコック
なんだかオシャレなピーコック
立派な石
取り出し口
ポスト発見!
看板・遊具もカメ!
伊皿子
江戸時代の地図によると第一京浜の先は海だった。→
三田台公園の辺りは高台で、海に浮かぶ月が見えたことから「月の岬」とよばれたそうだ。
第一京浜
N
交 都営三田線三田駅 JR田町駅 徒歩約10分
南北線白金高輪駅 徒歩約7分

2

闇　坂

その日は曇りで、朝から薄暗かった。

数週間前、仕事でたまたま大学時代の友人と顔を合わせた。日本文学科で、同じ近代文学のゼミにいたナミコさんという人だ。いまは横浜の大学で近代文学を教えていて、ＪＲ京浜東北線の大森に住んでいるのだと言った。大森の近くにもうひとり当時のゼミ仲間が住んでいるらしく、それじゃあ今度久しぶりに三人で集まろうということになった。

大森。わたしが高校生だったころ、父が住んでいた場所だ。

遺言状と父からの転居通知によれば、父が住んでいたのは大田区山王《さんのう》三丁目、闇坂の上のテニスクラブの近く。「闇坂」と書いて「くらやみざか」と読む。転居通知のハガキには「うちのあたりから新井宿《あらいじゆく》の熊野神社までの散歩が坂の迷宮のようでたいへん素晴らしい」と書かれていた。

父が出て行く直前にわたしたちが住んでいたのも、大森から近い西馬込《にしまごめ》だった。大森の駅まで歩いて二十分程度、西馬込の駅前はたいして店がないから、ちょっとした買い物のときは大森まで出ることもあった。だから駅周辺のことは少し覚えている。だが坂の上の方にのぼったことはなかった。

土曜日の午後、大森駅の改札口で落ち合った。改札を出るとすぐ駅ビルがある。わたしが西馬込に住んでいたころはプリモという小さな駅ビルだったのに、いつのまにかアトレ大森という立派な駅ビルになっており、そのなかの喫茶店にはいった。

ふたりは同じ大森駅の近くでも、駅をはさんで反対側に住んでいるらしい。駅の東側は平らな土地が海までずっと広がっている。対して、西の山王側は急斜面の坂ばかりである。

むかしは京浜東北線のすぐ近くまで海だった。大森は海苔の産地で、海一面に海苔の棚が広がっていた。それがどんどん埋め立てられ、陸が広がっていったのだ。山側は、山王、馬込、さらに久《く》が原《はら》や雪谷《ゆきがや》の方まで、坂だらけの地形が続いている。有名な大森貝塚も崖の上にあり、馬込のあたりは九十九谷《つくもだに》と呼ばれていた。小学校の社会科でそんなことを習ったのをぼんやりと思い出す。

ナミコさんは駅の東側、海に近い側に住んでいる。この土地にゆかりがあるわけではなく、通勤に便利だからという理由でここに越してきたのだそうだ。家の近くには、大森ふるさとの浜辺公園というほんとうに浜辺のある公園があるらしい。わたしが西馬込に住んでいたころにはまだなかった施設で、人工砂浜や釣磯場、大きなローラースライダーのある公園に、「海苔のふるさと館」という博物館があると言っていた。

もうひとりのキリコさんは馬込に住んでいる。キリコさんの実家は西馬込からもそう遠くない場所で、両親も祖父母も代々馬込の人らしい。大学時代のキリコさんはその実家に住んでいて、わたしも子どものころ西馬込に住んでいた、と話したことがあった。いまは結婚して子どもも生まれ、実家の近くに家を買って暮らしているという。

山王、新井宿、馬込はむかしは馬込文士村と呼ばれ、文学者がたくさん住んでいた。尾崎士郎、川端康成、宇野千代、吉屋信子、室生犀星、三好達治、萩原朔太郎。

そういえばキリコさんの卒論の題材は萩原朔太郎で、「坂」という作品に触れていた。『田舎の時計　他十二篇』という詩集にはいっている散文詩で、朔太郎がこのあたりに住んでたころの作品である。卒論、朔太郎だったよね、と訊くと、そうそう、よく覚えてるね。彼女は驚いたような感心したような目でこっちを見た。

論文のなかに見覚えのある地名がいくつも出てきたこともあるが、萩原朔太郎という詩人が気になっていたのもあった。母によれば、大学時代、父は友人たちから朔太郎に似ている、とよく言われていたらしい。いや、別に父が詩を書いていたわけではない、顔が似ている、ということだ。さらに言うと、朔太郎の顔から翳りを取った感じ、と。父はなぜかそれを気に入って、よく自慢していたのだそうだ。

でも朔太郎って詩人でしょ？　俳優じゃないのよ。母は苦笑いした。作風が似ているなら意味があるかもしれないけど、顔が似てるなんて意味ないでしょう？　それに翳りのない朔太郎なんて、歯ごたえのないそばみたいなものじゃないの、と。

高校で『月に吠える』を読んだときはピンとこなかったのだが、キリコさんの卒論に出てくるその「坂」という作品を読んだとき、朔太郎と父が急に重なった気がして、軽く衝撃を受けた。「坂」には朔太郎もまた坂の地形に惹かれていたことが書かれていたのである。

坂のある風景は、ふしぎに浪漫的で、のすたるぢやの感じをあたへるものだ。坂を見てゐると、その風景の向うに、別の遥かな地平があるやうに思はれる。特に遠方から、透視的に見る場合がさうである。

この作品は朔太郎が馬込の臼田坂《うすだざか》に住んでいたころのもので、晩秋のある日、語り手が前から気になっていた長い坂をのぼり、その向こうに海のような平野を見る話だ。芒や尾花が白く光る平野のなかに風雅な西洋館が建っており、草のなかにパラソルを持ったふたりの若い娘が座っている。そうして、ふりかえった娘のうちのひとりの顔が自分の夢に出てくる女性とそっくりであった、と気づくのだ。

なぜかナミコさんもキリコさんの卒論のことをよく覚えていて、それからしばらくキリコさんの卒論について話した。論文を書いていたころ、キリコさんは家の近くを歩きまわり、作品のモデルになった坂をずいぶん探したらしい。どの坂かわかったの、とナミコさんが訊く。結局よくわからなかった。なにしろ坂が無数にあるから、とキリコさんは笑った。

いくつか手がかりはあるんだけどね。作品のなかで、語り手が坂をのぼったのは「午後」と書かれている。そして、「落日の長い日影が、坂を登る私の背後《うしろ》にしたがつて」とある。影が背後にあるということは、西に向かってのぼる坂ということ。そして「長い」坂だということ。西に向かった長い坂もたくさんあるし、いまは見渡すと住宅地だけど、当時は芒野原だったのかもしれないとも思う。でも、馬込近辺と書かれてるわけじゃないから別の場所かもしれないし、具体的にどこということのない、空想の坂かもしれないし。

それにしても、駅の向こう側はほんとうに坂ばかりなのね、うちの方はほとんど埋立地だから平べったくて、坂なんてほとんどないのに、とナミコさんが言う。そうね、うちの方は坂じゃない道の方がめずらしい。自転車屋さんの話だと、このあたりは電動アシスト付き自転車の販売数が都内でトップクラスなんだって、とキリコさんが笑った。

そのあとは近況やゼミのころの思い出を語り合ったりして、あっというまに時間がすぎた。ナミコさんもキリコさんも夕食の支度があるから、と自転車で帰って行った。わたしは駅を出て、地図で調べた闇坂に行くことにした。

山王側に出ると、道の向かいはもう崖で、階段坂になっている。急な階段の上には鬱蒼と木が茂り、天祖神社という神社がある。だが、これをのぼるわけにはいかない。闇坂まで行かなければ、と地図にしたがって左に進んだ。京浜東北線沿いのゆるやかな坂をくだる。八景坂といって、かつては急坂だったと神社の下の説明板に書いてあった。
八景坂をくだりきったところに、線路をくぐるガードがあった。駅の向こうの商店街が見える。電車の音がガタンガタンと響く。ガードはくぐらずにそのまま進んでいく。古い商店街がはじまるあたりにコンビニエンスストアがあり、横にくいっと少し戻るように折れた道がある。闇坂という標識の杭が立っている。

闇坂。むかし、坂側に八景園という遊園地があり、その反対側に加納邸があって、この坂道は細く曲り、八景園の樹木がうっそうとおおいかかり、昼間でも暗かったために、この名がついたといわれている。

杭の文字を読み、坂をのぼりはじめる。斜面である上に、途中でくねっと曲がっているから、上がどんなふうになっているのかよくわからない。カーブするあたりから道の両側が高い石垣に覆われていく。いまは両側ともマンションになっているようで、八景園や邸宅のあとはなにもなさそうだが、両側とも以前は大きな敷地であったことがよくわかる。鬱蒼と木々が生い茂っているのもそのころの名残のように思われた。
スマホで調べると、八景園とは明治十七年（一八八四）に開園した遊園地らしい。およそ一万坪の広さがあり、東京湾が一望でき、遠く房総の山まで望むことができたとあった。園内には梅や桜が植えられ、一時は梅だけで七百株を数えた。旅館や割烹もあったのだそうだ。

向かいは加納久宜《かのうひさよし》という子爵の邸宅だ。明治・大正期の政治家で、鹿児島県知事を経て、大森に移り住んだ。イギリスの協同組合をモデルに都内最古の入新井信用組合（現・城南信用金庫）を設立、教育振興にもつとめ、村民から慕われていた、とある。

子爵、と言われても、庶民のわたしには想像もつかない。どのくらいの広さの家なのか、どれくらいの人がそこで働いていたのか。なにを食べ、どんな暮らしをしていたのか。なにかの映画で見たような、家と思えないほど広いお屋敷なのだろうか。天井は高く、豪華な絨毯が敷かれ、大きなテーブルにシャンデリア、暖炉もあったかもしれない。

子爵の邸宅に八景園。坂をゆっくりのぼりながら両脇の高い石塀を見あげていると、そこが天上の楽園のように思えてくる。春になれば無数の花が咲き誇り、人々はその花の下から海を望んでいたのだろう。この坂はそのふもとの暗闇。現世から楽園に行くために、しばし翳りのなかを通るのだ。だからこそ楽園に着いたときはいっそうあかるい。

「坂」の文章がよみがえってくる。朔太郎と坂、父と坂について考えながら、むかし何度もこの作品を読み返した。朔太郎は、坂が特別な情趣を持つのは「風景における地平線を、二段に別々に切つてるからだ」と書いていた。

坂の上の世界と坂の下の世界には別の地平線がある。だから「坂を登ることによつて、それの眼界にひらけるであらう所の、別の地平線に属する世界を想像し、未知のものへの浪漫的なあこがれを呼び起す」と。坂をのぼっているとき、のぼりきった先の景色は見えない。のぼりきってはじめて向こうが見える。

薄暗い坂をのぼりながら、のぼりきったら過去に行けるのではないか、八景園や加納邸がある時代に迷いこんでしまうのではないか、そんな思いにかられた。

坂の上まで来ると視界が開け、のぼっていた時間が長いまばたきのように感じられた。左手には児童公園がある。遺言状にあったテニスクラブはどこだろうと地図をながめると、右に行く小道を進んで行くのだとわかった。少し広い道にぶつかったところに「日本帝国小銃射的協会跡」と書かれた石碑があり、左に「大森テニスクラブ」と書かれた建物が見えた。

コートは建物より低い位置にあり、すぽーん、すぽーん、とテニスボールを打つ音が聞こえた。緑のコートの上で人々がボールを打っている。テニスクラブの向こうは意外にもくだり坂ではなく、しばらく高台が続いているようだ。

父が住んでいた場所ははっきりしなかったが、ハガキに書かれていた「うちのあたりから新井宿の熊野神社までの散歩が坂の迷宮のようでたいへん素晴らしい」という言葉を思い出し、新井宿の方に向かう細い道を歩くことにした。

道は細くくねくねと続き、分岐するときはどの道も坂だった。わたしたちが住んでいた西馬込の風景と少し似ている気がした。急坂も多いし、階段坂もある。斜面を横切る細い道でも、微妙にのぼりくだりがあって決して水平ではない。家々もみな斜面に建っており、盛り土したり、高い塀を作ったり、どれも複雑な形をしている。入り組んだ斜面にくねくねした道が何本も走っていて、見通しもよくない。どっちに進んでいるのかわからなくなりそうになる。まさに坂の迷宮だ。坂好きの父は楽しかっただろう、とちょっと笑いそうになった。

坂は斜面にある。だから、たいてい一本しかないということはなくて、坂があるところには何本も集まっている。小山の上に神社があって、のぼったりおりたりする道が一本しかない、そんな場所もどこかにはあるかもしれないが、東京にはひとつぽっこりそびえた丘はあまりない気がする。河岸段丘のような地形が多いのだろう。坂があるところには坂が集まり、ないところにはまったくない。大森の駅の西側と東側のように。

高台のてっぺんに大きなマンション群があるのが見えた。あそこに住んでいたら、ながめは相当にいいだろう。どこもかしこもぐるりと見渡せる。その下の細い道を進むと、右手に山王会館という建物があった。区立の会議室などがはいっているらしい。建物の前に「馬込文士村」の地図が立っていた。さっき駅前にも同じ地図があったが、なぜかそれとは上下が逆さまになっている。関東大震災のあと、このあたりへの移住者が増え、なかに文士たちもいたのだそうだ。酒を飲んだり、麻雀、ダンス、相撲など、活発に交流していたとあった。

ふたたび細い道を歩き出す。文士たちもこういう道を歩いてほかの文士を訪ねたり、歩きながら語り合ったりしたのかもしれない。恋愛や喧嘩もあったのだろう。

細く、かげった道には、木々の葉の揺れる音ばかり聞こえてくる。こうした見晴らしの悪い道を歩くとき、人はどうしても孤独になる。周りが見えないから、広い世界から切り離され、ずっとひとりで歩いているような気持ちになる。いったい父は、坂のどういうところが好きだったのだろう。これまで考えたこともなかったが、ふいに気になってくる。翳りのない朔太郎のような顔、と言われた父にも、影の部分があったのだろうか。

いつのまにか高台からずいぶんさがっていたらしい。不規則な十字路にぶつかった。前と右はのぼり、左はくだり。前にのびる細い階段坂を選んだ。カーブした階段をのぼっていく。両側に一戸建てが建ちならんでいる。斜面なのによくこれだけ密集して建てたものだ、と感心してしまう。

だんだん高くなり、左手の家の隙間から遠くの景色が見えはじめる。突然の眺望。ああ、楽しいぞ、と思う。坂を歩くのは楽しい。先の予測ができないから。

左手に神社が見えた。裏口のようなところから境内にはいる。右手に本殿、左手に鳥居。鳥居の前に下にくだる階段がある。父のハガキにあった熊野神社だと気づいた。坂の迷宮を歩いているあいだ、目的地のことをすっかり忘れていた。だが、なんにしろ着いたのだ。

階段を見おろす。階段にも途中の祠や建物にも斜面にも、落ち葉がふりつもっている。階段の下には墓地があった。もう一度鳥居をくぐり、境内に戻る。狛犬が二体、左手には舞殿、右手には二股に分かれた大きなクヌギが立っている。ほかの木もみな大きくて、いろいろな鳥の鳴き声がひっきりなしに聞こえてくる。

本殿の横には、小さな狐の碑があった。人に害をなした狐を埋め禦《ふせ》いだ、とある。木の札に「萬世掘事南《ばんせいほることな》可連《かれ》」と書かれているところを見ると、さぞ力の強い狐だったのだろう。住宅ばかりになっているが、むかしは人も森に近い場所に生き、動物たちも大きな存在だったのだ。いまも神社の土地だけこんもりした森のようである。

熊野神社のとなりには大きなマンションが建っていて、その自転車置場の奥に見晴らしのいい場所があった。向こうはそっくり空だ。しばらくぼうっとながめ、崖の上に立っているのだ、と思った。下には環七が走っていて、その向こうにここと同じくらいの高さの土地があるのがわかる。南馬込あたりだろう。そして、そのさらに向こうにかつてわたしたちが住んでいた西馬込がある。

ここは環七のための大きな切り通し、つまり切岸だ。朔太郎は「坂」のなかで「いつか一度、私はその夢のやうな坂を登り、切岸《きりぎし》の上にひらけてゐる、未知の自然や風物を見ようとする、詩的な Adventure に駆られてゐた」と書いていた。キリコさんは馬込のあたりにはそれらしい坂がいくつもあると言っていたが、ここもまた西に向かって開けた切岸なのだった。

父もここに立ったことがあっただろうか。ふとそう思った。ハガキに「熊野神社までの散歩が坂の迷宮のようでたいへん素晴らしい」とあったくらいだから、ここにはしょっちゅう来ていたはずだ。ここに立ち、対岸を見ただろうか。その向こうにある西馬込と、そこでわたしたたちと暮らした日々のことを思っただろうか。そのころにはもうわたしたちも西馬込から越してしまっていたけれど、三人でそのまま西馬込で暮らしていた世界がどこかにあるかもしれない、と思う。

熊野神社に戻り、鳥居をくぐって階段をおりた。男坂と女坂の二本の階段があるが、狐の小さな祠のある女坂をくだる。石段の上に乾いた木の葉が沢山落ちていて、踏むたびにカサコソ音を立てる。

階段をおりきると鳥居があって、出るとそこは寺だった。神社と寺がくっついている。表通りから来ると、善慶寺という寺の裏門がそのまま神社の入口になっている。お堂からお経の声が聞こえて来る。この寺には「新井宿義民六人衆」の霊廟があって、碑の前には茶色の湯のみが六つならんでいた。

寺を出てまっすぐの道を歩く。卵を買ったかどうかでもめている酔っ払いのカップルとすれちがい、通りに出た。バスが走っている。駅前の通りだ。そういえばむかし母と大森に行くときはいつもこの道を歩いていたなあ、と思い出した。

道を渡って駅の方に進むとすぐにドン・キホーテがあった。大きな建物を見あげ、ああ、これはむかしダイシン百貨店だったところだ、と思いあたった。地元の人でにぎわう場所で、うちも正月前にはよく買い出しにきた。いちばん上階に食堂があって、硬貨で動く幼児用の遊具があった。都心のデパートとは全然ちがう、昭和の地方都市の百貨店そのものだった。そうか、ダイシン百貨店、なくなってしまったのか。

ドン・キホーテの前の水槽に大きなウツボがいる。自分と同じくらいの太さのプラスチックの筒から顔だけ出している。ふりかえるとこれまで通ってきた道が山王から新井宿まで続く大きな筒のようにも思え、筒から出てきたウツボのような気持ちになった。人間も大事な部分は隠れて見えない。筒の先から目だけ出して、きょろきょろ世界をながめている。

いつのまにか日も暮れて、むかしだったらあたりはすっかり闇だろう。あかりの灯った古い商店街を駅に向かって歩いていった。

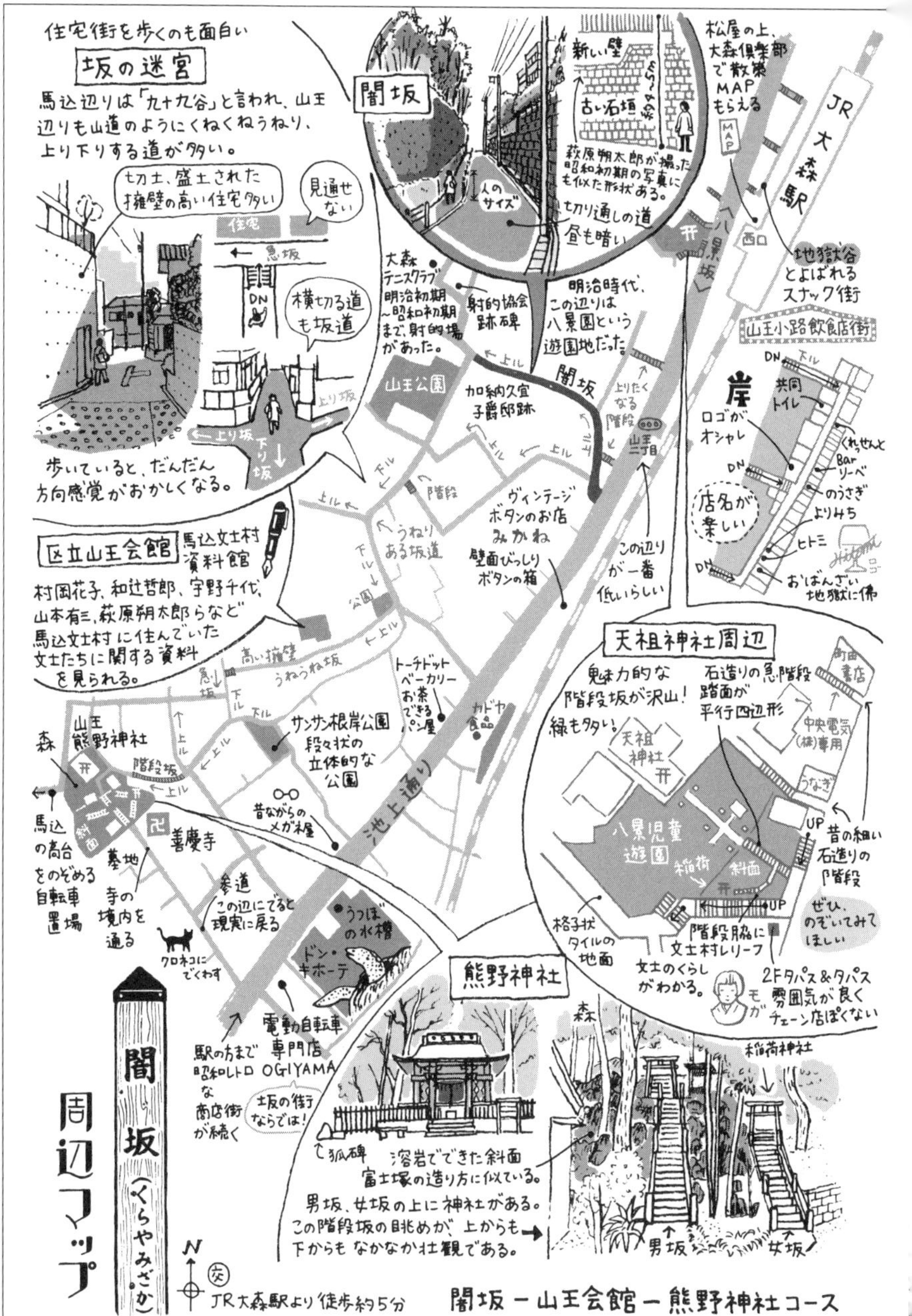
闇坂（くらやみざか）周辺マップ
JR大森駅より徒歩約5分
闇坂ー山王会館ー熊野神社コース
住宅街を歩くのも面白い
坂の迷宮
馬込辺りは「九十九谷」と言われ、山王辺りも山道のようにくねくねうねり、上り下りする道が多い。
切土、盛土された擁壁の高い住宅多い
見通せない
住宅
急坂
DN
横切る道も坂道
上り坂
下り坂
歩いていると、だんだん方向感覚がおかしくなる。
闇坂
新しい壁
古い石垣
萩原朔太郎が撮った昭和初期の写真にも似た形状ある。
人のサイズ
切り通しの道 昼も暗い
松屋の上、大森倶楽部で散策MAPもらえる
MAP
JR大森駅
西口
八景坂
地獄谷とよばれるスナック街
山王小路飲食店街
大森テニスクラブ
明治初期〜昭和初期まで、射的場があった。
射的協会跡碑
明治時代、この辺りは八景園という遊園地だった。
山王公園
加納久宜子爵邸跡
闇坂
上りたくなる階段
山王三丁目
階段
うねりある坂道
ヴィンテージボタンのお店 みかね
壁面びっしりボタンの箱
この辺りが一番低いらしい
岸
共同トイレ
ロゴがオシャレ
くれっせんと
Bar リーベ
のうさぎ
よりみち
ヒトミ
おばんざい 地獄に仏
店名が楽しい
区立山王会館
馬込文士村資料館
村岡花子、和辻哲郎、宇野千代、山本有三、萩原朔太郎らなど馬込文士村に住んでいた文士たちに関する資料を見られる。
公園
高い擁壁
うねうね坂
急坂
トーチドットベーカリー お茶できるパン屋
カドヤ食品
山王熊野神社
森
階段坂
サンサン根岸公園 段々状の立体的な公園
昔ながらのメガネ屋
池上通り
馬込の高台をのぞめる自転車置場
善慶寺
墓地
寺の境内を通る
参道
この辺にでると現実に戻る
クロネコにでくわす
うつぼの水槽
ドン・キホーテ
電動自転車専門店 OGIYAMA
駅の方まで昭和レトロな商店街が続く
坂の街ならでは！
天祖神社周辺
魅力的な階段坂が沢山！ 緑も多い。
石造りの急階段 踏面が平行四辺形
天祖神社
町田書店
中央電気（株）専用
うなぎ
八景児童遊園
稲荷
斜面
UP
昔の細い石造りの階段
ぜひ、のぞいてみてほしい
格子状タイルの地面
階段脇に文士村レリーフ
文士のくらしがわかる。
モガ
2Fタパス＆タパス 雰囲気が良くチェーン店ぽくない
熊野神社
森
稲荷神社
狐碑
溶岩でできた斜面 富士塚の造り方に似ている。
男坂、女坂の上に神社がある。この階段坂の眺めが、上からも下からもなかなか壮観である。
男坂
女坂
N

3

狸穴坂

日ごろお世話になっている近世文学の教授の還暦祝いに招かれ、芝公園にある東京プリンスホテルに行くことになった。東京プリンスホテルという名前には覚えがある。屋外プールがあって、三田の幽霊坂に住んでいたころ、夏に何度か来たことがある。そのころの記憶はとびとびだが、プールの記憶だけは鮮明に残っていた。

そういえば、父は東京タワーの近くの坂にも住んでいたことがあったはずだ。父から来た転居通知の束をめくると、「港区麻布狸穴町、狸穴坂の下」と書かれたものが出てきた。「狸穴」は「まみあな」と読むらしい。「狸穴公園からは東京タワーの上半分が良く見える」と書かれていた。

狸穴なんて変な名前だが、なかなか由緒ある土地らしい。調べてみたところ、江戸時代には武家屋敷が立ちならんでいたとある。狸穴坂が狸穴町の名前の由来で、江戸時代の古地図にも記されている古い坂道なのだそうだ。このあたりに雌狸《まみ》（雌ダヌキ）か猯《まみ》（アナグマ）の棲む穴があったのが名前の由来で、徳川家光がその穴を調べさせたという記録もある。

だが、魔魅《まみ》すなわち化け物が住むような土地とか、間府《まぶ》すなわち鉱石採掘の坑道があったたから、とする説もあるようだ。坂の上にロシア大使館が建っていることから、冷戦時代以前「狸穴」はソ連大使館の隠語として使われていたという。坂の途中には南満州鉄道の東京支社があり、跡地は高級会員制社交クラブ「東京アメリカンクラブ」になっている。ほんとうの由来は定かではないが、魔魅がいてもおかしくなさそうな土地ではある。

教授の還暦祝いはランチタイムだから、二時過ぎには終わるだろう。終わったあと狸穴坂を訪ねてみようと思った。

還暦祝いの当日は晴れていた。地下鉄の大門から東京プリンスに向かう。広い駐車場の向こうにホテルの入口が見えた。むかしのままだ、と呆気《あっけ》にとられた。昭和のテレビドラマに出てくるような白い四角い建物の背後に東京タワーがそびえている。この数十年のあいだに東京の街はずいぶん変わった。建物のデザインも素材も変わり、あたらしいものに目が慣れてしまっている。なのにここは変わらない。時間が巻き戻ってしまったようで、いまは冬だというのに、水着を持って走るわたしや父母のきらきらした声が聞こえてくる気がした。

驚いたことに、プールもまだあった。冬だから営業はしていないが、入口のあたりをのぞくことができた。更衣室の入口はむかしと変わらなかった。水色の壁。あの階段をのぼるとプールがある。塩素のにおいが漂ってくる。

プールといっても、流れるプールや波のプール、ウォータースライダーがあるような遊べるプールではない。四角い競泳用のプール。しかもとても深い。母は背のびしないと立てなかったし、子どものわたしにとっては足のつかない深さだった。浅い子ども用プールもあったが、わたしは見向きもしなかった。なぜか足がつかないことに恐怖を感じていなかった。運動の類は苦手だったのに、泳ぎだけは習いもしないのにすぐできるようになった。だから平気で足のつかないプールに飛びこんでいた。

プールからは東京タワーが大きく見えた。東京タワーはホテルのすぐ裏の小山に立っている。プールにぷかぷか浮かんでいると、青い空に東京タワーがそびえ立っているのがよく見えた。それがわたしの夏の原風景になっていた。

建物にはいると、奇妙なタイムスリップ感は薄らいでいった。母によれば、プールのあと何度か食事のために寄ったこともあったらしいが、記憶にない。

宴会は着席スタイルで、となりはこの会の主役であるヨシダ先生と同じ大学のトミタ先生だった。わたしも仕事で何度かお世話になったことがある。東京プリンスで還暦祝いとはヨシダ先生もおもしろいことを考えるねえ。わたしの顔を見るなりそう言った。トミタ先生は近世美術史が専門で、このとなりにある増上寺の宝物展示室にもよく来ているらしい。あそこには狩野一信の「五百羅漢図」全百幅があるからね、と先生は言った。

先生によると、増上寺は徳川家の菩提寺なのだそうだ。もともとは貝塚、いまの千代田区平河町から麴町あたりにあったが、徳川家康によって芝の土地に移された。その後徳川幕府の保護で隆盛を極め、二十五万坪の境内に寺院四十八、学寮百数十軒が並び、常時三千人もの学僧が勤める巨大な寺だった。

むかしはね、二代秀忠、六代家宣、七代家継、九代家重、十二代家慶、十四代家茂、計六人の将軍の墓所が点在していたらしいんだよ、でも空襲で霊廟が焼けて、あとでひとところに全部まとめられた。このプリンスホテルも霊廟の跡地なんだよねえ。トミタ先生は前菜を食べながら言う。

霊廟の跡地、つまりお墓だった場所にこの建物は建っているのか。ぼんやりと思いながら、トミタ先生の横顔を見る。霊廟に祀られていた遺体はあとで発掘されて、火葬されたんじゃなかったかな。そうですか、と答えながら、少し背筋がひんやりした。

江戸時代の遺体どころか、空襲後には東京じゅうに遺体があったのだろう。死と無縁の土地などない。日ごろはそんなことをまったく意識せずにその上を歩いているけれど。トミタ先生は前菜を食べ終え、ナプキンで優雅に口を拭っていた。

宴会が終わり、ホテルの外に出る。狸穴坂に行くためには、まず東京タワーに向かって歩かなければならない。だが、トミタ先生の話があまりに印象的で、その前に増上寺の門を見て行くことにした。どうやら芝公園もこのプリンスホテルも、東京タワーのある小山も、むかしは増上寺の土地だったらしい。

大きな赤い門の前に立つと、うしろに東京タワーが見えた。門も赤く、タワーも赤い。正確には赤と白だが、東京タワーがなぜあの色なのか、急に理由がわかった気がした。むかしから東京タワーの色が気になっていた。なぜ赤と白なのか。飛行機から見えやすいように、という説明を聞いたこともあるが、納得できなかった。エッフェル塔は赤くないじゃないか、と思っていた。

あれは増上寺の門の色なのかもしれない。赤は魔除けの色だと聞いたことがある。神社の鳥居も赤い。日の丸も赤い。ウルトラマンも赤い。東京タワーも赤い。東京プリンスと増上寺のあいだの細い道を歩いていく。道沿いに増上寺のお地蔵さんが何百とならんでいる。子どもの健康を祈るための千躰子育地蔵尊というらしい。みな赤い毛糸の帽子をかぶり、風車がまわっている。

目の前にそびえたつタワーが少しずつ近づいてくる。横断歩道を渡り、東京タワーに通じる坂をのぼる。スカイツリーにくらべたら低いと思っていたけれど、ふもとで見ればやはり大きい。関東一円に電波を送る目的もあるが、設計当時、建設するからには世界一高い塔でなければ意味がない、という主張があったと聞いた。

トミタ先生は、東京タワー建設の際、増上寺は墓地の一部を提供した、と言っていた。つまり東京タワーはお墓だった場所の上にそびえ立っている、ということだ。それは赤くなければいけないだろう。大きな魔除けの塔なのだ。電波塔として建てられたものだが、ちがうものも発しているのかもしれない。

タワーの赤い脚の下に来て、むかし父とふたりでタワーにのぼったことがあったのを思い出した。あのとき母はいなかった。仕事で出かけていたのか、くわしいことは覚えていない。父は坂は好きだが、高い建物には関心がなかったように思う。坂は自分の足でのぼったりおりたりできるからいいのであって、エスカレーターならまだしもエレベーターでのぼる高層ビルにはなんの意味もない、と言っていた気がする。なのにその日、父は突然、東京タワーでも行こうか、と言い出したのだ。

いや、そうじゃない、その前から父は何度か東京タワーに行きたいと言っていた気がする。だが、母はまったく関心を持たなかった。そのころにはもう新宿の高層ビル街もあって、東京タワーは、東京に住んでいる人は行かない、行くのは観光客だけという、ちょっと古くさい場所になっていた。わたしはまだ小学校にあがる前で、高いところにのぼってなにがおもしろいのかよくわからないまま、父が行くというからついていった。

入口の前に立つと、ここまで来たからにはやはり東京タワーにものぼっておこう、という気持ちになった。むかしは蠟人形館などがあったフットタウンはいまは漫画「ONE PIECE」のテーマパークになっているらしい。そちらには関心がないので、展望台行きのエレベーターだけのチケットを買う。

エレベーターに乗ってしばらくすると、窓から景色が見えた。タワーの脚の鉄骨が見える。何本も組み合わされているが、一本一本は意外と細いような気がしてくる。もちろん専門家ではないから、それが太いのか細いのかなんてまったくわからない。だが、こんなものの組み合わせでよく何十年も無事に立っているなあ、と思う。

おりると窓が広がっていた。スカイツリーだの六本木ヒルズだのに慣れてしまっているから、そんなに高い印象はない。そもそもこの大展望台は東京タワーの真ん中あたりにある。高さは一五〇メートル。さらに上の特別展望台までいけば二五〇メートルあるらしいが、いまは工事中で行けなかった。

だが、むかし父と来たときもここまでしか来なかったように思う。内装はずいぶん変わっているが、面影があった。一周しながら窓から街を見おろす。いまは近くに六本木ヒルズが見え、遠くにスカイツリーが見える。当時はこんなに高層ビルも多くなかっただろうし、建物もこんなに密集していなかっただろう。

だが、あのときここから見た風景のことはあまりよく覚えていない。父がたいへんなことになっていたからだ。父は、外を見おろしながら眉間に皺を寄せていた。表情がしだいに暗く、憂鬱そうになっていく。エレベーターでのぼっているあいだは、そわそわしてやたらとよくしゃべっていたのに。

どうしたの、とわたしは訊いた。なんでもないよ、ただちょっと、と言いかけて父は言葉をとめた。ああ、なんなんだろうなあ、坂というのは。父はなげくようにつぶやいた。

わたしはいままでいろんな坂をのぼったりおりたりしてきた。坂が好きだった。だけど、どうだ、ここから見ると、坂もなにもない。わたしたちがふうふう言いながらのぼる急坂も、ここから見たら小さくて、短くて、勾配なんてないみたいじゃないか。

そうだねえ、とわたしは答えた。正直、それがどうしたんだ、と思っていた。そんなどうでもいいことをどうして大げさな顔で言うのだろう、と。だが、父の顔はどう見ても大真面目で、夏でもないのに額には脂汗のようなものまで浮かんでいた。もしかしたらコーショキョーフショーというものかもしれない、とも思った。

もうおりようか、とわたしは言った。いや、ちがうんだ、いいんだ、もう少し見たいんだ。父は無理やり作ったような笑顔になる。我慢しなくていいんだよ、お父さん、高いところが怖いんじゃないの、だったらおりようよ、もう景色はたくさん見たから。

たぶんわたしは飽きていたんだと思う。最初こそすべてが小さく見えることにわくわくしたが、慣れてくるとどこまでも建物と道路しか見えず退屈だった。だが、父は窓に張りついたまま離れない。まるで水槽のタニシだ。取り憑かれたように下をながめている。

わたしは喉が渇いた、と言った。父はそれでようやく我にかえり、喫茶店のようなところにはいって飲み物を頼んだ。すごかったなあ。コーヒーを飲みながら父は言った。高いところっていうのはおそろしいもんだ。お父さん、やっぱりコーショキョーフショーだったんだね。いや、ちがうよ、高いのが怖いわけじゃない、なんでもかんでも小さく見えるのが怖いんだ。父はそう言ったが、そのふたつがどうちがうのかわからない、と思った。

どんな家も、ここから見たらおもちゃみたいだ。どんなに長い坂もここから見たら短い。いろんな坂をのぼったりおりたり、わたしの人生は坂でできてるようなもんだ。だけど、どれもここから見たら短くて、のぼってるかくだってるかさえよくわからない。人生だって同じだ。みんな苦労してのぼったりおりたりしてるけど、ここから見たら全部小さくて、どうでもいいことのように思える。悲しいもんだなあ。そんなようなことを言いながら、少し泣きそうな顔になった。

窓の外をながめ、これから行く狸穴坂を探してみる。ロシア大使館のとなりの路地が狸穴坂で、向かいには古い大きな郵便局が建っているはずだった。ベージュの煉瓦色の建物が見え、あれが郵便局だろうと思った。路地自体は建物に隠れて見えない。丸いガラス張りの屋根の大きな建物が見える。坂沿いの建物だが、なんだろう。

あのころは退屈だと思ったが、大人になってみると上からの景色はなかなか味わい深い。小さなビルやマンションもそれぞれちがう形をしている。段々になったマンションは広いルーフバルコニーに植物が茂っていたし、学校のプールには冬場使われていないから底にうっすら土が溜まっている。ビルの屋上に小さな建物が建っていたり、宗教団体の建物らしい大きなピラミッドのような屋根も見えた。

そのなかに道路が通って、自動車がひっきりなしに動いている。小さく見えるけれど、わたしと同じ人間たちがたくさんいて、それぞれ歩いたり走ったりしているのだと思うと、うっすらと悲しいような怖いような気持ちが湧いてきて、父が感じていたのはこういうことだったのかもしれない、と思った。

タワーをおりて外を歩いた。さっき上から小さく見えていた建物がどれも急に大きくなって、巨人から小人になったような気がした。飯倉という交差点を渡る。交差する道は土器《かわらけ》坂という大きな坂だった。地図で見るとこのあたりには名前のついた坂がけっこうあって、上から見ていたときははっきりしなかったが、起伏に富んだ場所らしかった。

もしかしたら、父は東京タワーにのぼりたかったのではなく、タワーからこのあたりの坂を見おろしたかっただけなのかもしれない。だがのぼってみると坂はどれも小さく、どこが坂かもわからない。自分のしていることがどうでもいいことに思えてショックを受けたのかもしれない。

ロシア大使館の前を抜けると、狸穴坂の標識が立っていた。あたらしい杭の形のものの横に、小さく丸っこい石の碑もあった。

まみとは雌ダヌキ・ムササビまたはアナグマの類で、昔その穴（まぶ）が坂下にあったという。採鉱の穴であったという説もある。

杭にはそう書かれている。路地にはいると、すぐにくだりはじめた。左側には石垣がそびえ、坂をくだるごとにどんどん高くなる。穴にもぐるように、下まで全部見えていた東京タワーがしだいに見えなくなっていく。

右手には超がつくほど高級そうなマンション、左手は高い石垣のはるか上に「東京アメリカンクラブ」の建物が見えた。これが南満州鉄道東京支社の跡地なのか。高い石垣を見あげながら、それが東京タワーから見えた丸いガラス張りの天井の建物だと気づいた。

来る前に調べたところ、「東京アメリカンクラブ」はこれもまた超がつくほど高級な会員制社交クラブで、なかにはレストラン、宴会場、プール、ジム、図書館、ボウリング場などがはいっていて、超がつくほどの有名人が通っているらしい、とわかった。そんなものがこの世にあるとは知らなかったし、これからも足を踏み入れることはないんだろう。タワーから見たときは小さかったのに、こうして見るととても大きい。

坂は少しくねりながらくだっていく。日があたり、日がかげる。長い坂だ。勾配もゆるからず、きつからず。左にはずっと石垣がそびえている。高級マンションの敷地をすぎると、右手には木造の家や小さなマンションも現れる。

坂の下の方にある古い木造の民家の屋根からはなぜか透明なビニール傘が飛び出している。

雨漏りを防ぐためなのだろうか、それとも月や星を見あげるためにわざとああしているのだろうか。はす向かいの駐車場の上空はぽっかり隙間が空いていて、東京タワーの上の方だけがちょこっと見える。

坂をおりきると、左の路地の奥に岩窟城のようなホテルが見えた。廃墟のようにも見えるが、駐車場に車がとまっているところを見ると営業しているのかもしれない。あまりに変わった外観なのでスマホを出して調べてみると、なんと有名なSMホテルらしい。魔魅という言葉が頭をよぎった。

まわりにはふつうの飲食店や八百屋、民家がならんでいる。いるのはタヌキかアナグマかムササビか、それとも魔魅か。あるいはそういうもの全部かもしれない。坑道ではなく財宝が埋まっていたっておかしくない気がした。

坂をくだりきったすぐ横に、狸穴公園という小さな児童公園があった。公園の奥には小さな赤い鳥居がならび、児童向けの遊具や小さな水場があって、東京タワーが見えた。狸穴から顔を出して、タワーをながめているようだった。タワーは赤い。巨大な魔除けのように建っている。電波でないものは、このあたりまでちゃんと届いているのだろうか。穴のなかまで届いているのだろうか。

――人生だって同じだ。みんな苦労してのぼったりおりたりしてるけど、ここから見たら全部小さくて、どうでもいいことのように思える。悲しいもんだなあ。

父の言葉を思い出す。あのころは小さくてわからなかった。

人生は永遠のように長いと感じていた。だがいつのまにか父も死んで、わたしももう四十になろうとしている。父は東京じゅうのいろんな坂に住んだけど、結局なにか得るものがあったのだろうか。

なんだか、よくわからないなあ。青空にそびえ立つ東京タワーにつぶやく。大展望台で脂汗をかいていた父の顔を思い出すと、少しおかしくなった。

近所の保育園の子だろうか、赤い帽子をかぶった幼児たちが先生に連れられて大勢やってきて、遊具で遊びはじめる。きゃあきゃあという声がきらきらと宙に舞う。

地図で見ると、ここまでくれば麻布十番が近いらしい。母にお土産でも買おうか。母は豆源の豆が好きなのだ。公園を出て、高い石垣を見あげながら、麻布十番の方に歩いて行った。

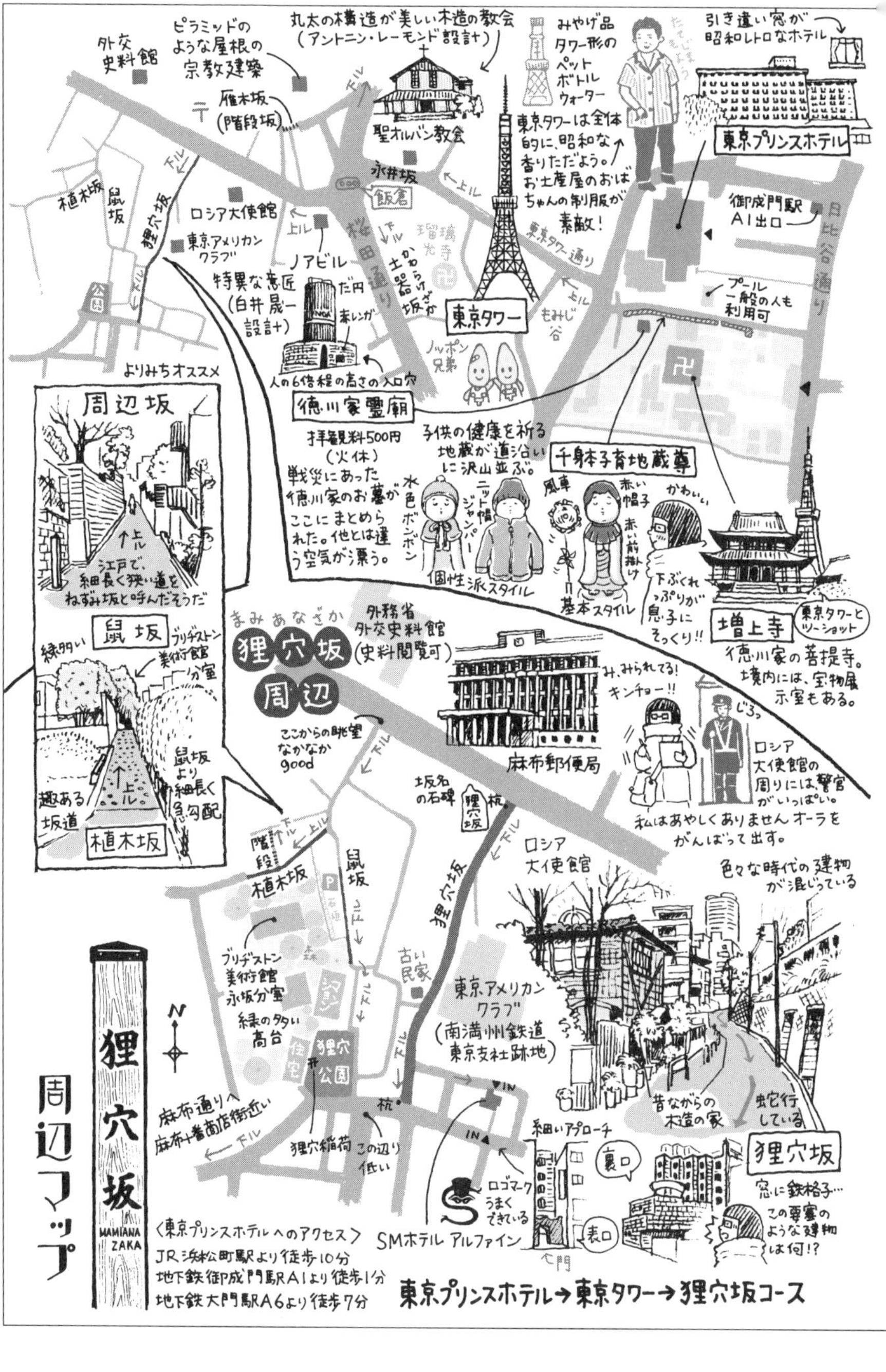
周辺マップ
狸穴坂
MAMIANA ZAKA
東京プリンスホテル→東京タワー→狸穴坂コース
外交史料館
ピラミッドのような屋根の宗教建築
丸太の構造が美しい木造の教会（アントニン・レーモンド設計）
聖オルバン教会
みやげ品 タワー形のペットボトルウォーター
たそがれまそよう
東京タワーは全体的に、昭和な香りただよう。お土産屋のおばちゃんの制服が素敵！
引き違い窓が昭和レトロなホテル
東京プリンスホテル
雁木坂（階段坂）
永井坂
飯倉
植木坂
鼠坂
狸穴坂
ロシア大使館
東京アメリカンクラブ
ノアビル
特異な意匠（白井晟一設計）
だ円
赤レンガ
人の6倍程の高さの入口穴
桜田通り
土器坂
かわらけざか
瑠璃光寺
東京タワー
東京タワー通り
もみじ谷
ノッポン兄弟
御成門駅 A1出口
日比谷通り
プール 一般の人も利用可
よりみちオススメ
周辺坂
上ル
江戸で、細長く狭い道をねずみ坂と呼んだそうだ
鼠坂
緑多い
ブリヂストン美術館分室
鼠坂より細長く急勾配
趣ある坂道
上ル
植木坂
徳川家霊廟
拝観料500円（火休）
戦災にあった徳川家のお墓がここにまとめられた。他とは違う空気が漂う。
子供の健康を祈る地蔵が道沿いに沢山並ぶ。
千躰子育地蔵尊
水色ボンボン
ニット帽ジャンパー
個性派スタイル
風車
赤い帽子
赤い前掛け
基本スタイル
かわいい
下ぶくれっぷりが息子にそっくり!!
増上寺
東京タワーとツーショット
徳川家の菩提寺。境内には、宝物展示室もある。
まみあなざか
狸穴坂周辺
外務省外交史料館（史料閲覧可）
麻布郵便局
み、みられてる！キンチョー!!
じろっ
ロシア大使館の周りには、警官がいっぱい。
私はあやしくありません オーラをがんばって出す。
ここからの眺望なかなかgood
坂名の石碑
杭
狸穴坂
下ル
階段
植木坂
鼠坂
ブリヂストン美術館永坂分室
緑の多い高台
マンション
住宅
狸穴公園
古い民家
東京アメリカンクラブ（南満州鉄道東京支社跡地）
ロシア大使館
色々な時代の建物が混じっている
昔ながらの木造の家
蛇行している
狸穴坂
麻布通りへ 麻布十番商店街近い
狸穴稲荷
この辺り低い
IN
ロゴマークうまくできている
SMホテル アルファイン
細いアプローチ
裏口
表口
門
窓に鉄格子…この要塞のような建物は何!?
＜東京プリンスホテルへのアクセス＞
JR浜松町駅より徒歩10分
地下鉄御成門駅A1より徒歩1分
地下鉄大門駅A6より徒歩7分

4

梯子坂

週末に新宿文化センターに行くことになった。

コンサートや舞台を見に行くわけではない。センター内にある会議室で行われる講演を聞きに行くのだ。江戸時代の新宿の街をテーマにしたイベントで、いつも仕事でお世話になっているツルハシ教授が昼から講演することになっていた。

新宿文化センターは東新宿駅の近くにある。前は新宿三丁目駅がいちばん近かったようだが、大江戸線やら副都心線やらあたらしい地下鉄が通るようになり、いつのまにか東新宿という駅ができていた。

東新宿駅は住所でいえば新宿七丁目。たしか父はこのあたりにも住んでいた、と思い出した。転居通知の束をめくるとすぐにハガキが見つかった。新宿七丁目、梯子坂《はしござか》の近く、とある。住んでいたのは一九九〇年代後半のようだから、まだ東新宿駅はなかったはずだ。

梯子坂について調べてみると、命名は江戸時代。こみいった住宅街の裏道だが、なかなか古い坂のようだ。由来を読むと「『豊多摩群（郡）誌』によれば「梯子坂　久左衛門《きゆうざえもん》坂北方の裏通に在り、東へ登り十間許《ばか》り、坂道急にして恰《あたか》も梯子を登るが如《ごと》し、故に名づく」とある」とあった。

梯子を登るが如し。さぞ急な坂だったのだろう。写真を見ると、いまでも階段坂のようである。父のハガキには「梯子坂だけでなく、あたりは階段ばかり。階段だらけの城塞都市に住んでいるようである」と書かれている。

ツルハシ先生の講演は一時から二時半まで。終わったあと梯子坂のあたりをまわろう、と決めた。


その日は晴れて、うららかだった。昼前に家を出て、駅までの道を歩く。今年は桜の開花が早く、いつもならまだ少し桜が残る時期なのに、もうすべて散ってしまった。途中の八重桜だけが満開で、ひらひらと花びらを散らしている。

漂うような気持ちで空いた電車に乗り、東新宿、というはじめて行く駅に向かった。地下鉄をおり、階段をのぼる。外に出ると目の前に真あたらしいビルがそびえている。こんなところにこんな大きなビルが、と少し驚く。新宿文化センターも前に来たときからリニューアルされたらしく、ずいぶんときれいになっていた。

ツルハシ先生の講演は古地図を使い、このあたりがむかしどんな土地だったかについて語るもので、とてもおもしろかった。寺の多い土地で、近くでは鷹狩りも行われていたらしい。さっき出てきた東新宿は、抜弁天《ぬけべんてん》通りと明治通りの交差点にある。抜弁天通りを団子坂の方に進んで行くと、大久保の犬御用屋敷跡がある。「生類憐れみの令」で有名な五代将軍綱吉の作った犬御用屋敷だ。

生き物の殺生を禁じる「生類憐れみの令」は、息子徳松の死後、世継ぎに恵まれなかった綱吉がこれを前世の殺生によるものと信じて発したもの。生き物のなかでも犬が重んじられたのは綱吉が戌年生まれであったため、というのが長年定説だったが、最近では江戸の町に増えすぎた犬対策に作られたもの、という見方が有力らしい。

大久保の犬御用屋敷は総面積二万三千坪。そこに十万匹の犬が収容されていた。その後手狭になり、中野に移った。中野の犬御用屋敷は十六万坪もあったのだそうだ。

ぼんやりと犬御用屋敷の犬たちのことを想像した。こんな晴れた日は、犬たちも日向ぼっこなどしたのだろうか。いや、猫とちがって犬はそんなことはしないのかもしれない。犬の散歩はナワバリの確認だと聞いた。二万三千坪は広大な土地に思えるけれど、先生の話では東京ドームの二倍もない。そこに十万匹の犬。広いように見えて、ナワバリ意識の強い犬にとっては案外狭いのではないか。

そもそも犬御用屋敷とはどんなものだったのか。サファリパークのようなところを思い描いていたけれど、凶暴な犬を集めていたという話もあったし、実際はもっと囲われていて、動物園のような形だったのかもしれない。だとしたらどうなのだろう。二万三千坪は広いのか。思い描こうとしたが、昼間の動物園は動物より人の方がずっと多い気もして。広いのか狭いのかやっぱりわからなかった。

講演のあと、ツルハシ先生にあいさつをして新宿文化センターを出た。犬御用屋敷跡も見てみたい気がしたが、いまは看板しか残っていないらしい。少し距離もあるようだし、あきらめて梯子坂の方に行くことにした。

地図をながめながら小道にはいる。少し行くと高い木の密集した場所があり、西向天神社《にしむきてんじん》とある。階段をのぼると鎮守の森といった雰囲気が漂いだし、とても新宿とは思えない。江戸時代への入口があってもおかしくない。十手を持った同心が出てきそうな気がしたが、ほんとに十手なんて持っていたんだろうか。あれは時代劇のなかだけの話かもしれない。

境内の案内板によると、ここは東大久保村の鎮守であり、一二二八年に創建、社殿が西を向いているため西向天神と呼ばれたらしい。さらに、太田道灌《どうかん》の山吹の里伝説に登場する紅皿《べにざら》の墓と伝えられる板碑があり、寺の前の狭い石段は山吹坂と呼ばれている、とある。

境内をまわっていると、演歌歌手の藤圭子の「新宿の女」の歌碑があった。何年か前に自殺して、最近の若い人にとっては宇多田ヒカルの母という印象が強いようだが、わたしの母は、かつての藤圭子はこの世のものとは思えないほどきれいで迫力があったのよ、といまでもよく言っている。

高度経済成長期、日本人の生活が豊かになっていくなかで、夜の蝶と呼ばれ、陰で泣く女性たちがいた。ステレオタイプで、いまのフェミニストが聞いたら眉をひそめそうな表現だが、藤圭子はそんな女性をハスキーボイスで歌いあげ、大ヒットをとばした。

彼女自身も浪曲師の父と三味線奏者の母のあいだに生まれ、子ども時代は苦しい生活だったらしい。家族とともに北海道や東北を歌いながらまわり、宿がなく寺の堂内に眠るような壮絶な日々を送った末、デビュー。美しい容姿と歌の内容とのギャップで人気を博し、そのすさまじい迫力から「怨歌」と表現された。

むかしテレビで大ヒット曲「圭子の夢は夜ひらく」の映像を見たことがある。たしかにうつくしかった。そのころのわたしは夜の世界なんて知らなかったのに、強い目の光を見るうちにネオンの世界に吸いこまれていた。わたしが男でこんな人がそばにいたら、なにもかも投げ出してしまうかもしれない。歌が終わり画面が変わったときにはほっと息をついた。

ふりかえると山吹坂という看板があり、その向こうに小さな階段坂が見えた。坂といっても、途中で折れてほんの数段。一五メートルほどの短いものだ。こんなに短くて名前のついた坂もあるのか。杭があり、山吹坂という名前は紅皿という少女の故事にちなむと書かれている。その紅皿の碑は駐車場の方にあるらしく、そばにあった木の扉をあけ、となりの駐車場に出た。

碑によると、太田道灌がこのあたりに鷹狩に来たときにわか雨にあい、近くの農家に雨具を借りようと立ち寄ったところ、その家の少女が庭の山吹の一枝をさしだして断った。これは「七重八重花は咲けども山吹の実のひとつだになきぞかなしき」(後拾遺集)という歌の「実の」を「蓑《みの》」にかけたもので、貧しく蓑さえない自分を、実をつけない山吹にたとえたものだったのだそうだ。これが縁となり、道灌は「紅皿を城に招いて歌の友とした。道灌の死後、紅皿は尼となって大久保に庵を建て、死後その地に葬られたという」とある。

歌とは不思議なものだ。人の心を動かし、揺さぶる。藤圭子と紅皿。歌にまつわる女性がふたり、同じ神社で碑になっている。

神社は小山のような場所に建っていて、碑は小山の縁にあった。碑の向こうに古いアパートの二階の窓が見える。窓が開き、ベランダに洗濯物が干されている。そういえば昭和の刑事ドラマでは、こんなアパートを刑事や新聞記者が張りこみに使っていたなあ、と思い出した。

母はテレビが好きだ。父と暮らしていたころも、居間にはいつもテレビがついていた。記憶に残っているのは歌謡番組と刑事ものや推理ドラマ。父はどれもあまり好きじゃなかった。洋画好きの父は、自分と似たような顔の日本人の役者が出ているドラマは見られたものじゃない、西洋人の俳優や女優であれば虚構の世界に没頭できるが、日本人だと自分と地続きのようで気恥ずかしい、と言っていた。

テレビをつけるのはいつも母だった。といって集中して見ているわけでもない。二時間ものの推理ドラマなどは、最初の十分ほど見ると、出演者のひとりを指して、ああ、この人が犯人、と言い、あとはコタツでうとうとと眠りはじめる。

父は自分の部屋に引っこんでしまうし、結局見ているのはいつもわたしだけ。薄暗い大人の世界も殺人の動機もほとんど理解していなかったのだろうが、先が気になってずっと見ていた。母の予想はたいていあたり、最後になって目を覚まし、ああ、やっぱりこの人が犯人だった、と満足そうに言うのだった。

そのころよく見ていた刑事ドラマにもこんなアパートが出てきた。刑事だったか新聞記者だったかが身分を偽ってこんなアパートに住み、やがてその近くに住む女性と知り合って交流がはじまるが、その女性は刑事だか新聞記者だかの張りこみの目的である犯人の恋人だか元妻で、よく覚えていないがなんだか悲しい結末を迎えた気がする。

昭和の刑事や新聞記者はほんとうにそんな仕事をしていたのだろうか。いまはどうなんだろう。犯罪も新聞も変わらずあるけれど、私生活をすべて捨てた刑事や記者がいるとは思えない。むかしもいなかったのかもしれないが、あのころはいてもおかしくない気がしていた。

西向天神社を出て、さっきの細い道に戻った。歩いていくと低いガードがある。抜弁天通りをくぐるものらしい。ガードを抜けると都道の向こうで、久左衛門坂という坂の途中だった。杭には「この坂は、徳川家康の江戸入府以前から大久保に居住していた島田家の草創久左衛門が新しく開いた坂道であったため、こう呼ばれるようになったという」とあった。

梯子坂はこの久左衛門坂から近いはずである。梯子坂の下にあるという「東宝湯」という銭湯の看板を見つけ、大きな集合住宅の横の路地を抜けた。東宝湯の白い煙突が見え、短い路地を抜けると右側に銭湯と階段があった。

これが梯子坂か。梯子というほど急ではない。写真で見たのと同じ、真ん中に手すりのある階段坂だ。銭湯の入口には飲み物の自動販売機がならんでいる。まだ営業時間前のようで、入口はしまっていた。梯子坂の下に立ち、階段を見あげた。四、五十段ほどのコンクリートの階段坂で、手すりは錆びて黒々としていた。日があたっているのにどこかうらさびしい。

銭湯のとなりには古いアパートが建っている。となりといっても、坂の途中だから一階の高さがかなりちがう。向かい側は空き地になっていて、うしろに高い石垣が見えた。その上には階段に沿って住宅が立ちならんでいる。

のどかで、なんの音もしなかった。昭和の路地に迷いこんだ気がした。このあたりに住んで、夜はあの銭湯に行く。身寄りはなく、ひとり暮らしで、恋人と別れたばかり。そんな女性になったつもりで、ぽつんぽつんと階段をのぼっていく。

今日は土曜日。昼近くに起きて洗濯物だけ干すと、ほかになにもすることがなく、ぼんやり外に出た。いいことなんてなにもない。このままずっとひとりで生きて、ひとりで死ぬ。そんな人生なら生きてる意味なんてないんじゃないか。

それでもこんなに天気がいいと、なんだかいいことが起こるんじゃないか、と思う。そうしてアパートで張りこみ中の刑事に出会う。自分が刑事であることを隠し、くたびれた服を着ている。失業中ということにしてあるのかもしれない。そして、身寄りもない。妻と子には逃げられた、みたいなことを言って、ふたりで食事に行ったりする。わたしもほんとは信じてない。でも信じたいからなにも考えないことにしている。すっかり忘れていたドラマの主題歌が耳の奥に鳴り響く。

　階段をのぼりきってふりかえると、ビルが見えた。高いビルがにょきにょき建って、急に現代に引き戻される。

　父が出ていったのはわたしが八歳のとき。あのころはまだひとり親の子は少なくて、それでいやな思いをした、という記憶はあまりない。それでも大人になればみんなちゃんと家庭を築くものだとなんとなく思っていた。社会のルールにしたがってちゃんと家庭をもつか、外れ者になるか。でもどちらにもならなかった。夫もなく子どももなく、犯罪者にも夜の蝶にもならず、母とふたりで生き続けている。

　ときどき、これでよかったんだろうか、と思う。むかしはつきあっている人もいたのだ。だが別れてしまった。あのまま結婚していれば、いまとは全然ちがう人生になったかもしれない。日々家族のことで忙しく、こんなふうにふらふらとひとりで坂を歩くようなこともなかったかもしれない。

　左側に路地がある。低い石垣のうえに緑が茂り、そのうしろにまた石垣があるという細長い不思議な空間がのびていた。名前のわからない草たちが茂って、庭園のようだ。一株だけツツジがあって、花をつけている。石垣を突き破って大きな木も生えている。だれの土地でもないように見えるが、ほんとうはどこかの家の敷地なのだろうか。野生のように見えるが、この低木も草もだれかが丹精したものなのだろうか。

蝶がひらひら舞っている。蝶にとってはここが空き地でもだれかの庭でも関係がない。花があるからやってくるだけなのだろう。

父のハガキの「梯子坂だけでなく、あたりは階段ばかり。階段だらけの城塞都市に住んでいるようである」という言葉を思い出す。城塞都市というのは、父が憧れていたモロッコのフェズが頭にあってのことだろう。わたしはフェズに行ったことはない。父はどうかわからない。わたしたちのところを去ったあと、行ったかもしれない。いつか行ってみたいと言っていたが、結局夢見るだけで行かなかったのかもしれない。

小道をでたらめに歩きはじめる。どの道も細く、あちこちに階段や段差があって、「この先階段あり。車は通り抜けできません」という看板が立っている。三段しかない階段、ほんの数メートルだけ道幅が極端に狭くなっている道。たとえ一段でも段差があれば台車だって通れない。宅配便業者はたいへんだろう。

クランクになった路地、突然行き止まりになってしまう道。入り組んでいて、公道か私道かもわからない。急な傾斜地で傾斜の形が入り組んでいるからというのもあるし、古くから人が住んでいたこともあるだろう。いま開発するなら車が通れるように道路を整備するはずだ。

家も多い。小さな区画にぎっしりと建っている。高い石垣のうえに建ち、道路から玄関まで何十段も階段をのぼらなければならない家もあった。あちこち壊れ、空き家と思うような古い家のベランダに洗濯物がはためいているかと思えば、突然周囲とはまったくちがう真あたらしい小洒落た建物が建っていたりする。

うろうろ歩きまわるうちに、戸山マンションという大きな集合住宅の前に出た。上から見ると十字架型に見える白い建物で、どの窓にも洗濯物が揺れている。通り過ぎると大久保通りに出た。もう一度引き返し、路地を歩く。天気がいいせいか、庭に出て草木の手入れをしている人もいた。青い空の下で一瞬目が合い、バツが悪くなってすぐにそらした。これまで会ったことのない、そして今後会うこともない人々。

この狭い区域にどれだけの人が暮らしているのか。みな日々生きるために働き、家族と、あるいはひとりで食事をし、眠るのだ。そのなかには張りこみをする刑事もいるかもしれない。夜の街で歌う女もいるかもしれない。父のようにさまよう男も、わたしたちのような母子もいるかもしれない。

江戸時代からたくさんの人がこの土地に生きてきた。むかしの人はもういない。いないように見える。でもちがうのかもしれない。みんな、自分がいなくなったことにも気づかずに、こんな晴れた日にはふわふわとあの路地を歩いているのかもしれない。

路地をさまよい歩くうちに、見覚えのある場所に出た。いつのまにか梯子坂のすぐ近くまで戻ってきていたのだった。東宝湯ももう開いているらしく、キャリーケースを持った旅行者らしい人たちがはいっていくのが見えた。ここに住んでいたあいだ、父もはいったことがあるかもしれない。そんなことを思いながら、わたしもふらりとなかにはいった。

脱衣所は小さく、浴室もそれほど広くない。富士山の壁画もない。壁はすべて白っぽいタイルに覆われている。だが掃除は行き届いていて清潔だった。さっきの旅行者たちはジェットバスに浸かっていた。ふたり連れの若い女の子で、どうやら今日の深夜バスでどこかに帰るらしい。どこのだれかもわからない子たちと裸になって同じ湯に浸かっている。観光地の温泉ならともかく、新宿の住宅街のなかだからだろうか、なんだか不思議な気持ちになる。

ふたりのうちのひとりはどうやら最近彼氏と別れたばかりのようで、つき合っていたころのあれこれを語り、あのときはきっとわたしが悪かったんだ、とこぼし、もうひとりが、あんたは悪いことなんてしてない、わたしから見れば全面的にあいつがクズ、となぐさめている。彼氏と別れた子はべそべそ泣きはじめ、わたしの人生、これからいいことあるのかなあ、と言った。

銭湯を出ると外は暗くなっていた。もう一度さっきの路地のなかに迷いこむ。昼間も迷路のようだったが、夜歩くといっそうどこにいるかわからなくなる。

あちこちからテレビの音が聞こえてくる。子どものころはどの家庭もひとつの部屋でテレビを見ていたものだった。学校に行っても、みんなテレビの話をしていた。あのころはチャンネルも少なかったし、きっとテレビが神さまの代わりみたいなものだったんだろう、と思う。

父も土曜の夜だけお笑いの番組を見ていたな、と思い出した。ドラマや歌謡番組は見ないのに、土曜の夜だけはわたしたちといっしょにテレビの前にいた。笑っていたかはわからない。みんなテレビの方を見ていたから。

新宿の夜の街はそろそろにぎやかになるころだろうか。あの女の子たちはどこに帰るのだろうか。まわりの家からもれてくるテレビの音を聴きながら、階段だらけ路地だらけの土地を出て、地下鉄の駅に向かった。

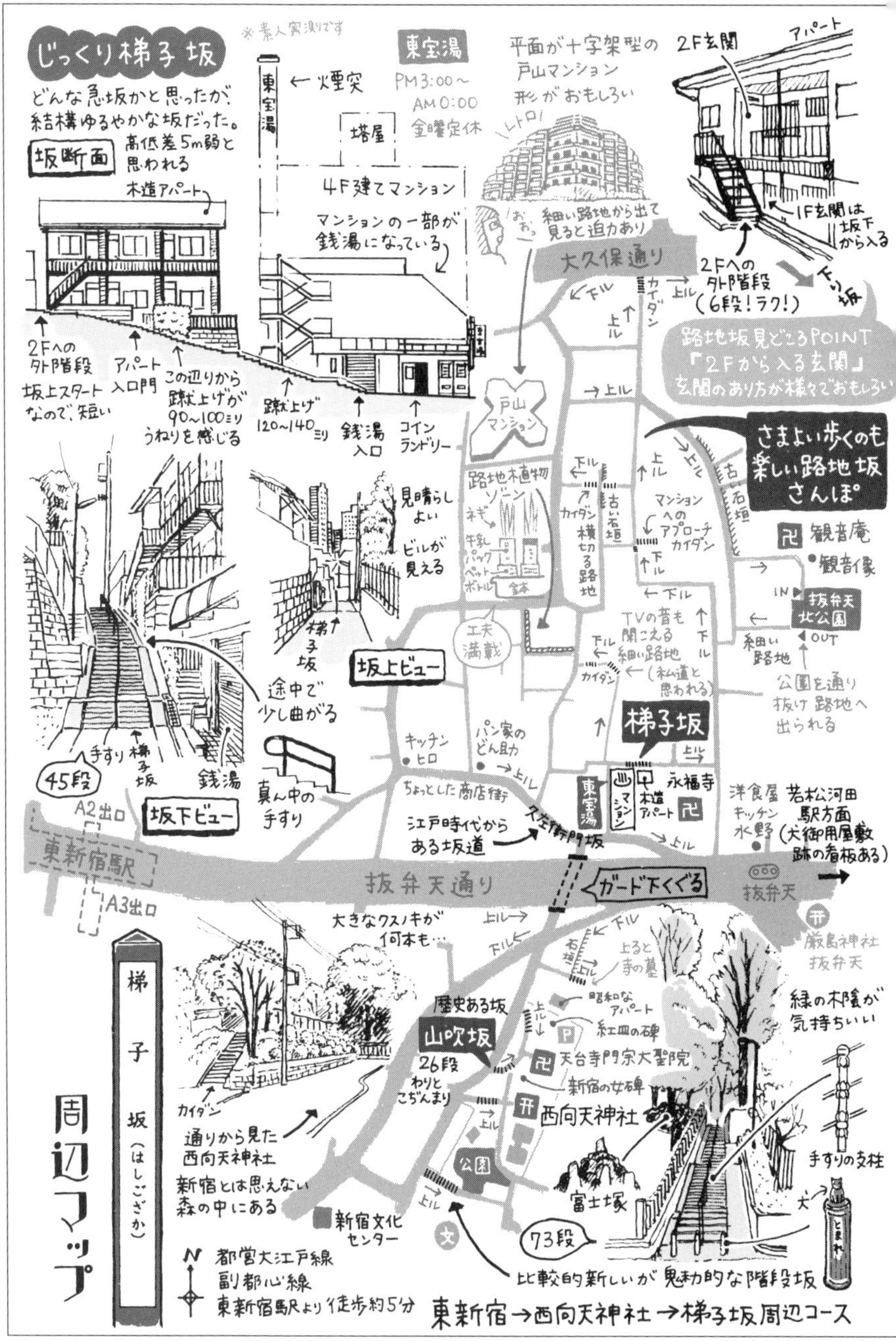

じっくり梯子坂
※素人実測です
どんな急坂かと思ったが、結構ゆるやかな坂だった。
坂断面
高低差5m弱と思われる
木造アパート
2Fへの外階段
坂上スタートなので、短い
アパート入口門
この辺りから蹴上げが90〜100ミリうねりを感じる
東宝湯
← 煙突
塔屋
4F建てマンション
マンションの一部が銭湯になっている
蹴上げ120〜140ミリ
銭湯入口
コインランドリー
東宝湯
PM3:00〜AM0:00
金曜定休
平面が十字架型の戸山マンション形がおもしろい
レトロ!
おぉ
細い路地から出て見ると迫力あり
2F玄関
アパート
1F玄関は坂下から入る
2Fへの外階段(6段!ラク!)
下り坂
路地坂見どころPOINT
「2Fから入る玄関」
玄関のあり方が様々でおもしろい
さまよい歩くのも楽しい路地坂さんぽ
大久保通り
下ル
カイダン
上ル
戸山マンション
路地植物ゾーン
ネギ
牛乳パック
ペットボトル
盆栽
古い石垣
横切る路地
マンションへのアプローチカイダン
古い石垣
観音庵
観音像
抜弁天北公園
IN
OUT
細い路地
公園を通り抜け路地へ出られる
工夫満載
TVの音も聞こえる細い路地
(私道と思われる)
梯子坂
見晴らしよい
ビルが見える
梯子坂
坂上ビュー
途中で少し曲がる
真ん中の手すり
手すり
梯子坂
45段
銭湯
坂下ビュー
キッチンヒロ
パン家のどん助
ちょっとした商店街
東宝湯
マンション
木造アパート
永福寺
洋食屋キッチン水野
若松河田駅方面(大御用屋敷跡の看板ある)
江戸時代からある坂道
久左衛門坂
A2出口
東新宿駅
A3出口
抜弁天通り
ガード下くぐる
抜弁天
嚴島神社抜弁天
大きなクスノキが何本も…
石垣
上ると寺の墓
昭和なアパート
紅皿の碑
天台寺門宗大聖院
新宿の女碑
歴史ある坂
山吹坂
26段
わりとこぢんまり
西向天神社
公園
新宿文化センター
文
富士塚
73段
緑の木陰が気持ちいい
手すりの支柱
犬
とまれ
カイダン
通りから見た西向天神社
新宿とは思えない森の中にある
比較的新しいが魅力的な階段坂
梯子坂(はしござか)
周辺マップ
N
都営大江戸線
副都心線
東新宿駅より徒歩約5分
東新宿→西向天神社→梯子坂周辺コース

5

胸突坂

久々に連句の席に誘われ、文京区にある関口芭蕉庵に行くことになった。

連句というものを知ったのは十年ほど前。当時上司だったトミナガさんに、なにもわからないまま連れていかれたのだ。集まった人たちが句を出し合い、五七五の長句と、七七の短句を交互につけていくという遊びで、短歌も俳句も経験のなかったわたしは、はじめのうちはなにも思いつかず、これは場違いなところに来てしまった、と頭を抱えた。

だが、次々とかろやかに句を出していくまわりの人たちを見るのはなかなか楽しかった。生真面目一辺倒だと思っていたトミナガさんが、連句の席ではバクさんと呼ばれ、ユーモラスな句を作るのも驚きで、少し笑ってしまったあと、ああ、こんな感じでよいのか、と思ったら、するっと一句書けた。

式目という面倒なルールがあり、追いついていくのがやっとではあったが、覚束ない気持ちで出した句が意外に褒められたりするうちに、調子に乗ったのかいつのまにか負けじと句を作っていた。それから連句や松尾芭蕉の本なども読み、二、三ヶ月に一度はバクさんとともに連句の席に顔を出すようになった。

やがて連句会の宗匠であるトシオさんが病気で亡くなった。トミナガさんは残った人たちと連句を巻いていたようだが、わたしはそれきり連句から遠ざかってしまった。それが先日、定年退職してしばらく顔を合わせていなかったトミナガさんから連絡があって、トシオさんの七回忌に関口芭蕉庵で連句を巻くから顔を出さないか、と言われた。

そういえば芭蕉庵は胸突坂《むなつきざか》という坂の近くにある、と思い出した。連句会はいつもトシオさんの家の近くの区民会館で行われていた。だが一度、芭蕉忌に関口芭蕉庵で会が開かれたことがあり、会場に向かう途中、胸突坂という小さな石の標識を見たとき、父からの転居通知にこの坂の名前もあったなあ、と思い出したのだ。

そのころ、父はまだ生きていた。長いこと会っていなかったが、どこかで生きていることはわかっていた。だからだろうか、坂を見てもとくになにも思わなかった。父のことは遠いむかしに終わったことのように感じていて、坂にばかり住むなんて変わった人だったんだな、と少しだけ思って芭蕉庵にはいり、連句がはじまったらすっかり忘れてしまった。

父が死んだあと、いや、死んで何年も経ったいまの方が、父を近く感じる。何度か父の住んだ坂をめぐり、のぼったりおりたりしたからだろうか。いつかどこかの坂をのぼりきったとき、あるいはくだりきったときにそこに父がいたりするのだろうか。そうしたらなにを話せばいいのだろう。そんなことは起こらない。もちろんわかっていたが、一度浮かんできたその疑問は、なかなか消えなかった。もしかしたら、父が生きているうちにそのことをじゅうぶんに考えなかったからかもしれない。

梅雨の合間のよく晴れた日で、江戸川橋駅から神田川沿いに歩いていくと、崖を覆う緑に目を奪われた。川沿いの江戸川公園は公園なのか遊歩道なのかわからないほど細長く、それでもたまに遊具があったり、ベンチがあったりした。遊具では子どもたちが遊び、ベンチには会社員風の男が靴を脱いで横たわっている。

公園内の看板には、神田上水に関する説明があった。芭蕉も治水工事の事務作業に携わっており、この地にある水番屋に住んでいた、とある。それが関口芭蕉庵の起こりらしい。

公園を抜けると、芭蕉庵の門が見えた。閉まっている。横にある小さな門からはいった記憶がよみがえってきて、門を通り過ぎ、曲がった。角に「胸突坂」という石の碑があった。目をあげると、鬱蒼とした緑のなかに細い階段坂が見える。むかし見た坂だった。

坂の下、左側に水神社の鳥居がある。鳥居の前の階段をのぼると、鳥居のうしろの大きな銀杏の木の根が地面にうねうねとのび、その向こうに社が見えた。神社を抜け、胸突坂に出る。短い坂だ。芭蕉庵にはいる前に一度のぼっておこう、と段をのぼりはじめた。階段の上に木漏れ日が落ちて、ちらちら揺れた。

あら、蓉子さんじゃないの。聞き覚えのある声にはっとして顔をあげた。声の主は階段を降りてきた年配の女性で、トシオさんの連句会にいたユリエさんだった。最後に会ったとき七十歳少し前だったから、いまは七十代半ばだろう。身体はひとまわり小さくなったが、ふっくらとやわらかな笑顔は以前のままだった。

連句会に行くんでしょう？　芭蕉庵は坂の下よ。ユリエさんはにこにこと笑う。ええ、知ってます、ただちょっと……、と言いかけて口ごもる。坂をのぼってみたくなって。あいまいにそうつけ足した。ああ、わかるわぁ、今日はお天気もいいし、光がきれいですものねぇ。口の奥の方でふっくらと響く声で、歌うようにユリエさんが言う。

このうえにはね、永青文庫《えいせい》もあるのよ。永青文庫、ご存じ？　細川家所蔵の文化財が展示されてるの。ここまで来たんだからほんとだったら見ていきたいところなんだけど、もう時間がないものねえ。ユリエさんは少し笑って腕時計を見る。もうあと何年生きられるかわからないから、いまのうちにやりたいことがたくさんあるのよ。だから、いつも時間が足りないの。いやよねぇ。さあ、蓉子さんも行きましょう。もうはじまってしまう。ユリエさんはどんどん坂をおりていき、わたしもあとについて行かざるを得なくなった。

芭蕉庵にはいると、見覚えのある人たちが座っていた。トシオさんの連句会にいた面々だ。翻訳家のムギさん、編集者のウヅキさん、雑誌記者のタケヒコさん、医者のソウジさん、司書のマリモさん、そして元上司のトミナガさん。ちなみに、連句の席では、おたがいを名前で呼ぶ。本名の人もいるし、連句のときだけの名前を使う人もいる。苗字や職など日常的なものはすべて捨て去り、名前だけになって遊ぶ。だからトミナガさんのことも、ここではバクさんと呼ぶ。

ユリエさんとわたし以外は連句を続けていたようで、トシオさんの死後もしょっちゅう顔を合わせていたみたいだ。ユリエさんは連句をやめて俳句の世界にいたらしい。みんな歳をとった。バクさんも髪は真っ白になり、ひとまわり小さくなった。当時大学生だったマリモさんも頬の肉が落ち、ずいぶんと落ち着いた女性になっていた。

みんなこうやってだんだん歳をとり、トシオさんがいなくなったようにひとりずつこの世から消えてゆく。いつかわたしも消えて、そのうちだれもいなくなる。畳の部屋がぽっかり広がっていくようで、しばらく立ち尽くしていた。どうしたの、蓉子さん、座ったら？　となりにいたユリエさんに話しかけられ、あわてて腰をおろした。

机の上には短冊が置かれている。みなが短冊を囲み、座っている。それはむかしとまったく同じで、ただトシオさんだけがいない。人が死ぬとはこういうことなのだな、と思う。生まれて、死んで、それがただくりかえされていく。

みんな集まったし、そろそろ巻きましょうか、とウヅキさんが言った。連句を行うことを「巻く」と言い、連句の席は「座」と言う。みなで句を出し、「捌《さば》き」と呼ばれる座のリーダーが句を選ぶ。今日はウヅキさんが捌くらしい。

ウヅキさんもずいぶん変わった。もう五十過ぎだろうか。むかしはもっと張り詰めた雰囲気だったが、いまは少しゆったりしたように見える。トシオさんが亡くなったとき、いちばんショックを受けていたのはウヅキさんだった。もうトシオさんに捌いてもらうことはできないんだ、と泣いていた。連句一巻の流れは捌きの選句で決まる。句のように形は残らないが、連句にくわしい人なら、できあがった作品から捌きの美意識を感じ取ることができる。

同じ人たちが集まっても、捌きが変われば同じようにはならない。トシオさんがいなくなったから、トシオさんの連句はもう生まれない。わたしが連句から遠ざかったのも、ほかの人の捌きに馴染めなかったからかもしれない。会を去るとき、ウヅキさんと話した。ウヅキさんは、わたしはわたしの座を作る、トシオさんがここに作ったみたいに自分の連句を目指すんだ、と言った。それを聞きながら、ウヅキさんにとっては、トシオさんの座が居場所だったんだな、と強く感じた。

久しぶりだというのに、連句がはじまるとすっかりむかしのままだった。みな短冊を前に鉛筆やペンを持ち、うなったり書いたり書き直したりしながら句を書いていく。ウヅキさんの選句は、トシオさんを思わせるところがあった。トシオさんはいつも芭蕉さんのことを考えていて、ウヅキさんもまたそれにならっていた。だがそれ以上に、感覚の根元に通うところがあるのだろう。

だが、トシオさんは芭蕉さんではないし、ウヅキさんもトシオさんでも芭蕉さんでもない。流れにウヅキさんならではの部分もあって、ああ、ウヅキさんはこの数年で自分の連句を模索してきたんだな、と感じた。

　連句には、月と花の常座というものがある。何句目は月、何句目は花、と決まっていて、そこでは必ず月、花を出さなければならない。花は桜で、しかし桜ではなく花と言わなければならない。そこが一巻の山場のようなものである。はじめたばかりのころは納得できないものを感じていたが、続けていくうちに、飽きるほど月と花の句を作っても、必ずそのときならではの句ができることに気づき、その一巻を月や花の句で記憶していることもあって、やはりなにか意味を持っている、と感じるようになった。

　月の常座の前、マリモさんの「破るるほどに芭蕉揺れつつ」が取られた。ここの庭にあった芭蕉のことを思い出すうちに、なぜか父の姿が浮かんで来た。「坂に立つ父の背中を照らす月」という句を書いて出す。短冊を目にしたユリエさんが、あら、「坂に立つ父」なんて素敵じゃない、とふっくらした声で言い、ウヅキさんも、いいですね、じゃあ、ここはこの句で、とあっさり決まってしまった。

　でも、どうして坂なんですか？　マリモさんが訊いてくる。そりゃ、やっぱり、父親だからよ、父親っていうのは、坂に立ってるものなのよ。ユリエさんが笑う。だいたい、男の人ってみんな自分が坂にいると思ってるんじゃないのぉ、のぼったりおりたりがすきなのかしらねぇ。それはどうかな。平らなところがすきなやつだっているだろう。いやいや、そういう男は退屈だよ。男性陣があれこれ言い出す。なぜか、男とは、みたいな話になっていて、それをぼんやりながめてしまっていた。

そういうものなんですか、とマリモさんが困ったようにわたしを見た。男の人みんながそうかはわからないけど、わたしの父は坂が好きで……。そこまで言いかけて、この話、いままでだれにもしたことがなかったな、と気づいた。

なかなか文学的で素敵なお父さんじゃないか。バクさんが言った。いえ、そんな言葉では片づけられないくらい、異様に坂が好きだったんです。生涯に二十回以上引っ越しをして、それがいつも坂の近く、しかも名前のある坂と決まっていて。

すごいな。タケヒコさんが目を丸くする。蓉子さんの家は、ずっとそれにつき合っていた、ってこと？　いえ、父はわたしが八歳のときに家を出ていってしまって。それ以降ずっと会ってなかったんです。五年前に亡くなって、お葬式には行きましたが。でも、わたしが生まれてから出ていくまでのあいだにも四回引っ越しをしました。そりゃあ、迷惑な話だよなあ、と翻訳家のムギさんが笑う。男のロマンとかじゃすまされないね、奥さんが相当やさしいか、寛容な人じゃないと。

母は別にやさしいわけでも寛容なわけでもなく、たいていのことはどうでもいいと思っているだけなのだ。無関心というのとはちがう。面倒なことを要求されても、自分に対応できることなら文句は言わない。世界と自分のあいだにきっちりと線を引いて、そこから外に出てわざわざ戦うということをしない。ただしだれかが線の内側にはいってこようとしたときは猛然と戦う。そういう人なのだが、説明するのがむずかしい。黙ってあいまいにうなずいた。

じゃあ、もしかして、この胸突坂にも住んでいたことがあるの？　ユリエさんが訊いてくる。さっき胸突坂をのぼろうとしていたのを思い出して察したのかもしれない。やっぱり鋭い人なんだなあ、と思いながら、そうなんです、とうなずいた。家を出たあとも、なぜか引っ越すたびに転居通知を送って来て、そこに必ず坂の名前が書いてあったんです。それに、わたし宛の遺言状にも自分が暮らした坂の一覧が書かれていて。

それはなにか、蓉子さんに伝えたいことがあったんじゃないの？　そうよねぇ、そもそもどうしてそこまで坂にこだわったのかしら？　しかも、名前のある坂限定なんだろう？　不思議だなあ。みんな口々に言った。たしかに不思議ではあり、だからこうして父の暮らした坂をめぐるようになったのかもしれない。だが、どうして坂なのか、名前のある坂なのか、ちゃんと考えたことはなかった。

そういえば、坂が好きなのはかぎられた部分だから、って言ってたような気がする。道はどんどんのびていくが、坂は勾配のあるところだけ。はじまりがあって終わりがある。そこがいいんだ、と。だが、それのどこがいいんだ。説明になっていない。

意外と、宝探しとか。先祖の隠し財産を探してたのかも。マリモさんが思いついたように言った。探すのはいいが、なんで住まなくちゃならないんだ？　さあ、それは。マリモさんが天井を見あげる。でも、宝は結局見つからなかったのかもしれませんね。だから蓉子さんに見つけてもらいたいと思って、遺言状に書いたのかもですよ。坂の名前が暗号になってたりして。喜々として話すマリモさんを見ながら、そういえば彼女はミステリが好きだったなあ、と思い出した。

その話がきっかけになって、ソウジさんが「宝を探し無人島まで」という句を出した。いったんはそれに決まりかけたが、ユリエさんが「影がひんやり寄り添ってくる」を出すと、ウヅキさんはあっさりと、ああ、今回はこちらにしましょうね、と言った。トシオさんだったらどっちを取っただろう。でも、今日の捌きはウヅキさんなのだ。トシオさんがここにいたら、ウヅキさんが取りたいものを取りなさい、と言うだろう。

四時半になると芭蕉庵は閉園になった。連句は、最後にトシオさんを偲ぶ花の句が出て、あとは挙句のみとなっていたが、仕方なく外に出た。マリモさんが、胸突坂のうえにちょっといい店があるというので、そこに行くことにした。挙句をつけたら軽く飲みながら夕食を取る。トシオさんがいたころと同じように。

坂をみんなでのぼっていく。この坂めぐりをはじめてから、いつもひとりでのぼったりおりたりしていたから、なんだか不思議な気がした。

そういえば、蓉子さんのお父さんって、なにをしている人だったんですか。マリモさんが訊いてきた。そうだよなあ、何度も引っ越した、って言ってたけど、仕事はどうしてたの？　ムギさんも訊いてくる。仕事、ですか？　少しぽかんとする。父の仕事についてはこれまであまり考えたことがなかった。

わたしたちと暮らしていたあいだはいちおう勤め人だったみたいです。でも、転々としていて。事務員とか、駐車場の管理人とか。でもどれも長続きしなかった。いつもトラブルを起こしてやめてしまっていたみたいで。ほんとに変わり者だったんだなあ。でも、それでどうやって暮らしてたの？　母が働いていましたから。それでも勤めるようになっただけマシだ、って言ってました。母と会ったころは無職だったみたいで。

思い返してみると、どうしてあれで生活できていたんだろう。母は大学の事務員だったが、わたしが生まれたばかりのころは休職していたはず。貯金があったのか。それに、わたしたちと離れてからはどうだったのだろう。家族がいてもそんな感じだったのだから、定職があったとはとても思えない。今度、母に訊いてみようか。

あ、永青文庫。ユリエさんが立派な石の門を指す。ああ、細川のお屋敷か。下に庭園もあるんだっけ。ああ、見たかったなぁ、いまはたしか良寛《りょうかん》さんの書を展示しているのよね。でも、もちろんもう閉館している。ユリエさんは恨めしそうに門を見た。

生きてるあいだに見たいものはたくさんあるのよねぇ。ユリエさんがため息をつく。エベレストに登るとか宇宙に行くとか、あきらめたものもたくさんあるわよ、まあ、考えたら、そういうのはそんなにやりたくなかった気もする。でも、オーロラはまだ見てみたいわね。でも体力にもかぎりがあるし、なにもできないうちに時間ばかりすぎていって、あせっちゃうのよねぇ。ぶつぶつとつぶやき、空を見あげた。

ユリエさんは大丈夫ですよ、それだけ元気なんだから。マリモさんが笑う。そうそう、まだまだいける。月だって行けるかもしれないよ。なに言ってるの、もういつ死んでもおかしくないのよぉ。ユリエさんは歌うように言った。

父もそうだったのだろうか。いつか死ぬとわかっていたから、どうしても暮らしたい場所を転々としていたのか。そう思ったとたん、なぜか涙がぽろっとこぼれた。父が亡くなったときから感じていた得体の知れない空虚な感じとはちがう。はっきりと悲しみに似た形をした感情だった。

親の死なんてありふれている。たいていの人が経験することだ。子どものうちならまだしも、大人になってからであれば親も歳をとっている。特別な不幸のように言うことじゃない。親だけじゃない。人はいつか死ぬ。死はありふれている。でも、ありふれているからと言って、悲しくないわけじゃない。

死んだら向こうでトシオさんとまた連句巻けるかしら。ユリエさんの声がした。涙が止まらずうつむいていると、マリモさんがわたしの顔をのぞきこんできた。どうしたんですか、蓉子さん。ユリエさんがこっちを向いた。蓉子さん、泣いてるんです。どうしちゃったんですか。ユリエさんが死ぬなんて言うからじゃないの？　ムギさんがユリエさんの肩をぽんぽん叩く。

そうなの、ごめんなさい、そんなつもりじゃ。ユリエさんが言った。いえ、これはそういうことではなくて。もごもごと口ごもる。

いいじゃないの。ウヅキさんの声がした。人間なんだから、笑いもするし、泣きもする。泣くのも別に悪いことじゃない。ウヅキさんが言うと、みなひそりと黙った。風が吹いてくる。影がひんやり寄り添ってくる。さっきのユリエさんの句を思い出す。なにもかもがすうっと止まり、父とすれちがったような気がした。

さ、行きましょ。挙句をつけなくちゃね。ウヅキさんの声にうなずき、みんなといっしょに細い道を歩いていった。

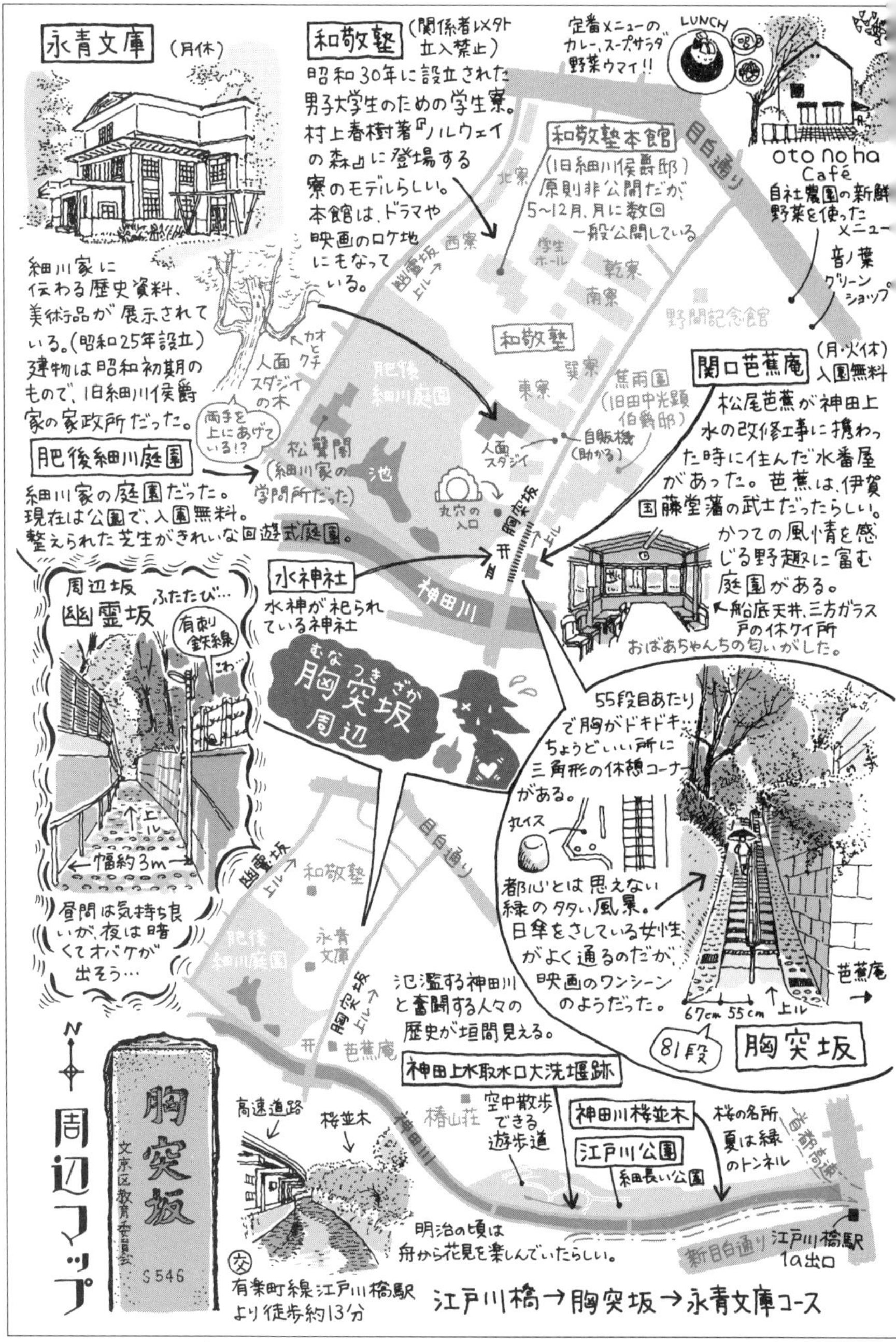
周辺マップ
N
江戸川橋→胸突坂→永青文庫コース
永青文庫
（月休）
細川家に伝わる歴史資料、美術品が展示されている。（昭和25年設立）
建物は昭和初期のもので、旧細川侯爵家の家政所だった。
和敬塾
（関係者以外立入禁止）
昭和30年に設立された男子大学生のための学生寮。村上春樹著『ノルウェイの森』に登場する寮のモデルらしい。本館は、ドラマや映画のロケ地にもなっている。
LUNCH
定番メニューのカレー、スープ、サラダ野菜ウマイ!!
oto no ha Café
自社農園の新鮮野菜を使ったメニュー
音ノ葉グリーンショップ
目白通り
和敬塾本館
（旧細川侯爵邸）原則非公開だが、5〜12月、月に数回一般公開している
北寮
西寮
学生ホール
乾寮
南寮
野間記念会館
和敬塾
巽寮
東寮
蕉雨園（旧田中光顕伯爵邸）
幽霊坂 上ル→
人面スダジイの木
カオとクチ
肥後細川庭園
両手を上にあげている!?
松聲閣（細川家の学問所だった）
池
人面スダジイ
自販機（助かる）
丸穴の入口
胸突坂 上ル
関口芭蕉庵
（月・火休）入園無料
松尾芭蕉が神田上水の改修工事に携わった時に住んだ水番屋があった。芭蕉は、伊賀国藤堂藩の武士だったらしい。
かつての風情を感じる野趣に富む庭園がある。
船底天井、三方ガラス戸の休ケイ所
おばあちゃんちの匂いがした。
肥後細川庭園
細川家の庭園だった。現在は公園で、入園無料。整えられた芝生がきれいな回遊式庭園。
水神社
水神が祀られている神社
神田川
周辺坂 幽霊坂
ふたたび…
有刺鉄線
こわ…
上ル
←幅約3m→
昼間は気持ち良いが、夜は暗くてオバケが出そう…
胸突坂《むなつきざか》周辺
55段目あたりで胸がドキドキ… ちょうどいい所に三角形の休憩コーナーがある。
丸イス
都心とは思えない緑の多い風景。日傘をさしている女性がよく通るのだが、映画のワンシーンのようだった。
芭蕉庵→
67cm 55cm
上ル
81段
胸突坂
目白通り
幽霊坂 上ル→
和敬塾
永青文庫
肥後細川庭園
胸突坂 上ル→
芭蕉庵
氾濫する神田川と奮闘する人々の歴史が垣間見える。
神田上水取水口大洗堰跡
椿山荘
空中散歩できる遊歩道
神田川桜並木
桜の名所 夏は緑のトンネル
江戸川公園
細長い公園
首都高速
新目白通り
江戸川橋駅 1a出口
高速道路
桜並木
神田川
明治の頃は舟から花見を楽しんでいたらしい。
胸突坂
文京区教育委員会
S546
有楽町線江戸川橋駅より徒歩約13分

6

別所坂

退職する同僚の送別会が開かれることになって、日曜のランチタイムに恵比寿に行った。トップオブ恵比寿というガーデンプレイスタワーの上のレストラン街のなかのロティサリーチキンの店だった。三十九階におり立つと、ふだんあまり縁のない垢抜けた空間が広がっていた。何年か前にリニューアルオープンしたらしく、退職するキヌエさんというその同僚は、恵比寿のスカイウォークを通るたび、壁に貼られたレストランのポスターをながめ、いつか一度ここで食事をしてみたい、と思っていたらしい。

キヌエさんが退職するのは、両親の具合が思わしくなく、故郷の富山に帰ることになったからだった。東京を離れたらああいうおしゃれなところにはそうそう行けないから、と苦笑いする彼女を見て、親しい同僚三人で会をセッティングした。

店にはいると窓際の席で、大きなガラス窓から街が見渡せた。山手線の外側を向いているらしく、東京タワーや高層ビルやスカイツリーは見えない。それでも家の立ちならぶ街はまさしく東京の風景だった。こういう店で彼氏からプレゼントをもらいたかったなあ、そしたら結婚してたかもしれないのに。キヌエさんは笑った。キヌエさんもわたしと同じく独身だ。あとのふたりは結婚して子どももいるからか、結婚はともかく子どもができるとほんとに自由にならないよ、と笑った。

信じられないなあ、この風景ともうすぐお別れなんて。キヌエさんは窓の外を見ながらぼんやり言った。ご両親のことが一段落したらまた戻ってきてもいいじゃない、とミワコさんが言ったが、キヌエさんは首を横にふって、ううん、たぶん一度戻ったら出てこられないと思うんだよね、高齢だから、よくなるってことはないと思うし、とさっぱりした顔で答えた。それに両親のことがなかったとしても、いつかは富山に帰るような気がしてた。お正月に帰ると、面倒だなあ、と思いながら、畳に根っこがのびてくみたいになっちゃって。キヌエさんの言葉にはたしかな重さがあって、身体から根っこが出て、富山の方にのびていっているのかもしれない、と思った。

富山はいいところなんだよ。食べものもおいしいし、海も山もある。雪の積もった立山はほんとにきれいで、帰るたびに、ここが本来の居場所だ、って思う。親戚関係はわずらわしいし、親と住むのも気が重いけどね。父は神経質で口うるさいし、母はなんでも人まかせだし。けど、わたししか面倒みる人、いないから。

わたしは東京生まれの東京育ち。親戚だって数が少ない。父の親戚はまったく知らないし、つきあいがない。母の方はもう祖父母とも他界して、伯母がいるけれど、遠方に住んでいるのでほとんど顔を合わせることがない。だからキヌエさんの故郷に対する複雑な思いは正直よくわからない。

父のせいで幼少期あちこち転々としていたから、心根が根無し草のようになってしまったのかもしれない。いま母と暮らす家にはもう三十年近く住んでいるというのに、あまり実感がない。母が死んだあとも、あの家に住み続けるのだろうか。だとしたらいまいるあの家が終《つい》の住《すみ》処《か》ということになるが、ぴんとこない。なぜか仮の家のような気がしている。このままでは一生仮の家に住み続けることになる。自分の人生も仮のもののように思えた。

キヌエさんが故郷に対して持っているわずらわしさや歳をとるごとに引き寄せられていく感じ、それこそが人生の根っこのようなもので、わたしにはそういうものがないのかもしれない。前に園芸店で根っこのないエアプランツという植物を見たことがあるが、ころんと転がっているだけで、生きているのか死んでいるのかもよくわからず、生きているのだとしたらなんのために生きているのだろう、と思った。わたしもああいう存在なのかもしれない。

話題はいつのまにか会社の人の噂話に移っていて、乗り遅れてしまったわたしはぼんやり窓の外を見おろした。目黒川の近くに高い煙突がそびえ立っている。清掃工場の煙突だ。その手前をながめていると、奇妙なものが目にはいった。平屋の細長い建物だ。体育館のような屋根だが、その長さが尋常でなかった。数百メートルはある。恵比寿のような街になぜこんな奇妙な建物があるのだろう。いったいなにをする施設なのだろう。

どうしたの？　黙って外を見ていると、ミワコさんが訊いてきた。ああ、ごめんなさい、ちょっとあの建物が気になって。わたしは細長い建物を指した。ほんとだ、なんだろう、あれ。ほかの三人も気になったらしい。みんな窓の方を向き、下をながめている。車庫でしょうか、電車の。シゲミさんが言う。しかし線路とつながっているようでもないし、電車の車庫というのはもっと幅が広くて、電車が横にならんではいるようになっていたはずだ。

しばらくみんなで話していたが、ついにミワコさんが、水を注ぎに来たウェイターに建物のことを訊いた。ああ、あれですね、防衛装備庁の研究施設で、波を造る実験をしているらしいですよ。ウェイターが答えた。波を造る？　ええ、僕も知らなかったんですけど、この前テレビで見たんです。船舶の実験をしてるらしいですよ。あのなかに長い長い水槽がはいっていて、そこで海と同じように波を起こすんだそうです。

そうなんだ。キヌエさんが驚いたように言った。恵比寿にはよく来ていたのに、そんなことちっとも知らなかった。東京にもまだまだ知らないことたくさんあるんだなあ。最後に聞けてよかった。ほんとよね、この三十九階のレストランに来なかったら、わたしたちも一生知らなかったかも、とみんなで笑った。

食事が終わり、家族持ちのミワコさんとシゲミさんは家に帰っていった。キヌエさんとふたりになってから、あの細長い建物を見に行った。長い。学校の体育館のような外見なのに、長さは二〇〇、いや三〇〇メートルくらいあるだろうか。あのなかで波を造っているんでしょう？　すごいよねえ。金網越しに建物を見ながら、キヌエさんが言った。あの細長い建物のなかに細長い水槽があって、そこに水が溜まっている。機械かなにかで波を起こす。ざぶーんざぶーんと波打つ海が目に浮かぶ。

　そういえば、子どものころ父と海で遊んだことがあった。母方の親戚の家の近くの砂浜で、立派な海水浴場ではないからほかにだれもいなかった。父がどこからかゴムボートを持ち出してきた。そんなに漕がなくてもボートはどんどん進み、いつのまにか防波堤も越えて、砂浜がすごく遠くなっていた。

　ゴムボートの横をなにかがすーっと通り過ぎ、沖に向かって流れていった。陸から流れてきたゴミが潮の流れで沖に流されていく。さっきからたいして漕がなくてもボートが進んだのは、同じように潮の流れにのっていたからだ。

　そのことに気づいて、父はあわてて向きを変え、浜の方に漕ぎ出した。だが全然動かない。漕いでも漕いでもちっとも陸に近づかない。父は猛然とボートを漕ぎ、正念場だと騒いだ。ショーネンバって？　危機一髪、崖っぷち、ってことだよ。父は困ったように笑いながら、手は休めなかった。わたしもショーネンバ、ショーネンバとくりかえしながら、父を手伝おうと海に手を突っこみ、水をかいた。

　帰れなかったらどうなるの？　そしたら遭難だよ。父は笑った。なぜかあまり怖さは感じなかった。マンガで遭難して無人島に流れ着く場面を見たことがあった。遭難したってただぷかぷか浮いていればいつか無人島に流れ着く気がしたし、溺れたら苦しいということさえ想像できていなかった。あのころはすべてが遊びの延長だった。ふだん運動などしない父が、あのときだけは息を切らしてボートを漕ぎ、なんとか浜に戻った。いま思うと、ほんとに危険な状態で、父はほんとに必死だったんだろう。

ねえ、蓉子さん。声にはっとして、キヌエさんを見る。これからどうするの、なにか予定ある？　予定というほどではないが、別所坂に行くつもりだった。父が住んでいた坂だ。しかし、東京での日々が残りわずかなキヌエさんを坂めぐりにつき合わせるわけにはいかない。行きたいところはあるんだけど、たいしたところじゃないからあとでいい。それよりキヌエさんは？　行きたいところ、ないの？

たいしたところじゃないって、どんなところ？　中途半端な説明がいけなかったのか、キヌエさんは逆に訊いてきた。坂、なんだけど。仕方なく、わたしは答えた。坂？　別所坂、っていうところ。代官山に近い方。そこになにかあるの？　なにもない。ただ、むかし父が住んでいた、っていうだけ。

職場の人に父の話をしたことなどなかったが、これが最後と思ったからか、ふと口がゆるんで、これまでの経緯を話した。わたしが小学生のころ父が家を出ていったこと。一生に二十回以上引っ越しをして、いつも名前のついた坂の近くに住んでいたこと。五年前に亡くなったが、最近になってそのことを思い出し、坂めぐりをしていること。

ふうん、そんな人生もあるんだねえ。キヌエさんは不思議そうに言った。お父さんはどこ出身？　どんな家の出だったの？　さあ、くわしいことはよくわからなくて。わたしはぼんやり答える。胸突坂《むなつきざか》に行ったあと、父の仕事や暮らしのことが気になって、母に訊いてみようと思った。だが、いざとなるとどう切り出していいのかわからず、そのままになっていた。やっぱりね。蓉子さんにはなにかある、と思ってたけど、やっぱりそんな秘密があったんだ。キヌエさんは少しうれしそうに笑い、いっしょに坂を見に行きたい、と言い出した。

別所坂に行くには、この長い水槽の横の道をまっすぐ進んだ方がいいとわかっていた。だがなんとなく目の前の坂をくだりはじめた。この水槽のある防衛装備庁の敷地がどこまで続いているのか気になったし、清掃工場の高い煙突にも惹かれた。

お父さんってどんな人だったの？　仕事や出自じゃなくて、蓉子さんから見て。キヌエさんが歩きながら訊いてくる。そうだなあ、ふつうの人ではなかったと思うよ。子どものころは自分の親しか知らないからそんなものかと思ってたけど、大きくなってまわりを見るとね、ほかの家のお父さんとはちがったな、って。そうだよね、そんなに引っ越しする人、いないもんね。うん、それに、仕事も転々としてたし、それでもあまりあせったようなところもなくて。いま考えるとおかしなことだ。

お父さんのこと、好きだった？　キヌエさんに訊かれて、しばらくぼうっとした。好き、だったのだろうか。きらいじゃなかった、と思う。けれども、父が出て行ってからわからなくなった。父がいなくなったあと、母はしばらくなにもしゃべらなくなった。家事はしていた。だが話しかけてもなにも答えない。家のなかから言葉というものが消え、自分の人生からなにか大きなものが失われたのだ、とわかった。

わたしはね、父が苦手だったの。キヌエさんが言った。小心者で会社ではうまくいってないくせに母に対してはいつもえらそうに怒鳴り散らして。臆病な母は自分の意見なんてひとつも言ったことがなかった。それがいやで東京に出てきたんだよね。でも、母の具合が悪くなったら、父は自分じゃうまくできないから、って頭をさげてきた。地元に住んでる兄たちは家庭があるからとかなんだかんだ言い訳をして、勝手だな、と思ったけど、帰ってみたら父も母も小さくなってて、ああ、わたしが見ないとダメなんだ、こんなに小さくなった親を見捨てたら人でなしだ、って。キヌエさんはため息をつき、空を見あげた。

それに、東京でやりたいことは全部やったから。結婚するかも、って人もいたけど、結局うまくいかなくなったし、こういう人生だったんだね。キヌエさんの笑顔を見て、きれいだな、と思った。キヌエさんは美人なのだ。若いころはあきらかにキヌエさんに対してだけ態度のちがう上司もいて、彼女の容姿をうらやましく思ったものだが、時が経って忘れてしまっていた。こんなきれいな人でも、うまくいかないんだな、と胸が痛んだ。

右側には防衛装備庁の研究所の敷地がずっと続いている。向かい側は清掃工場で、さっき三十九階から見えた高い煙突がそびえ立っていた。ふもとで見るとますます高い。恵比寿のような一等地にこんな場所があったんだ。汚れた空気を遠い空に追い出すためにあの高さが必要なんだろう、と思う。目黒川につきあたり、右に曲がる。川が広がり、底に凸凹がある場所が見えてきた。

目黒川船入場、だって。ああ、ここ、山手通りから見えるところよね、桜の時期はきれいだって聞いたことがある。キヌエさんが言った。船入場がいつなんのために作られたものかわからないまま、ふたりでしばらく川面を見ていた。考えたらキヌエさんとこんなふうにふたりで外を歩いたことなんてなかった。山手通りなんて何度も通っているけど、こんなところがあるなんて知らなかった。キヌエさんとは会社で毎日顔を合わせていたのに、おたがいの家のことを話したこともなかった。

そろそろ行こうか。キヌエさんが歩き出す。わたしはカバンから地図を出し、別所坂への道を探した。川を離れ、坂に向かった。住宅街の細い道に別所坂の杭が立っていた。

この辺りの地名であった「別所」が由来といわれる。別所坂は古くから麻布方面から目黒へ入る道としてにぎわい、かつて坂の上にあった築山「新富士」は浮世絵にも描かれた江戸の名所であった。

杭の説明を読みながら、新富士ってなんだろう、とキヌエさんが言う。築山ってことは富士山に似せた小山かなにかじゃないかな。そう答えたとき、わたしたちの横をタクシーが抜けていった。ゆっくりと坂をのぼっていく。曲がりくねった道で、だんだん勾配もきつくなってきた。またタクシーがわたしたちを追い越していった。

あそこに、この先通り抜けできません、って書いてあるけど、あのタクシー、大丈夫なのかな。キヌエさんが看板を指す。急坂にはよくあることだ。梯子坂《はしござか》の近辺でもこういう表示を何度も見た。お客さんが坂の上の住人ってことなんじゃない？　わたしは答えた。高級住宅地のようだし、たしかにこの急坂をのぼるのはきつい。とくに年配の人や重い荷物があったりすればだからタクシーを使う人も多いのだろう。

カーブのところにさっきのタクシーが停まっている。見ると、その前に最初のタクシーがつかえている。客を降ろして坂上からバックして戻ってきたのだろう。細い道の急なカーブ、しかも急坂とあって、向きを変えることもすれちがうこともできないらしい。最初のタクシーの運転手がおりてきて、もう一台とどうするか相談している。

やがて上の車が横の窪みにバックではいった。下のタクシーがその横を通り、坂をのぼっていく。そのあいだわたしたちも動くことができず、タクシーが動くのをながめていた。下の車が動きはじめ、わたしたちも歩き出そうとしたとき、またうしろからタクシーがやってきた。この車もまた二番目の車とすれちがいに苦労するのだろう。

何度かくねくねとカーブを曲がり、急坂の最後は階段だった。たしかにこれでは車は通り抜けられない。階段の下には庚申塔があり、階段をのぼりはじめるとさっき杭にあった新富士の説明板があった。

この辺りは、昔から富士の眺めが素晴らしい景勝地として知られたところ。江戸後期には、えぞ・千島を探検した幕臣近藤重蔵が、この付近の高台にあった自邸内に立派なミニ富士を築造。目切坂上の目黒〝元富士〟に対し、こちらは〝新富士〟の名で呼ばれ、大勢の見物人で賑わった。

平成3年秋、この近くで新富士ゆかりの地下式遺溝が発見された。遺溝の奥からは石の祠や御神体と思われる大日如来像なども出土。調査の結果、遺溝は富士講の信者たちが新富士を模して地下に造った物とわかり「新富士遺跡」と名づけられた。今は再び埋め戻されて、地中に静かに眠る。

説明板にはそう書かれていた。新富士、地下にあったんだね。いまも土の下に小さい富士が眠ってるのかあ。キヌエさんがつぶやく。富士が見えるところに築山を作るのはわかるが、なぜ地下に作ったんだろう。山は本来空高くそびえ立つものなのに。

蓉子さん、富士山のぼったことある？　ほんものの富士山。キヌエさんに訊かれ、わたしは首を横にふった。キヌエさんはあるの？　あるよ。むかし、結婚するかもと思ってた人といっしょにね。一度目は高山病で途中で挫折して、次の年に再挑戦してなんとかのぼりきった。酸素が薄いから山頂に近づくとすごく辛い。身体がだんだん動かなくなる。くだりもとにかく長くて、もう二度とのぼらなくていいかな、って。その人とはそのあと別れたんだ。別に富士登山が原因じゃないけどね。キヌエさんは笑った。

階段をのぼりきり、坂が終わる。長い坂だったね、とキヌエさんが言った。曲がりくねって、急で、長くて。ほんとうにその通りだ。それでも道沿いにはマンションや家が建っていて、建物の入口のまわりも階段だらけで大変そうだが、それでも人は暮らしている。むかしはわざわざこの坂をのぼって、新富士を見に来る人もいたのだ。にぎやかな場所だったのだ。かつては富士山信仰というものがあったと聞いたことがある。ここに来た人たちは地下にある富士を見て、なにを願ったのだろうか。

ずいぶん長く東京で暮らした気がしてたけど、まだまだ知らないところはあるんだなあ。キヌエさんがつぶやく。でも、富山に帰って何年か経ったら、東京で暮らしてたことが全部夢みたいに思えるかもしれない、と。坂が好きなのはかぎられた部分だから。父がそう言っていたのを思い出す。無限に続く坂はない。ここからここまでと決まっている。人生と同じように。

またいつか遊びに来て。口から勝手に言葉が出た。キヌエさんがじっとわたしを見る。わたしも遊びに行こうかな、富山に。若いころは決してそんなことは言わなかった。社交辞令だと思っていたから。行こうと思っても忙しくて、結局実現などしない。そうしていつか忘れ、縁が切れていく。そういう不誠実がいやだった。だが、いまの言葉は本心だった。なんでそう思ったのかはわからない。キヌエさんとは毎日顔を合わせていたけれど、ふたりで話したことはほとんどない。親しいかどうかもわからない。でもわたしの記憶する世界のなかに、いつも存在するものだった。

来て来て、案内する。富山は海もあるし山もある。白い雪の積もった立山はほんとにきれいでね。白い山、青い海。キヌエさんが笑顔で言った。彼女の心はもう富山にあるんだな、と思った。富山に帰って何年か経ったら、東京で暮らしてたことが全部夢みたいに思えるかもしれない。さっきのキヌエさんの言葉が耳の奥に響いて、地下に眠る富士や、あの長い建物のなかで揺れる波が頭のなかに浮かんでは消えていった。

目黒川船入場
昭和初期に船を導き入れる為に築かれた船入場跡
青い屋根と白壁 「秀和レジデンス」のヴィンテージマンション
恵比寿銀座入口
恵比寿三丁目
西口
恵比寿駅
東口
喫茶銀座
馬頭観世音
教会
緑の屋根の細長い平屋の建物
宿舎
ガーデンプレイスタワー上から建物全貌が見える。
恵比寿ならでは
ビール坂
サッポロビールの工場があった頃、製造したビールを馬車で運搬していたので、「ビール坂」と呼ばれていたそう。
馬車
ビールのランプ!
ビール坂の外灯
マンション1F いろいろな飲食店
山手線
交番
くすの木通り
タワー
ホテル
ビール坂商店会 第8回「ビール坂祭り」は2018.10.7開催
恵比寿ガーデンプレイス
飲食店充実
写真美術館
エビスビール記念館 エビスビールの歴史がわかる。テイスティングサロンもある。
別所坂
児童遊園
東屋
下部目黒川調節池
防衛装備庁 艦艇装備研究所（立入禁止）船舶の研究所で、波を造る大水槽がある。
中目黒公園
陸上自衛隊目黒駐屯地
新茶屋坂 上ル ゆるやか
目黒川 川沿いには桜並木
目黒区めぐろ歴史資料館 新富士遺跡胎内洞穴の展示を見ることができる。
迫力ある大きな煙突 目黒清掃工場
坂好きの心くすぐる!? えびす坂鳥幸 タワー38F
エントランス
店へのアプローチがゆるやかな坂で、「えびす坂」の看板があった。ビール坂と同じ傾斜角度だそうだ。
えびす坂 渋谷区
ランチ究極の親子丼1,400円
別所坂 江戸の面影を感じる、大きなうねり4回の急坂。
目黒新富士 緑の小さい山
江戸時代、近藤重蔵が自分の敷地内に築いた人造富士「新富士」の跡地。当時は富士山信仰が盛んであり、女性や足腰弱い人でも「富士山」に登れるように江戸各地に富士塚が築かれた。
←「名所江戸百景」にも残っている。
江戸時代に流行した庚申講の記念碑
庚申塔
うねり1
目黒新富士跡
カイダン 下ル
マンション
階段坂を下りて別所坂へ
うねり2
うねり3
うねり4
別所坂児童遊園
長い階段坂 上ル
杭看板
高台 上ル
新富士にあった3つの石碑がある。
江戸の景色を思い浮かべてみる…
当時の人々にとって、富士山の存在は、とても大きかったんだな
うねり2（一番きつい所）
急坂
今回は丸ゴチ
N
別所坂《べっしょざか》
BESSHO-ZAKA
周辺マップ
JR恵比寿駅西口より徒歩9分
お話と逆コース
別所坂→目黒川→新茶屋坂→ガーデンプレイスコース
新富士参考文献：『江戸切絵図で歩く広重の大江戸名所百景散歩』（人文社）

7

王子稲荷の坂

北区の王子に住む著者と打ち合わせがあって、王子駅に出向いた。駅の近くのガード下のカフェで一時間ほど打ち合わせした帰り、王子稲荷の坂に寄ることにした。

連句仲間と胸突坂《むなつきざか》を歩いたり、キヌエさんと別所坂を歩いたり、ほかの人と父についで話すことが何度かあって、父がどんな人だったのか考えるようになった。子どものころに出ていってしまったから、それまでは子どもの目から見た父の姿しかなかった。坂を散歩するのが好きだったこととか、妙に近所の歴史にくわしかったこととか、高所恐怖症だったことは覚えているのに、父の経歴も職業もよくわからなかった。

だが、たとえ子どもでも、ふだんから父親が働いているところを見ていればある程度は覚えているものだろうし、生まれはどこのどんな家と聞かされたり、盆や正月に実家に行ったり墓参りをしたりしていれば、経歴もつかめるだろう。でもなにも聞いた覚えがない。

母によれば、職業を転々としていたという話だが、子どもの目から見ると、働いていないときの方が長かった気がする。いつも家にいて、わたしを近くの坂に散歩に連れ出すことも多かった。勤め人にはとてもできない。

父が王子稲荷の坂に住んでいたのは、母と出会う少し前。四十数年前のことだ。この次の坂に住んでいたとき母と出会い、母といっしょに次の坂に越した。遺言状には、家は坂の上で、王子大坂と王子稲荷の坂のあいだ、と書かれていた。

王子駅の北口を出て、線路沿いの飲食店のならぶ道を歩いてしばらく行くと、広い道とぶつかる。これが王子大坂らしい。地図によればこのまま道を渡ってまっすぐ行けば王子稲荷の坂の下に着く。だが、家は坂の上で、王子大坂と王子稲荷の坂のあいだと書かれていたから、とりあえず王子大坂をのぼってみることにした。

飛鳥山《あすかやま》に沿って東におりた岩槻街道《いわつきかいどう》は、石神井川《しやくじいがわ》を渡って左に曲がり、現在の森下通りを抜け、上郷用水《かみごうようすい》に架かっていた三本杉橋の石の親柱《おやばしら》の位置から北西に台地を登る。この坂が王子大坂である。岩槻街道は江戸時代、徳川将軍の日光社参の道で日光御成道《にっこうおなりみち》と呼ばれた。登り口に子育地蔵《こそだてじぞう》があったので地蔵坂とも呼ばれ、昔は縁日でにぎわった。また、坂の地形が、海鳥の善知鳥《うとう》の嘴《くちばし》のようなので「うとう坂」の名もある。

王子大坂の標識の杭にはそう書かれている。

今日会った著者の話によれば、日光御成道が通って江戸の市街と直結されたことに加え、八代将軍・徳川吉宗が桜を植えたことで、飛鳥山は江戸の庶民の花見の行楽地になったのだそうだ。これから行く王子稲荷神社も東国随一の稲荷神社として多くの参拝客があり、付近には料理屋や茶屋が軒を連ねていたらしい。

王子大坂の傾斜はゆるやかで、それなりに道幅もあった。将軍が歩いた道というのもうなずける。将軍の行列が歩き、縁日でにぎわった道。しずかな住宅街で特別なものはなにもないが、歩いているとむかしの姿がうっすらと浮きあがってくる。

途中、高い石垣がそびえ、お屋敷がありそうな広い敷地を囲んでいた。石垣の切れ目に細い小道があり、あがってのぞいてみると敷地のなかにいくつかの家がならんで建っている。現代的なふつうの家だが、石垣はひとつながりだから、家は建て替えているけれど古くから住んでいるのかもしれない。

しばらく行くと植物の種を売る店があり、やがて都道が見えてきた。都道にぶつかるあたり、細い道が複雑に交差している。父が住んでいたのはこのあたりだったのだろうか。そのうちの一本が王子稲荷の坂に通じていた。

小学校の門の前から坂がはじまっている。カーブもあり、なかなかの急坂だ。くだりはじめると小学校の敷地を支える石垣はどんどん高くなっていく。坂の途中に標識の杭があり、こう書かれていた。

この坂は、王子稲荷神社の南側に沿って東から西に登る坂で、神社名から名前がつけられています。また江戸時代には、この坂を登ると日光御成道があり、それを北へ少し進むとさらに北西に続く道がありました。この道は姥ヶ橋《うばがばし》を経て、蓮沼村《はすぬまむら》（現板橋区清水町）まで続き、そこで中山道《なかせんどう》につながっていました。この道は稲荷道と呼ばれ、中山道から来る王子稲荷神社への参詣者に利用されていました。

古い道ということは佇まいからも伝わってくる。杭の先はすぐ神社で、「王子稲荷大明神」と書かれた赤い旗、白い旗が何本もぱたぱた揺れている。鳥居をくぐると向かい合わせに狐の石像があり、どちらも首に赤い布をかけていた。

急な斜面にあるので、社殿の裏側にも石垣がせまっている。建物はさほど古くないが、神社自体はかなり古いもののように思えた。奥の社務所に置かれていたパンフレットを見ると、古くは岸稲荷と呼ばれ、西暦一〇六〇年にはすでに相当大きな神社だったらしい。その後、この地が王子と呼ばれるようになって、王子稲荷神社と名を変えたのだそうだ。

パンフレットによれば、かつてこの近くに一本の榎の大木があり、毎年大晦日の夜、関東全域のキツネたちが集まり、この木の下で正装を整え、王子稲荷へ参殿したという言い伝えがあったようで、「その灯せる火影に依って土民、明年の豊凶を卜《ぼく》す」とあった。最近は大晦日に「王子狐の行列」という催しが行われているらしく、そのポスターが貼られていた。歌川広重の『名所江戸百景』のなかの「王子装束ゑの木　大晦日の狐火」が使われており、狐火を浮かべた狐たちが大木の下に集っている。

むかしは大晦日になると、ここに狐火がたくさん灯っていたのか。いまから百年か二百年前までは、人間はそんな世界に住んでいたのだ。広々とした田園地帯の大木に狐たちが集う。衣を整え、狐火を灯し、神社に参拝する。

さらに奥に行くと、小さな鳥居がいくつも連なり、その先に「願掛けの石」の祠があった。何枚も積み重なった布団の上に大きな石が置かれている。願いごとを念じながら石を持ちあげ、軽く感じれば願いがかない、重ければむずかしい。伏見稲荷大社の「おもかる石」と似ている。

持ちあげてみようか、とも思ったが、肝心の願いごとが思いつかない。いまの仕事にも生活にもこれと言って不満はない。もっといい暮らしもあるだろうが、いまのままでも問題はない。いつのまにか願うことを忘れてしまったのかもしれない。薄暗い祠の奥には白い張り子の願掛け狐がぎっしりならんでいる。

裏の斜面をのぼると「お穴さま」と呼ばれる狐の穴が祀られていた。小さな穴だ。ここに神につかえる狐が住んでいた。ほんとうに古い土地なんだなあ、と思う。斜面にそびえ立つ石垣の石にはひとつずつ人の名前が彫られている。石を奉納した人の名前なのだろうか。

神社には幼稚園が併設されていて、園児たちの元気な声が響いていた。あの子たちにとっては願掛けの石も狐の穴も日常なんだな、と思う。本殿の前の階段は園を通るので昼間は閉まっている。もう一度坂側の鳥居をくぐり、表に出た。坂をくだりきると平らで広い道に出る。道を左に曲がり、幼稚園の前から神社を仰ぎみた。

鳥居の横には神社におさめられている「額面著色鬼女図《がくめんちゃくしょくきじょず》」の説明板があった。日本画家・蒔絵師の柴田《しばた》是《ぜ》真《しん》作で、天保十一年（一八四〇年）に奉納したものらしく、酒呑童子《しゅてんどうじ》の家来茨《いば》木童子《らきどうじ》が化けた鬼女の姿が描かれているのだそうだ。源頼光の家臣渡辺綱が、女に化けた茨木童子の片腕を切り取ったところ、鬼女がその腕を奪い返しにきたらしい。

百五十年ほど前まで、東京は江戸だった。明治になってからもこのあたりの風景はしばらく変わらなかったのだろうし、百年前くらいまでは江戸時代と同じような世界だったのかもしれない。子どものころは百年前といったら大むかしのような気がしていたが、四十歳が近づいたあたりからそうでもないように思えてきた。自分の人生をふりかえり、せいぜいこの二・五倍か、と思う。

むかしは人生五十年と言われた。人がまだ文明を持たなかったころは三十年生きれば長生きだったそうだ。人間という生きものはそのくらいがほんとうの寿命なんだろう。いまは八十年、もう少し経ったら百年があたりまえになるという話も聞くけれど、これからまだ五十年以上生きると言われても、なにをすればいいのだろう。

父のことがあるから、結婚したいと思ったことはあまりない。母はなにも言わないけれど、母を置いていくことができなかったというのもある。でも、子どもくらいはいてもよかったのかもしれない。わたしにはきょうだいはない。この先母が死んだら、ひとりっきりになってしまう。それがさびしいのか、いまはよくわからないが。

神社の前の平らな道を王子駅に向かって歩く。途中、和菓子のお店があった。古い店のようで、店先に十方庵敬順《じっぽうあんけいじゅん》の『遊歴雑記』という書物に収められているらしい「王子村稲荷大明神文化十一年」の文の書かれた札が立っていた。入口の脇には、このあたりのイラストマップが張り出されている。

札とイラストマップをながめていると、うしろから声がした。おじさんが立っている。このお店の人みたいだ。ここは葛餅で有名な店で、創業は明治二十年。ここらの歴史のことならかなりくわしいよ、とにこにこ笑う。おじさんの話では、王子稲荷の下から歩いてきたこの道は、むかしは川だったらしい。それを埋めて道にした。だから妙に平らだったのだな、と合点がいった。

あそこに三本杉の親柱があるでしょう？　おじさんが示した先は、さっきのぼった王子大坂の下で、王子大坂とこの道はそこで交わっているのだった。その親柱に船を結びつけていたんだよね、とおじさんは言う。

ずっとむかし、ここらは海だったんだよ。この井戸を掘ったとき貝がらがたくさん出てきたからまちがいない。おじさんは店の前の井戸を指す。あの交差点の近くに子育て地蔵尊があってね、古い家もたくさんある、どこそこの家は四百年前からあそこに住んでいて、などと、町のあれこれをどんどん話していく。話を聞きながら、さっき王子大坂で見た高い石垣のことを思い出した。あそこがおじさんの言っている古い家かもしれない。建物はあたらしかったけど、敷地はまちがいなく古かった。

明治時代、周辺の村が合併して王子村は大きくなった。一八七五年にはいまの王子駅の東側に日本初の洋紙工場ができた。かつての王子製紙だ。その後となりに印刷局が印刷所を設立、石神井川・隅田川沿岸にどんどん工場が増えていく。一八八三年に王子駅ができ、一九一一年には路面電車も営業を開始、一大工業地帯に発展していった。おじさんの話を聞きながら、そうやって狐の集う江戸の村が東京の町になっていったのか、と思う。

店の入口の脇に貼られたイラストマップは、おじさんのお母さんが書いたものらしかった。うちの母はこのあたりのことにくわしくてね、いろいろ話していたらお客さんに褒められて、あんなふうにまとめるようになったんだ。

もう四十年くらい前かなあ、変わったお客さんがいてね、王子稲荷の坂の上の方に住んでいて、毎週葛餅を買っていくんだけど、そのたびに母と話しこんでね。このあたりの歴史のことをよく話してた。あの人、どうしてるのかなあ。ちょっとだけ住んで、すぐに越していっちゃったんだよねえ。

四十年くらい前。ちょっとだけ住んで、すぐに越した。父かもしれない、という思いが心をかすめる。もちろん少しだけ住んで越していく人なんてたくさんいるだろう。それでも気になって、どんな人だったんですか、と訊いた。

最初は見ない顔だと思ってたけど、うちの葛餅を気に入ってくれたのか、よく買いに来てくれたからね、だんだん親しくなった。働いているのかいないのか、いつもこのあたりをふらふらしててねえ。とくに坂が好きだったみたいで、王子稲荷の坂や王子大坂だけじゃない、このあたりにある権現坂《ごんげんざか》、六石坂《ろっこくざか》、飛鳥大坂、三平坂、御代《みよ》の台の坂、谷津《やつ》観音《かんのん》の坂、狐塚の坂、坂を歩いていると出くわすんだよ。

やっぱり父なんじゃないか。いや、坂の好きな人だっていくらでもいるだろう。はやる心をおさえた。だから、坂道さん、ってあだ名をつけたりして。ああ、もしかしたらこの人は、狐なんじゃないか、と思ったときもあったよ。王子稲荷の狐の穴から出て来た狐が、人間に化けているんじゃないか、って。おじさんはくすくす笑う。

ちょっと浮世離れしたところがあったからね。わたしら商売人とも、勤め人ともちがうんだよ。学者さんとか作家先生かなあ、と思ったこともあった。むかしの高等遊民みたいなものかな、って。気になって職業を訊いてみたけど、秘密だって言って教えてくれないんだよ。でもね、ある日店にやって来て、ここで葛餅を買うのは今日で最後なんだ、来週にはどこかに引っ越すから、って言うんだよね。それで、最後だから特別に自分の秘密を教えるって。

秘密？　そう。どうやって生活してるのか、ってこと。前にわたしが訊いたのを覚えていたんだろうなあ。坂道さんはね、自分はある偉い人の私生児の孫なんだ、って言うんだよ。それがだれかは教えてくれなかったけど、埼玉の生まれで、たくさん会社を興した人だって言ってたから、渋沢栄一かもしれないな、って思った。ほら、飛鳥山公園のなかにあるでしょ、渋沢栄一の史料館が。

渋沢栄一。幕末から活躍した幕臣で官僚で実業家、近代日本経済の基礎を作った人だ。第一国立銀行（現・みずほ銀行）、東京証券取引所、東京海上保険（現・東京海上日動火災保険）、鉄道会社など五百以上の企業の設立にかかわった。たしか王子製紙もそのひとつだったはずだ。だが、ここに史料館があるのは知らなかった。おじさんによると、彼は王子製紙を見渡せる飛鳥山に邸を建て、そこに暮らしていたらしい。いまもいくつかの建物と庭園が残っていて、史料館も作られている。

まあ、渋沢栄一っていうのはわたしの妄想だけどね、渋沢栄一には庶子を含めると五十人以上の子どもがいたっていうから。それで、坂道さんは、そのだれかの私生児であるところのお祖父さんから、切手のコレクションを譲り受けたらしいんだ。それがなかなかのコレクションでね、「シャレード」っていう映画、知ってる？　オードリー・ヘップバーンが出てたやつ。大富豪が財産を切手にして隠すんだけど、まあ、そこまではいかないけど、けっこうすごい値のついてる切手も混ざっていたみたいなんだよ。

そうなんですか。ぼんやりとそう答える。坂道さんは、そのコレクションの切手を少しずつ売って生活してた、って言うんだよな。もちろん切手のことはだれにもしゃべったことがない、でも、もうすぐ引っ越すし、話してもいいかな、と思って、って。まあ、だれか偉い人の末裔っていうのもお宝切手のことも全部嘘かもしれない、とも思うけど、ときどき思い出すんだよね。あの人、やっぱり狐だったのかもなあ、って。

おじさんと別れ、王子駅の方に向かった。駅の下を抜け、歩道橋を渡って、飛鳥山公園にのぼる「あすかパークレール」という小さなケーブルカーに乗った。通称「アスカルゴ」というらしい。乗客はわたしひとり。六、七人は乗れそうな広い車内の席に座ると、ほどなく発車した。楽しげな曲が流れ、女優の倍賞千恵子さんのアナウンスが聞こえてくる。急な坂をぐいぐいのぼり、視界がだんだん広がってきた。さっきいた王子稲荷の方には、坂の近くにあった専門学校の看板が見える。

遠足みたいだ。ひとりぼっちの遠足。もう子ども時代はずっと遠くて、学校の遠足のことなどほとんど覚えていない。でもなぜか少し楽しい気持ちになる。飛鳥山にはずっとむかし一度だけ来たことがある。桜の季節。花見だった。若いころで、大学の集まりでも、会社の花見でもなく、たまたまどこかの集会で知り合った人に誘われて、ちょっとだけ顔を出したのだ。あれはだれだったんだろう。もうそれさえ定かじゃない。それ以降、王子の駅でおりたこともなかった。

ケーブルカーが止まり、外に出た。秋だからもちろん桜は咲いていない。あのときどこで花見をしたのか、探そうと思ったがさっぱり思い出せない。山の形のせいだろう、敷地が細長く、まわりの町がよく見渡せた。

中ほどまで歩くと、突然お城のようなものが見えて来た。セメントでできた遊具だ。こういう遊具、昭和期の公園にはよくあったなあ、と思う。あのころは、職人がひとつひとつ設計して、公園ごとにちがう形の遊具を作っていたのだ。わたしもむかしタコ型の遊具でよく遊んだ。すべり台でもあり、隠れ家でもあり、異世界にいるみたいだった。

このお城はこれまで見た遊具のなかでもずば抜けて大きかった。てっぺんに赤と青の塔のようなものがついていて、子どもなら絶対にときめくだろう。まわりには機関車や路面電車、動物の形の遊具などがたくさんならんでいる。お城のいちばん上までのぼる。もう子どもには戻れない。だれだってみんな、人生は一方通行だ。平日だからか、人はほとんどいない。ときどき犬を連れた老人が通るだけ。

児童遊園の向こうに、紙の博物館、北区飛鳥山博物館、渋沢史料館がならんでいる。あれがさっきおじさんが言っていた渋沢栄一の史料館か。そして反対側に晩香廬《ばんこうろ》と青淵文庫《せいえんぶんこ》という渋沢栄一ゆかりの建物。だが、今日は月曜だからどれも休みではいれない。いつか週末にもう一度に来てみようか、と思う。そうしたらきっと児童遊園には子どもがあふれているだろう。

おじさんが言っていたのは父のことだったんだろうか。偉い人の末裔というのは、切手を売って暮らしていたというのは、ほんとうだろうか。見晴らしのいい場所に立ち、町を見渡す。いまはもうどこにも狐はいない。人間だけ。だけどもしかしたらなかには狐も混ざっているのかもしれない。さっきのおじさんも狐だったのかもしれない。

そんなことを思いながら、駅に向かう細い坂道をおりていった。

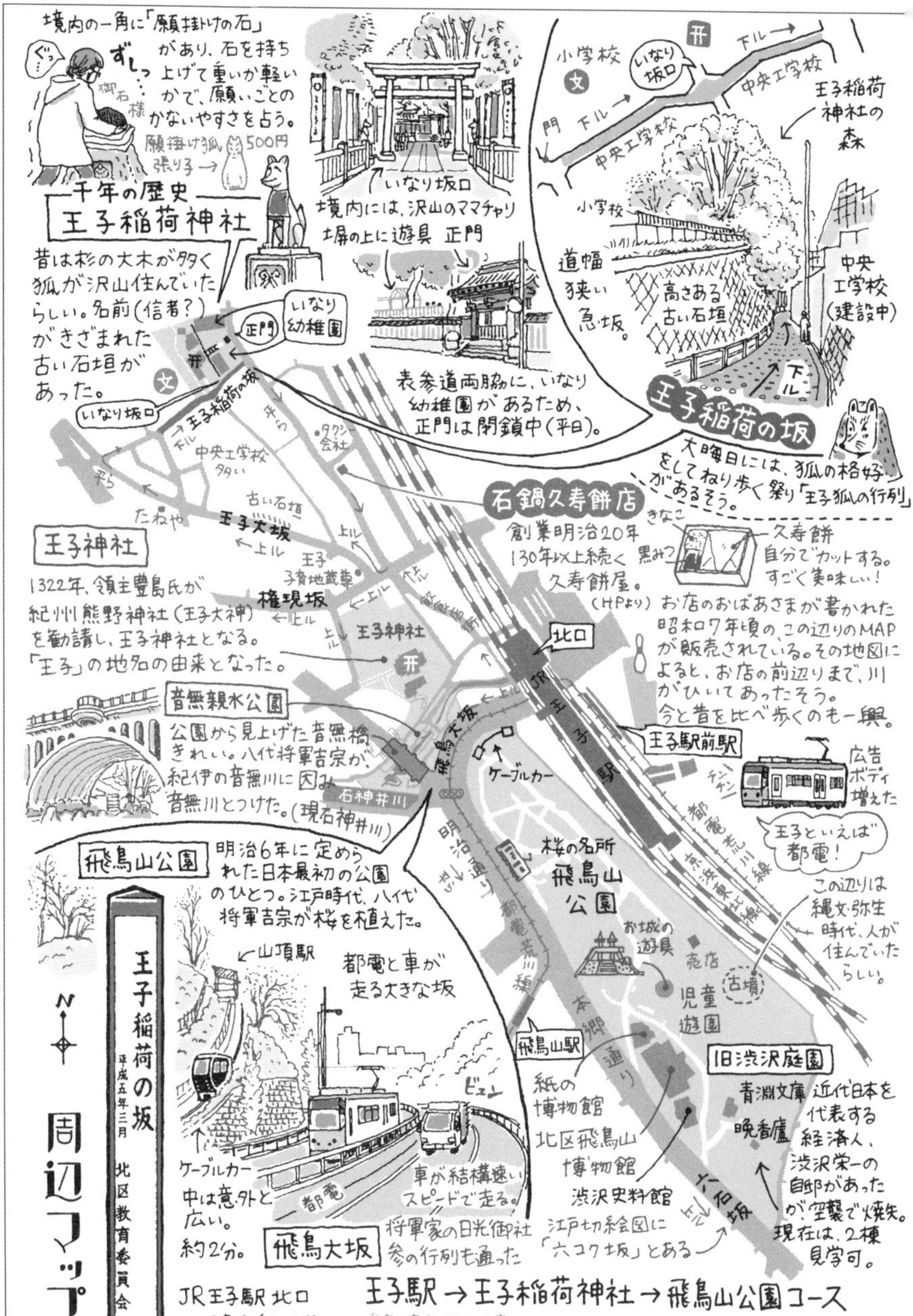

境内の一角に「願掛けの石」があり、石を持ち上げて重いか軽いかで、願いごとのかないやすさを占う。
ぐっ…
ずしっ…
御石様
願掛け狐 500円 張り子→
千年の歴史
王子稲荷神社
昔は杉の大木が多く狐が沢山住んでいたらしい。名前(信者?)がきざまれた古い石垣があった。
いなり幼稚園
正門
いなり坂口
王子稲荷の坂
平ら
下ル
中央工学校
タクシー会社
境内には、沢山のママチャリ
塀の上に遊具
正門
いなり坂口
表参道両脇に、いなり幼稚園があるため、正門は閉鎖中(平日)。
小学校
いなり坂口
下ル→
中央工学校
門
下ル→
中央工学校
王子稲荷神社の森
小学校
道幅狭い急坂。
高さある古い石垣
中央工学校(建設中)
下ル
王子稲荷の坂
大晦日には、狐の格好をしてねり歩く祭り「王子狐の行列」があるそう。
石鍋久寿餅店
創業明治20年
130年以上続く久寿餅屋。
(HPより)
きなこ
黒みつ
久寿餅
自分でカットする。すごく美味しい!
お店のおばあさまが書かれた昭和7年頃のこの辺りのMAPが販売されている。その地図によると、お店の前辺りまで、川がひいてあったそう。今と昔を比べ歩くのも一興。
古い石垣
たぬや
王子大坂
上ル
王子神社
1322年、領主豊島氏が紀州熊野神社(王子大神)を勧請し、王子神社となる。「王子」の地名の由来となった。
王子子育地蔵尊
権現坂
上ル
王子神社
北口
JR王子駅
王子駅前駅
音無親水公園
公園から見上げた音無橋きれい。八代将軍吉宗が、紀伊の音無川に因み音無川とつけた。(現石神井川)
石神井川
飛鳥大坂
ケーブルカー
チンチン
広告ボディ増えた
王子といえば都電!
都電荒川線
京浜東北線
明治通り
都電荒川線
桜の名所
飛鳥山公園
お城の遊具
売店
児童遊園
古墳
この辺りは縄文弥生時代、人が住んでいたらしい。
飛鳥山公園
明治6年に定められた日本最初の公園のひとつ。江戸時代、八代将軍吉宗が桜を植えた。
王子稲荷の坂
平成五年三月
北区教育委員会
←山頂駅
都電と車が走る大きな坂
ビュン
都電
ケーブルカー中は意外と広い。
約2分。
車が結構速いスピードで走る。
飛鳥大坂
将軍家の日光御社参の行列も通った
飛鳥山駅
紙の博物館
北区飛鳥山博物館
渋沢史料館
本郷通り
旧渋沢庭園
青淵文庫
晩香廬
近代日本を代表する経済人、渋沢栄一の自邸があったが、空襲で焼失。現在は、2棟見学可。
江戸切絵図に「六コク坂」とある
六石坂
上ル
N
周辺マップ
JR王子駅北口より徒歩約10分
王子駅→王子稲荷神社→飛鳥山公園コース
参考文献:王子稲荷神社社報「ともしび」、王子神社パンフレット
『江戸切絵図で歩く広重の大江戸名所百景散歩』(人文社)

8

くらぼね坂

父のゆかりの坂をめぐるようになって一年がすぎた。引っ越しが好きだったのか坂が好きだったのか、それとも両方なのか、ともかく父は死ぬまで二十回以上引っ越しをして、常に名前のある坂の近くに居をかまえた。それらの坂をめぐってみようと決めたが、そうそう行けるものではない。平日は仕事があるし、休日にもなにかと用事がはいる。

頻繁に行けないのは、坂に行くと疲れる、というのもある。坂のあちこちで父の記憶と出くわす。場所を移動しながら時間も移動している。歩いているときは楽しいが、終わってみると、実際に歩いた以上の長い時間、長い距離を歩いたような心地になった。すべてまわりきってしまうのが惜しいというのもある。坂をめぐりはじめて、父のことを考えるようになった。わかるようになったとは思わない。むしろ歩けば歩くほどわからなくなる。全部の坂をめぐればこの探索は終わってしまう。きっと答えなどないのだろうけど、答えにたどりつかないのに坂めぐりが終わってしまうのが怖かった。

父が暮らした坂のほとんどは二十三区内にある。だがひとつだけ都下のものがあった。小金井市にあるくらぼね坂だ。武蔵小金井は新宿から二十五分くらい。そう遠いわけではないが、よく知らない土地だったし、時間のあるときに一日かけてゆっくりめぐろうと考えていた。十一月後半、土日ともなんの用事もない週末があり、ここを訪ねてみようと思い立った。

金曜の夜、夕食のあとの食卓でタブレットを開き、地図アプリで小金井のあたりを見た。母はソファに座ってぼんやりテレビを見ている。くらぼね坂は武蔵小金井駅と国分寺駅のあいだにあった。会社でこのあたりに住んでいる人がいて、緑が多くて、湧水のある公園もたくさんあっていいところだと言っていたのを思い出した。

母が食卓の方にやってきた。テレビはコマーシャルになっていて、そのあいだにお茶をいれようということらしい。急須に茶葉を入れ、ポットからお湯を注ぐ。お茶を蒸らすあいだにわたしのうしろに来てタブレットをのぞきこみ、あら、小金井、なつかしいわね、と言った。なつかしい、って、行ったことあるの？　あるわよ、忘れちゃった？　あなたも何度か行ったことあるんだけど。でも、そうか、まだ小さかったから忘れちゃったのね。

小さいころ？　そうそう、あのころはマオさんがあのあたりに住んでたの、それで何度か訪ねていった。マオさんといっしょに遊びに行ったでしょ、小金井公園。覚えてない？　西荻窪の家はわかるけど、マオさん、小金井に住んでたの？　マオさんというのは母の古い友人で、十年ほど前に亡くなった。きれいな人で、むかしは芝居に出たりしていたのだそうだ。若いころに一度結婚したけどすぐに別れてしまって、そのあとはずっとひとり。子どももなかった。

うん、西荻の前にね。覚えてない？　蔦《つた》が生い茂ったアパート。あんた、よく怖いって言ってたじゃない。ああ、あそこか。なんとなく思い出した。古い木造の不思議なアパートだ。何度か母に連れられていった。たしかに怖いような気がしていた。家のなかにはあまり生活感もなく、マオさんという人が、近所のお母さんたちとは全然ちがう独特の雰囲気だったこともあって、あの家はわたしにとって異世界だった。あれ、小金井だったのか。

母の話では、マオさんが小金井に住んでいたのは、わたしが小学校にあがるころまで。そのあと西荻窪に引っ越した。西荻の家のことはよく覚えている。父が出て行ったあと、心のよりどころがなくなったのか、母はよくマオさんを訪ねた。離婚しているマオさんにしか話せないことがあったのかもしれない。わたしが居間でテレビを見たりしているあいだ、マオさんと母は台所で話しこんでいた。

でも、なんで小金井の地図なんて見てるの？　母が訊いてきた。明日ヒマだから行ってみようかな、と思って。なんで？　どう答えたらいいか迷った。わたしが父の暮らした坂を訪ね歩いていると知ったら、不快に思うかもしれない。だからいままで坂めぐりのことは話さなかった。わたしが答えられずにいるうちに、コマーシャルが終わり、番組がはじまると、母はお茶を持ってソファに戻った。あの番組が終わったら、母はまたなぜ小金井に行くのか訊いてくるだろうか。今日は忘れてしまっても、明日出かけるときに訊いてくるかもしれない。仕事だと言えばよかった。そう気づいたがもうおそい。

母は父が坂の近くの家を転々としていたことは知っているが、わたし宛の遺言状に記された坂の名前にはまったく関心を示さなかった。坂にも父にもううんざりということなのか。だから、父がこのあたりに住んでいたことも知らないかもしれないし、知っていたとしても、わたしが父の住んだ坂をめぐっているなんて思わないだろうけど。

　小金井、だれかといっしょに行くの？　テレビを見ながら母が訊いてくる。ううん、ひとり。とっさに相手を思いつかず、そう答えてしまった。ただ、いいところだって聞いたから。緑が多くて、公園があったり湧水もあるとか。父とつなげられるのが怖くて、坂、とは口にしなかった。そうそう、自然が多くていいところだったわよ。もうだいぶ変わったと思うけど。もうあれから三十年以上経ってるんだもんねえ。母がため息をつく。

　わたしも行こうかな。ややあって、母が言った。え、と思った。ひとりで散策するだけなんでしょ、だったらいいじゃない？　何度か行ったからそれなりにくわしいし、案内できるよ。母は気軽に言う。そう言われても、と思ったが、断りにくい。ひとりでただ散策するだけなのだ。ダメだとは言えなかった。

　いっしょに行って案内してもらうのはいいが、くらぼね坂に行かなければ意味がない。といって、くらぼね坂をあげるのは不自然な気がして、行ってみたい場所として、くらぼね坂に近い滄浪泉園《そうろうせんえん》と貫井《ぬくい》神社の名前をあげた。滄浪泉園？　それ、むかしのマオさんの家の近くじゃない。母が少し高揚した声をあげる。マオさんの家はね、念仏坂、っていう小道の近くだったのよ。鬱蒼として、人ひとりしか通れないような細い道。まさかいまもあのままだとは思えないけど。その声を聞いていると、母は母でマオさんを偲ぶために小金井に行きたいのかもしれない、と思った。

そんなこんなで、母と地図を見ながらルートを考えはじめた。武蔵小金井から出発し、いったん坂をくだってから念仏坂をあがり、滄浪泉園、貫井神社をめぐり国分寺へ。余裕があったら殿ヶ谷戸《とのがやと》庭園を見る。このあたりには国分寺崖線《がいせん》というものが走ってるの、と母は言った。崖が続いて、町が崖の上と下にわかれている。その崖をハケと呼ぶらしい。滄浪泉園や貫井神社もハケにあるのだと言っていた。


次の日、朝早くふたりで家を出た。素晴らしい晴天で、行楽日和だった。電車を何度か乗り換え、新宿から中央線に乗った。

うわあ、なにここ。むかしと全然ちがう。武蔵小金井の駅におりたつと、母は戸惑った顔であたりを見まわす。どこが変わったの？　どこって全部よ。どこがどうって言えない。母の知っている武蔵小金井の駅舎は木造だったし、駅前の建物も全然ちがったらしい。

母の案内で駅の南側に出て、坂をくだりはじめる。ここはアーケードのある商店街だったんだけどなぁ、などと母がつぶやく。駅の方をふりかえると建築中の高層マンションがいくつもにょきにょき立ちならんでいる。

前原坂上という交差点を渡り、質屋坂という細い坂道にはいった。ああ、ここは前とあんまり変わってないわね、と母はほっとしたような顔になる。古い建物に小さなお店がならんでいる。美容院に飲食店、向かいには手芸カフェなんていう変わったお店もある。S字に曲がりくねった坂をくだっていくと、まわりに高い木が増えて、武蔵野の雑木林の雰囲気になってくる。おりきる少し手前に質屋坂の杭があった。

杭に書かれた説明には、この道は埼玉県志木から府中へ商人が往来した志木街道の旧道で、質屋坂はこの街道でもっとも険しい坂だった、とある。幕末から明治の初めにかけて当時の下小金井村の星野家が開いていた質屋があったことから質屋坂と呼ばれるようになったらしい。坂が鎌の形に似ているので、かま坂とも言われていたのだそうだ。

説明を読んでいると、坂かあ、とうしろで母がつぶやいた。お父さん、坂が好きだったよねえ。めずらしく父のことを口にした。そうだね。気取られないように平然とそう答える。しかも名前のついてる坂じゃないとダメとか言って、ほんとにわからない人だった。杭の近くには古い大きな木の門がある。高い木を見あげ、母はぼんやり歩き出す。住宅地のなかの道を進み、豆腐店をすぎて小さな交差点に出た。

右に曲がり、少し行くとむかしながらの八百屋のような店がある。そのあたりから道はゆるやかなカーブを描く。空が真っ青だからだろうか、だんだん遠足のような気分になって来る。

たぶんねえ、このあたりだったと思うんだけど。母はあたりをきょろきょろ見ながらつぶやく。マオさんのアパートはこの道沿いにあったらしい。念仏坂の下あたり。だがあの蔦の絡まる建物は見つからなかった。もう三十年以上も前のことなのだ。取り壊されてほかのものに建て替わってしまったのだろう。

母もあきらめたらしく、念仏坂を見に行くことにした。右の小道にはいり、また国分寺崖線の上に向かって歩きだす。はじめはふつうの小道だったが、途中からさらに道幅が狭くなった。農道だったのだろうか。もちろん車は通れない。人も一列で歩かなければならないほど細い。両側は鬱蒼とした茂み。道に積もった落ち葉を踏みながら、その細い道をあがる。茂みの向こうには畑のようなものがあり、石垣の上には古い茅葺《かやぶき》の民家が見えた。竹林が揺れている。

全然変わってないわ。母があきれたようにつぶやく。すごいね、平成の東京とはとても思えない。わたしが言うと、母は息をついた。こういう風景、いつのまにか忘れちゃってたけど、わたしたちが子どものころは東京の郊外なんてどこもこんな感じだったんだよね。畑と雑木林。牛を飼ってるところもあって。道路もほとんど舗装されてなかったし。いつのまにかどんどんきれいになって、怖いところも汚いところもなくなって、土も全然見えなくなって、それがあたりまえみたいになっちゃったけど。母の言葉に、武蔵小金井駅の近くに建築中の高層マンションが頭をよぎった。

昔、江戸街道から薬師通りに通じ、農民が便利にしていたこの道は、狭く両側から笹や樹木が生い茂っていた。坂の中段、東側に墓地があり、人はいつしか念仏を唱えながら通ったので、念仏坂と呼ばれるようになった。

念仏坂の杭にはそう書かれていた。牧歌的な風景のように見えるけど、むかしはここを通るのは怖いことだったのだろう。

念仏坂をのぼりきったあとも階段坂が続いていた。途中にTERAKOYAというレストランの看板があった。ああ、ここ、むかしからあった。母の声がはなやぐ。日本庭園のある高級なフランス料理のレストランで、予約をしないとはいれない。マオさんと、いつか行きたいね、とよく話してたんだよね。一度くらいはいってみたかったなあ。母は、ここから先レストランのお客様以外立ち入り禁止、と書かれた立て札をうらやましそうに見つめる。そんなに来たいなら今度来ようよ、予約してさ。でももうマオさんもいないし。母はそう言って、さびしそうに笑った。

国分寺崖線の上の道に出て左に曲がる。少し進むと左にまたくだり坂がある。ここはなにがあったっけ。母は坂をおりはじめる。しばらくくだると杭があり、ここが平代《へいだい》坂という坂だとわかった。

万延か文久(一八六〇~六四年)のころ、坂の東側に住む梶平太夫が、玉川上水の分水を使って水車を回したので、皆が平太坂と呼んでいた。いつのころからか、これが平代坂といわれるようになった。

杭の横には平代坂遺跡に関する看板もあった。このあたりには縄文時代、旧石器時代から人が住んでいたらしい。古墳時代末期の横穴古墳や室町時代の横穴もあり、室町時代の穴からは陶磁器類が見つかった、と記されていた。

ハケにはすごくむかしから人が住んでたんだ、ってマオさんから聞いた。母が言った。国分寺崖線は川によって作られた河岸段丘だ。関東平野は火山灰のローム層でできていて、崖の上で水を得ることはむずかしい。だが崖の下には水が湧く。ローム層に浸透した雨水は、その下の硬い岩盤にあたり水の道を作る。道といっても大きな川ではなく、はりめぐらされた血管のようなものだ。水はゆっくりその道を移動し、崖の下から外に出る。それが湧水だ。

この先の滄浪泉園の池も国分寺駅の近くの殿ヶ谷戸庭園の池も、全部湧水でできたものなのよね。このあたりはそんな池がほかにもたくさんある。その水を集めてできたのが野川。国分寺の日立製作所からはじまって、いろんな湧水を集めて小金井、調布、三鷹を通り、狛江、世田谷、二子玉川を通って多摩川に合流するんだって。

むかしマオさんの劇団で大岡昇平の『武蔵野夫人』を公演することになり、マオさんは主役の道子を演じた。脚本は同じ劇団にいたマオさんの旦那さんが書いた。郷土史好きの旦那さんは執筆にあたりハケのことをずいぶん調べたらしく、マオさんはその話を耳にタコができるくらい聞かされた。いつもいっしょにいて仲がよく見えたふたりだったが、『武蔵野夫人』の公演が終わってしばらくすると、急に熱が冷めて別れてしまったらしい。

それからまた坂をのぼり、滄浪泉園を少し見てから三楽の坂をおりた。布を縫うように崖の上と下を行き来しながら国分寺の方に向かっている。坂をおりて右に折れるとすぐに貫井神社だった。貫井とは井戸のことで、ここにも水が湧いているようだ。むかしはもっと大量の水が湧いて、天然のプールを作っていたらしい。貫井プールの碑という石碑が立っていた。

鳥居の先に広い池があり、亀がのんびり泳いでいる。この池も湧水でできているのだろう。神社の裏は崖になっていて、神社をぐるりと守るようにそびえている。崖の下のあちこちから湧水が滲み出していた。名水なのに飲めないんだって。湧水の上に貼られた札を見ながら残念そうに母が言う。むかしは飲めたんだろうけどねえ。そうつぶやきながら、こんこんと湧き出す水をながめた。

お父さんはさ。ぽつんと母が言った。なんで坂にばかり住んでたんだろうね。さあ、どうしてだろうね。どう答えたらいいかわからず、問い返した。母は答えない。しばらくふたりとも黙っていた。風が吹いて、崖の木々の葉がざあっと揺れた。

お父さんには、ほかに好きな人がいたんだよ。母の言葉に息を呑んだ。聞いたことのない話だった。そうなの？　うん。だから家を出て行った。あのときはそう思ってたんだけど、なんだかそれもちがってたみたいで。母は崖の上を見る。急にいなくなって、しばらくたってお金と離婚届が送られてきた。ほかの人のところに行ったんだ、って思って、なんかどうでもよくなって判子を押した。だけど、その人ともすぐに別れちゃったみたいで。

そんなことがあったのか。父にほかの女性が。信じられない、というか、意味がのみこめずにいた。

なんだかわからない。母の声は少しふるえていた。いなくなったことより、そのわけのわかんなさが許せなかった。マオさんにもずいぶんその話をしたっけ。あのころよく西荻に行っていたのはそういうことだったのか。

たしかに父はよくわからない。わからないまま遠く離れ、わからないまま死んでしまった。だが、わたしにとっては母もよくわからない。父にほかの女性がいた。そんなこと、これまで一言も口にしなかった。きっとマオさんにしか話さなかったんだろう。

崖の下から水が湧く。この崖の上の大きな土地のなかをゆっくり流れてきた水が。長い時間をかけて土のなかを通ってくるのに、湧き出る水は透明だ。ただ透き通った水が湧く。人は大むかしからここに住み、この水を飲んできたのだ。

知らなかった、ごめんね。小声で母に言った。いいよ、別に。あんたはなにも悪くないんだし。あああ、死ぬまでずっと黙ってるつもりだったのに、なんで話しちゃったんだろう。母はそう言って神社を出た。

細い崖下の道を国分寺方面に歩いていく。母もわたしも無言だった。ここもむかしからの道なのだろうか。ところどころに古い店が建っている。少し広い道に行きあたる。道の向こうは東京経済大学の大きな敷地だ。ということは、この道の右の中央線の線路の方にあがるのがくらぼね坂ということだ。

今の貫井北町や小平、国分寺方面から府中方面に行くこの道は、急坂の東が切り立つような赤土の崖で、雨の降る時などは人も馬も滑って歩くことができなかったといわれる。鞍(馬)でも骨を折るとか、「くらぼね」は断崖の連続した段丘崖を意味するともいわれ、諸説がある。

そう書かれた杭が立っていた。赤土。人も滑る、馬も滑る急な坂。ゆっくりゆっくり坂をのぼる。母はなにも言わない。この坂の近くに父が住んでいたと告げるべきだろうか。いや、ほんとうは関心がないふりをしているだけで、父がこのあたりに住んでいたこともちゃんと知っていたのかもしれない。

無言のまま坂をのぼりきる。中央線の高い線路が目の前に見えた。ああ、お腹すいたね。母がこっちを見る。いつものなんでもないような顔で。そうだね。わたしも答える。国分寺まで歩いていって、なんかおいしいものでも食べよう。母はさばさばと言って歩きはじめる。やっぱりわからない。わからないけど、まあいいや、と思った。そうだね。なにがいいだろう。わたしも答える。

ここから先はずっと崖の上の平らな道だ。土地の下をはりめぐらされた血管のような水の道を思いながら、ふたりならんで歩いていった。

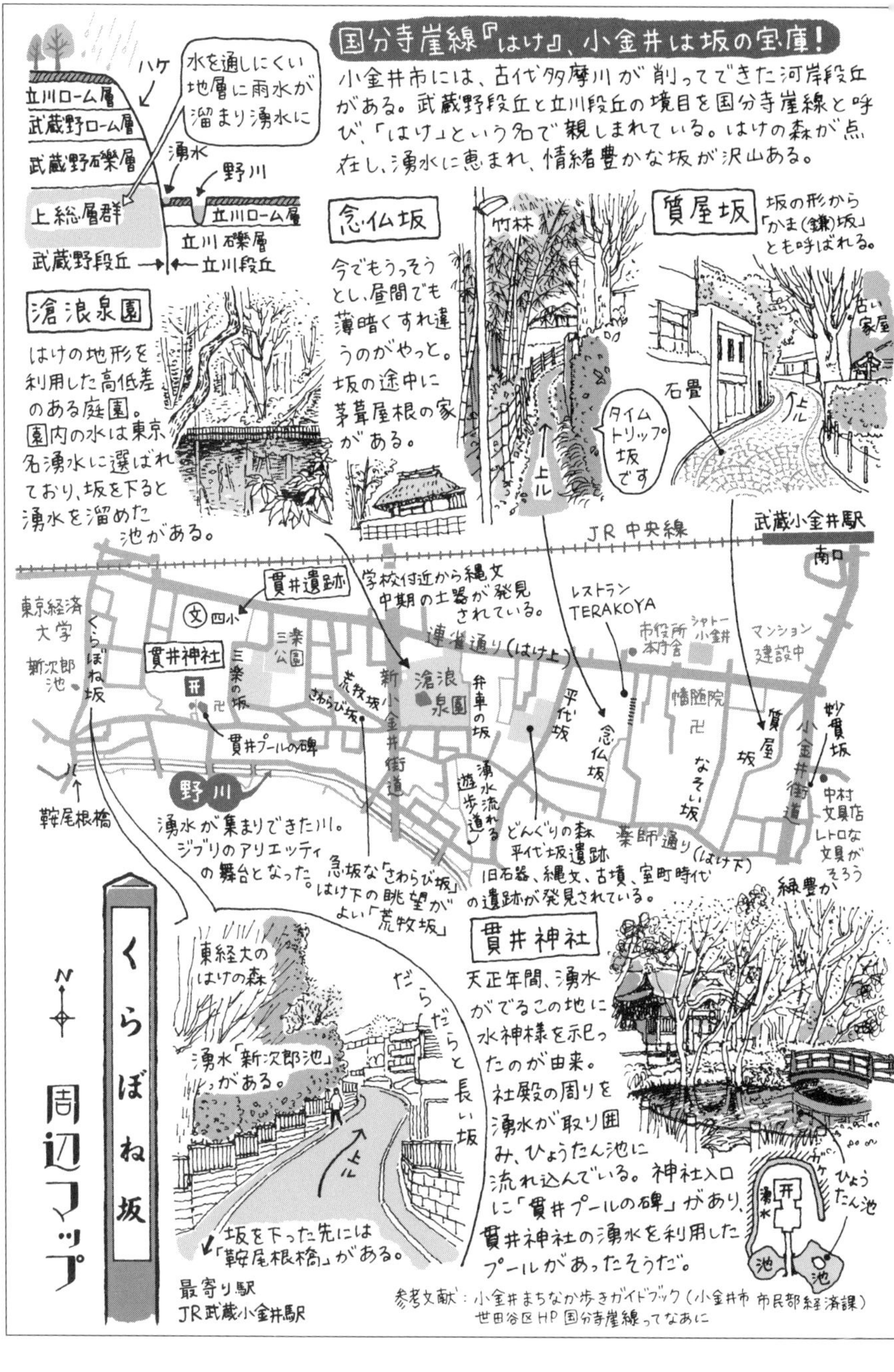

国分寺崖線『はけ』、小金井は坂の宝庫!
小金井市には、古代多摩川が削ってできた河岸段丘がある。武蔵野段丘と立川段丘の境目を国分寺崖線と呼び、「はけ」という名で親しまれている。はけの森が点在し、湧水に恵まれ、情緒豊かな坂が沢山ある。
ハケ
立川ローム層
武蔵野ローム層
武蔵野礫層
上総層群
水を通しにくい地層に雨水が溜まり湧水に
湧水
野川
立川ローム層
立川礫層
武蔵野段丘
立川段丘
滄浪泉園
はけの地形を利用した高低差のある庭園。園内の水は東京名湧水に選ばれており、坂を下ると湧水を溜めた池がある。
念仏坂
今でもうっそうとし、昼間でも薄暗くすれ違うのがやっと。坂の途中に茅葺屋根の家がある。
竹林
タイムトリップ坂です
上ル
質屋坂
坂の形から「かま(鎌)坂」とも呼ばれる。
古い家屋
石畳
上ル
JR中央線
武蔵小金井駅
南口
貫井遺跡
学校付近から縄文中期の土器が発見されている。
レストラン TERAKOYA
東京経済大学
文 四小
三楽公園
市役所本庁舎
シャトー小金井
マンション建設中
連雀通り(はけ上)
新次郎池
くらぼね坂
貫井神社
三楽の坂
荒牧坂
さわらび坂
新小金井街道
滄浪泉園
弁車の坂
平代坂
念仏坂
幡随院
質屋坂
小金井街道
妙貫坂
中村文具店
レトロな文具がそろう
貫井プールの碑
野川
湧水が集まりできた川。ジブリのアリエッティの舞台となった。
鞍尾根橋
遊歩道
湧水流れる
どんぐりの森
平代坂遺跡
旧石器、縄文、古墳、室町時代の遺跡が発見されている。
なそい坂
薬師通り(はけ下)
急坂な「さわらび坂」
はけ下の眺望がよい「荒牧坂」
緑豊か
くらぼね坂
周辺マップ
N
東経大のはけの森
湧水「新次郎池」がある。
だらだらと長い坂
上ル
坂を下った先には「鞍尾根橋」がある。
最寄り駅
JR武蔵小金井駅
貫井神社
天正年間、湧水がでるこの地に水神様を祀ったのが由来。社殿の周りを湧水が取り囲み、ひょうたん池に流れ込んでいる。神社入口に「貫井プールの碑」があり、貫井神社の湧水を利用したプールがあったそうだ。
ガケ
湧水
ひょうたん池
池
池
参考文献:小金井まちなか歩きガイドブック(小金井市 市民部経済課)
世田谷区HP 国分寺崖線ってなあに

9

異人坂

母といっしょに小金井のくらぼね坂に行ったあと、わたしはなぜか深く疲れてしまった。父と母の過去に自分のまったく知らない部分があったことに衝撃を受けたのかもしれない。父がいなくなったあと、ずっとふたりで暮らしていたのに、父と母のあいだに起きたことを、わたしは少しも知らなかった。なにかを垣間見たり、小耳にはさんだことはあったのかもしれない。だが意味をあまり理解できず、記憶からこぼれ落ちてしまったのだろう。あるいは、忘れたいことだから記憶から消してしまったのか。

わたしにとって母はあまり感情の浮き沈みがない人だった。悩みや愚痴を語ることも滅多にない。だからいつもなにを考えているのかよくわからなかった。テレビが好きで、夕食のあとはいつもぼんやりテレビをながめ、うたたねしている。画面に映っているのがどんなに怖いホラーやサスペンスでも、平気で退屈し、寝てしまう。番組の内容には関心がなく、ただ音や声が聞こえている状態が好きなのかもしれない。のんびりしているというのとはちがう。泰然自若というか図太いというか、そういう人なんだろうと思っていた。

その母が、あのとき貫井《ぬくい》神社の裏の崖を見ながら、突然過去の話をした。話し終わると無言になり、しばらくするとまたもとに戻った。なにごともなかったかのように昼ごはんを食べた。国分寺駅の近くのカフェのくるみを使った定食で、これ、おいしいね、と話しながら。それから二週間以上経つが、あのときの話も、父の話も口にする気配がない。

過去の話も衝撃だったが、母の思いに触れたことも疲労の原因かもしれない。父が家にいたころから、母はあんな思いを抱えていた。父が出ていってからだって、すぐに忘れたわけじゃないだろう。辛い、とか、悲しい、とか、そんな言葉ではくくれない、深くえぐられるような思いをひとりで抱いてきた。もう三十年も経つというのに、そのあいだわたしはそのことに気づかなかった。

死ぬまでずっと黙ってるつもりだったのに、なんで話しちゃったんだろう。母のその言葉を聞いたとき、わたしはおそろしいと思った。死ぬまでひとりで抱えていくつもりだったのか。母以外にその思いを知っているのは父とマオさんだけで、もうふたりともこの世にいない。だから、母が死んだら完全に消滅することになる。それでよいと考える母が怖いと思った。積みあがった年月がなだれ落ちるようにのしかかってきて、その重さからのがれることができなくなった。

もう父のことを考えるのも、坂をめぐるのもやめようか、と思った。坂に行こうという気持ちも起こらなくなっていた。坂をめぐったところで、父のことがわかるはずもない。現に母に言われるまで、父に別の女性がいたことに気づかなかったし、予想もしなかった。坂をめぐるのは、自分のなかに存在する自分に都合のいい父の姿をたどっているにすぎなかったのではないか。父はもういない。死んでしまった。だからいまさらなにかがわかったところで、どうにもならない。坂をめぐるなんて時間の無駄だ。

それでも外を歩いているときに坂を見ると、どうしてものぼったりおりたりしてみたくなる。歩きかけて足が止まる。坂には魅力がある。のぼったら、またはおりたら、そこに全然ちがう世界があるんじゃないか、と思わせるなにか。だけどそれは逃げ水のようなもので、実際にはなにもない。ここと同じ現実が広がっているだけだ。父はそういう逃げ水を追い続けて一生を終えてしまったんじゃないか。

そんなふうになってはいけない。といって、いまの自分にそれ以上の人生があるようにも思えないけれど。それでもしばらくは用もなく坂をのぼったりおりたりすることは避けるようにしていた。

土曜日、仕事の用事で根津を訪ねた。資料を返却するだけだから用事はあっという間に終わり、その日はもう会社に行く必要もなく、ほかに予定もない。空はきれいに晴れていて、二月にしてはあたたかかった。

このあたりにも父が住んでいた場所があるのは知っていた。根津神社の近くの異人坂だ。父からの転居通知に、坂の多い地形で、名前のついたものもたくさんある、根津神社の横にはS

坂、異人坂の手前にはおばけ階段、ほかにも根津裏門坂、言問通りの弥生坂、暗闇坂、日本医科大の裏には解剖坂という名前の坂もある、と書いてあった。

坂を歩くのはやめようと思っていたはずなのに、足が勝手に駅から離れた方に向かっていく。父の住んでいた異人坂はそう遠くない。だが、異人坂に行くのはやはり少しためらわれ、根津小学校入口という信号で不忍通りを渡り、異人坂があるのとは逆の路地にはいった。

スナックや居酒屋、少し歩くとむかしながらのよろず屋らしき店。二階の窓に布団をたくさん干した看板建築の建物は、味噌や麴の店らしい。惣菜の店、アートギャラリー、着物の古着屋にカフェ。細い道の両側に小さな店が軒を連ねている。谷根千、と呼ばれる谷中、根津、千駄木はいまではちょっとした観光地と聞いていた。

少し広い道と交差する。広い道沿いに不思議な構えの店があり、近づいてみると、鳥カフェというものらしい。店頭には、飛び交うフクロウを間近で見られる、という看板が出ていた。フクロウやミミズクなどの猛禽類やインコのペットショップであると同時に店内でお茶も飲める。放し飼いルームには大小さまざまなフクロウやミミズクが飛び交っているという。世の中にはいろいろな店があるんだなあ、と思う。フクロウが飛び交うカフェを作る人がいるなら、名前のついた坂を転々とした父もさほど変ではないのかもしれない。

さっきの道に戻り、細い道を進む。地図アプリによればこの先に「大名時計博物館」というものがあるらしい。大名時計などというものがあるとは知らなかったが、時間もあるし、ついでに見ておくか、と思った。
小道は途中から坂になる。三浦坂という看板があった。これまでまわった土地では坂の説明はたいてい杭に書かれていたが、ここでは四角い看板である。

三浦坂　台東区谷中一丁目四番
『御府内備考』は三浦坂について、「三浦志摩守下屋敷の前根津の方へ下る坂なり、一名中坂と称す」と記している。三浦家下屋敷前の坂道だったので、三浦坂と呼ばれたのである。安政三年（一八五六）尾張屋版の切絵図に、「ミウラサカ」・「三浦志摩守」との書き入れがあるのに基づくと、三浦家下屋敷は坂を登る左側にあった。
三浦氏は美作国《みまさか》（現岡山県北部）真島郡勝山二万三千石の藩主。勝山藩は幕末慶応の頃、藩名を真島藩と改めた。明治五年（一八七二）から昭和四十二年一月まで、三浦坂両側一帯の地を真島町といった。『東京府志料』は「三浦顕次ノ邸近傍ノ土地ヲ合併新ニ町名ヲ加ヘ（中略）真島ハ三浦氏旧藩ノ名ナリ」と記している。坂名とともに、町名の由来にも、三浦家下屋敷は関係があったのである。

別名の中坂は、この坂が三崎坂と善光寺坂の中間に位置していたのにちなむという。
とある。杭より長く、くわしく書かれている。つまり坂の横に勝山藩、のちの真島藩の藩主三浦氏の下屋敷があり、坂の名はそこから取られたということのようだ。

坂の途中には猫の置物に覆われたねんねこ家なる店があり、そのとなりはねんねこ神社という猫神社となっていた。神社といっても神主のいるほんとうの神社ではなく、この店の人が作ったものらしい。当神社はご利益をお約束する社ではありません、という手書きの貼り紙があった。だが祀られるように段に飾られたたくさんの猫を見ていると、ほんとうの神社と変わらないパワーがあるように思えてくる。

猫神社を過ぎると、左側に立派な石垣が見えてきた。長い。坂の上の方まで続いている。さっきの看板に、三浦家下屋敷は坂をのぼる左側にあった、と書かれていたから、きっとこの石垣は下屋敷のものなのだろう。地図アプリを見ると、大名時計博物館はこの石垣で囲まれた大きな敷地のなかにあるらしい。ということは、大名時計の大名というのは、三浦氏のことなのだろうか。

坂をのぼりきり左に曲がる。石垣の上に蔵のような建物の上の方がのぞいている。あれが博物館なのだろうか。石垣に博物館の標識があり、それにしたがってもう一度左に曲がる。石垣の途切れたところに博物館の門があった。大名時計博物館という古い木の表札が石の門柱に掲げられ、奥は鬱蒼とした庭だった。左に立つ蔵と、右側の平屋の建物のあいだの小道を抜けて行くと、こぢんまりとした入口があった。

靴を脱ぎ、スリッパに履き替える。ドアを開けると、入口の脇に受付の人がひとり座っていた。入場料を払い、なかにはいる。博物館といっても一室だけの小さなもののようだ。薄暗い室内のガラスケースに大きな時計がならんでいた。

説明書きによると、大名時計というのは和時計の一種で、江戸時代、大名お抱えの御時計師が手作りで製作したものらしい。ここにあるのは上口愚朗という陶芸家が収集したもので、この博物館も上口氏が勝山藩の下屋敷あとに設立した、とあるから、大名時計の大名がすなわち三浦氏ということではないようだ。

大きな四角錐の台の上に置かれた櫓《やぐら》時計がならんでいる。文字盤は、子・丑・寅・卯・辰・巳・午・未・申・酉・戌・亥と漢字が刻まれている。見た目は西洋の柱時計を日本風にしたもの、という印象だが、和時計は機械の仕組みがまったくちがい、西洋の二十四時間の定時法ではなく、不定時法で作られている、とある。

夜明けから日暮れまでを昼、日暮れから夜明けまでを夜として、それぞれを六等分した時刻で時をあらわす。夜明けと日暮れの時刻は季節によって変わるため、一時《いっとき》の長さもまた季節によって変化する。夏は昼間の一時が長く、冬は夜の一時が長い。厳密には日の長さは毎日少しずつ変わっていくのだが、そこまで対応させるのはむずかしいので、二十四節気に合わせ、十五日ごとに一時の長さを調整していたのだそうだ。

江戸時代と現代では、時間に対する感覚どころか、時間というもの自体がまったくちがうのだ。冬になれば、日中の一時間がほんとうに短くなる。

ほかにも枕時計、印籠時計、御籠《おかご》時計、歩度計という万歩計のようなものもあり、香盤時計なるものも展示されていた。これはむかしなにかのドラマで見たことがあった。灰のなかにジグザグに香を埋めたものだ。端に火をつけると、香は少しずつ燃え、火は一定の速さで進んでいく。火のある位置で時刻を読み、見張りが時を告げる。

香が燃えてゆく速度は一定だから、いまの時計と同じように、一定の速さで過ぎていく時間を指す。それを不定時法の時間に置き換えたのだろう。和時計だって、錘《おもり》を使う。時は一定の速さで進む。だが昼と夜で錘を掛け替えたり、文字盤の方を調節したりすることで、当時の人の感覚や習慣に沿うように変換していた、ということらしい。

機械で時を計るには時間というものが一定の速度で進んだ方が都合がいい。そうでなければ計れない。人が、時間は一定の速度で進むもの、と考えるようになったのも、時計ができたからなのかもしれない。

博物館を出て左に曲がり、路地を抜けると坂に出た。さっきの三浦坂と平行に走るあかじ坂だ。坂をくだっていくと途中に澤の屋という旅館がある。いまは都内ではあまり見かけない日本風の旅館で、前に雑誌で見たことがあるのを思い出した。昭和二十年代創業の小さな旅館だが、いまは外国人観光客に大人気で、トリップアドバイザーで都内満足度一位になったらしい。外国人にだけ有名な宿というのがあちこちにあることは知っていたが、そのトップクラスのものなのだろう。

坂をおりきり、さらに進むと、不忍通りに出た。根津神社入口の交差点で道を渡り、まっすぐ進む。根津神社に近づいていく。無意味に坂をのぼったりおりたりするのはやめるつもりだったのに、また次の坂を探している。こうして歩いていると、知らないものと出会う。長いこと東京に住んでいるのに、それまでそんなものが存在していることさえ知らなかったいろいろなものと。

日本医科大学の大学院棟を過ぎると根津神社だ。向かいにある古書店をちらりとのぞいてから、根津神社の境内にはいった。左側は全体が斜面になっており、一面がつつじ苑になっている。いまは咲いていないが、季節になれば斜面を花が覆うのだろう。その季節になったらまた来てみたい、と思う。こうしてまた、再び訪れたい場所が増えていく。人生は忙しく短いから、ほんとに来られるのかわからないけれど。

説明によれば、根津神社は千九百年余のむかし、日本 武 尊《やまとたけるのみこと》が千駄木の地に創祀した古社で、文明年間（一四六九〜八七年）に太田道灌《どうかん》が社殿を奉建したらしい。江戸時代五代将軍徳川綱吉が世継が定まった際に現在の社殿を奉建、千駄木の旧社地より遷座した、とある。お参りをしたあと庚申塔や乙女稲荷を見て、千本鳥居をくぐった。

無数の赤い鳥居を抜けて神社を出ると、すぐ横には新坂というS字の坂がある。説明板によれば、本郷通りから根津谷への便を考えてつくられたあたらしい坂だから新坂ということらしい。根津権現（根津神社の旧称）の表門におりる坂だから権現坂、森鷗外の小説『青年』に登場、「Sの字をぞんざいに書いたように屈曲してついている」、と描写されることからS坂とも呼ばれている。坂をのぼり、つつじ苑の斜面の上をぶらぶら歩いたあと、根津神社の前まで戻り、さっきの古書店の裏の路地を抜け、おばけ階段の方に向かった。

細い小道の先に階段が見えてくる。あれがおばけ階段だろう。手すりのついた階段坂だが、広い階段の左側に細い階段がついた不思議な形だ。文京区のサイトを見ると、かつては幅が狭く薄暗い道だったが、拡幅工事で手すりもつき、きれいな階段に整備されたとあるので、左側の細い階段は古い方の階段なのだろう。左の古い階段はのぼるうちに柵にぶつかって途切れてしまう。その先が踊り場となり、広い階段だけが折れ曲がっている。

階段をのぼりきるとしずかな住宅街で、少し行くと木々のなかにきれいな建物が見えてくる。東京大学向ヶ岡ファカルティハウスといって、大学の施設らしい。緑の敷地を通り過ぎ、左に折れる。しばらくいくと二股に分かれた坂が見えてきた。

異人坂だ。松葉のように道が二本に分かれている。わたしは松葉の根元に立った。右はのぼり坂、左はくだり坂。二本が一対で異人坂ということらしい。

右側の坂を歩いてのぼる。上には住宅街が広がっている。崖の下には小学校の敷地が広がり、ぽかんと空が見渡せた。折れ曲がったところまでおりると、古い石の柵の根元に、昭和六年二月工事竣成、浅野侯爵家建設と刻まれていた。異人坂は浅野侯爵家が作ったということらしい。浅野家とはたしか豊臣秀吉の正室ねねの養家で、江戸時代に広島藩主、明治時代には華族となった名家である。ここはその浅野家の敷地だったということだ。

折れ曲がり、苔の生えたコンクリート壁を右に見ながら坂をくだっていく。壁に説明板が取りつけられていた。

異人坂　文京区弥生二―十三　北側

坂上の地に、明治時代東京大学のお雇い外国人教師の官舎があった。ここに住む外国人は、この坂を通り、不忍池や上野公園を散策した。当時は、外国人が珍しかったことも手伝って、誰いうとなく、外国人が多く上り下りした坂なので、異人坂と呼ぶようになった。

外国人の中には、有名なベルツ（ドイツ人）がいた。明治九年（一八七六）ベルツは東京医学校の教師として来日し、日本の医学の発展に貢献した。ベルツは不忍池を愛し、日本の自然を愛した。

異人坂を下りきった東側に、明治二十五年（一八九二）高林レンズ工場が建てられた。今の二丁目十三番付近の地である。その経営者は朝倉松五郎で日本のレンズ工業の生みの親である。

お雇い外国人教師。明治時代はこのあたりにそういう人たちがたくさんいた。日本が開かれ、海の向こうの文化・文明を吸収しようとしていたころのこと。自国を離れ、この地に住んだ外国人たちはなにを思っていたのだろう。

二股の根元をふりかえる。坂の上に晴れた空が広がっている。

——蓉子、なぞなぞだ。東京の坂で、のぼり坂とくだり坂、どっちが多いか。

ふいに父の声が聞こえた。折れ曲がった上の道から父がおりてくるような気がした。思えば、坂めぐりをはじめたときにもこのなぞなぞがよみがえってきたのだ。どんな坂も、上から見ればくだり坂、下から見ればのぼり坂。どんな坂ものぼり坂でもくだり坂でもある。だから数は同じ。子どものころ、わたしはこの問いにちゃんと答えられなかった。

もしかしたら、坂をめぐりはじめたのは、ちゃんと答えられるようになったことを父に告げたかったからなのではないか。父と過ごしたのは子どものころだけ。父は大人になったわたしを知らない。わたしも、大人として父を見たことも、大人として父と話したこともない。ちゃんと答えられるようになった、と父に認めてほしかったのではないか。父から認められなければ大人になれないような気がしているのではないか。

どんなに坂を歩いたって、いまさらその望みがかなうことはないのに。

異人とは外国人のこと。説明板にはそう書かれている。だが異人にはもともと異界の人という意味もある。まつろわぬもの。神、もののけ、霊的存在、そしてまれびと。いまは亡き父も異人だろう。坂に行けば父に会える。ふいに出会い、すぐに消える。あとかたもなく。だがそのわずかな瞬間をまだ手放すことができない。

仕方がないな、とため息をつく。仕方がない、まだしばらくは坂をめぐろう。わたしのなかには父の血も流れている。坂を歩けば、見知らぬものに出会うこともあるのだから。

坂の下に向かって歩きながら、背中に父の気配を感じていた。

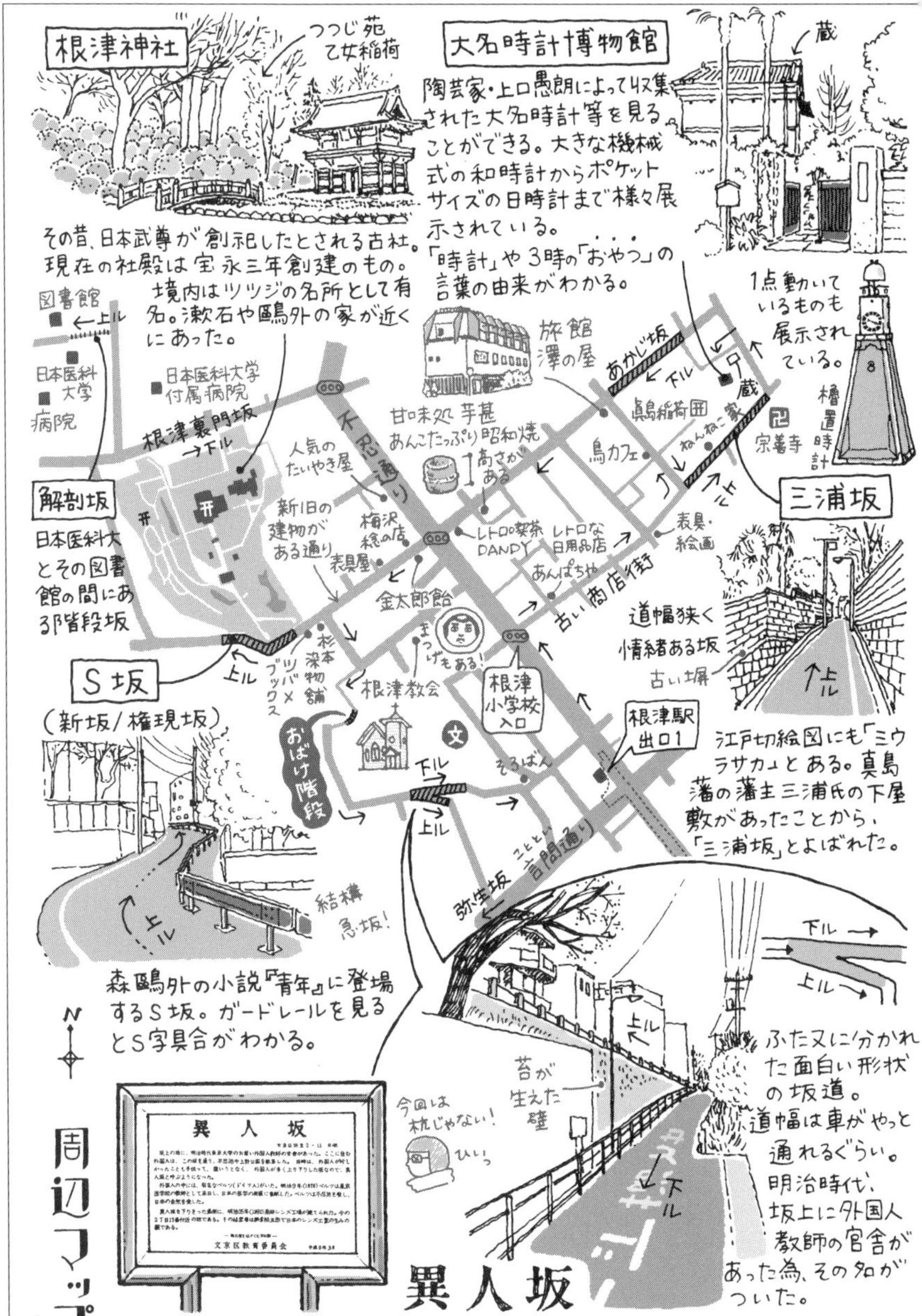

根津神社
つつじ苑
乙女稲荷
その昔、日本武尊が創祀したとされる古社。現在の社殿は宝永三年創建のもの。
境内はツツジの名所として有名。漱石や鷗外の家が近くにあった。
大名時計博物館
蔵
陶芸家・上口愚朗によって収集された大名時計等を見ることができる。大きな機械式の和時計からポケットサイズの日時計まで様々展示されている。
「時計」や3時の「おやつ」の言葉の由来がわかる。
1点動いているものも展示されている。
櫓置時計
図書館
←上ル
日本医科大学
病院
日本医科大学付属病院
根津裏門坂
→下ル
解剖坂
日本医科大とその図書館の間にある階段坂
旅館澤の屋
あかじ坂
下ル
蔵
眞島稲荷
ねんねこ家
宗善寺
鳥カフェ
三浦坂
上ル
下ル
甘味処 芋甚
あんこたっぷり昭和焼
高さがある
人気のたいやき屋
不忍通り
新旧の建物がある通り
梅沢絵の店
表具屋
レトロ喫茶DANDY
レトロな日用品店
表具・絵画
あんぱちや
古い商店街
金太郎飴
まつげもある！
杉本染物舗
ツバメブックス
S坂
上ル
（新坂／権現坂）
根津教会
根津小学校入口
文
おばけ階段
下ル
上ル
そろばん
根津駅出口1
言問通り
弥生坂
道幅狭く情緒ある坂
古い塀
上ル
江戸切絵図にも「ミウラサカ」とある。真島藩の藩主三浦氏の下屋敷があったことから、「三浦坂」とよばれた。
結構急坂！
上ル
森鷗外の小説『青年』に登場するS坂。ガードレールを見るとS字具合がわかる。
N
下ル
上ル
上ル
苔が生えた壁
ふた又に分かれた面白い形状の坂道。
道幅は車がやっと通れるぐらい。
明治時代、坂上に外国人教師の官舎があった為、その名がついた。
今回は枕じゃない！
ひいっ
下ル
異人坂
文京区教育委員会
異人坂
周辺マップ
地下鉄千代田線根津駅出口1より徒歩2分
根津駅→大名時計博物館→根津神社→異人坂コース

10

桜　坂

土曜の朝、起きたらよく晴れていたので、花見に行ってみようかと思った。

最近は、夜、桜の下でお酒を飲む花見をあまりしていない。大学時代には何度もしたし、会社にはいってから同僚と集まったこともあったけれど、桜の時期はまだ思ったほどあたたかくない。寒いし、地面も硬くて冷たいし、片づけもたいへんだ。

桜並木を歩くと、信じられないような重装備で花見をしている人たちを見かけることがある。持ち寄りのおかずに、カセットコンロの鍋。養生シートの上にさらにラグを敷き、クッションや座布団まである。並木沿いの住人が自宅から電源を引っ張って、こたつを出しているのも見たことがある。それくらい準備しなければ快適な花見などできない。

しかし、桜がいつ咲くか、だれもわからない。前々から日程調整しても、その日はまだ咲いていなかったり、逆にもう散ってしまっていたり、咲いているけど雨だったり。どうせお酒を飲み出したらだれも花など見ていない。結局、桜をながめたあとどこかの店にはいる方が楽だと悟った。

それに、わたしは昼の花の方が好きだった。青い空の下に花が咲きそろう。風で花びらが舞い、地面も花で埋め尽くされる。世界が全部桜色に染まって、いつもとはまったく別の世界になる。

桜の下を歩くとき、人は花のことしか考えなくなる。悩みや悲しみにとらわれていても、心も花びらになって宙を舞う。悩みも悲しみも消えるわけではないが、花になぐさめられる。そうした感情にとらわれる自分を許す気になる。

だから辛いときほど花見に出ている気がする。過去にもこういうことがあった、あのときも悩んでいた、悲しんでいた。これまでの桜の季節の記憶が重なりあって頭をめぐる。

——桜の下にいるとき、わたしたちは時を旅するのだと思う。

以前連句の席で、むかしの師匠のトシオさんがそんなことを言っていた。連句では必ず月の句と花の句を入れる。花の句はとくに大事にされる。毎度毎度花の句を作っていると、似たようなものばかりになりそうだが、そうはならない。不思議なもので、必ず新鮮な発想の花の句が出る。

せっかくの桜だからだれかを誘おうかとも思ったけれど、思いつきで当日気安く誘えるほど親しい人はない。母なら大丈夫かもしれないが、どうせなら坂に行きたい。この前のこともあるし、母と坂に行くのは気が引けた。

坂。花のある坂。桜坂にしよう。父が住んでいた場所でもあるし、わたしが一時期通っていた場所でもあった。あれから一度も行かずにいた。行くのは気が重かった。だが、気が重いというのは、行きたいという気持ちの裏返しなのかもしれない。行きたいという思いが強くなりすぎると、裏返って気が重くなる。

朝食を取ると、母に行き先を告げず、外に出た。


桜坂に行くために、目黒から目黒線に乗った。この線はかつて目蒲線と呼ばれていたらしい。多摩川線という名前に変わったのは二〇〇〇年のこと。

目蒲線は目黒駅と蒲田駅を結ぶ路線だった。二〇〇〇年の夏、多摩川園駅から多摩川駅に名前が変わり、目黒駅から多摩川駅を通り武蔵小杉駅まで行く目黒線と、多摩川駅から蒲田駅まで行く多摩川線に分割された。わたしがよくここに来ていたころにはもう目黒線、多摩川線だったけれど、父が暮らしていたのはそれよりだいぶ前だから、まだ目蒲線だったのだろう。

多摩川駅が近づいてくると、駅の近くに古墳の連なる大きな公園があったのを思い出した。多摩川沿いの高台に長くのびる多摩川台公園という公園だ。はじめてきたときは、こんな都内の住宅地に古墳があるのか、と驚いたものだった。

桜坂に行くなら多摩川線に乗り換えてこの先の沼部まで行ったほうがいい。だが、久しぶりに古墳を見たくなって、そのまま多摩川駅でおりた。

駅を出るとすぐに公園の入口があった。はいってすぐの階段の両側には紫陽花が植えられている。梅雨の時期に斜面に紫陽花がたくさん咲いていたのを思い出した。わたしがここを何度も訪れたのは、二十代のころ。そのころつきあっていた人がこの近くに住んでいたのだ。となりの沼部駅の近くだった。

沼部の駅舎には陸橋がない。線路をはさんで、のぼりの電車に乗るときはのぼりのホーム側の改札、くだりに乗るときはくだりのホーム側の改札からはいらなければならなかった。駅前の商店街もほんとうに小さく、営業しているかどうかもわからない昭和っぽい店がならび、東京とは思えない鄙びた雰囲気だった。

駅から一分もかからず多摩川の河原に出ることができ、休日は川べりの広々とした公園で親子連れが遊んでいた。わたしたちはよく夜に河原を歩いた。東横線と、少し離れて新幹線の橋が川にかかり、橋を渡る電車の光が川面に映って、もの悲しくうつくしかった。川沿いには板チョコみたいな形のコンクリートの岸が広がっていて、わたしは宮沢賢治のイギリス海岸を真似て、チョコレート海岸と呼んでいた。ときどきトランペットの練習をしている人もいた。映画みたいだ、と思いながら、そういう人がほんとうにいることに驚いていた。

紫陽花の階段はカーブしていて長い。のぼるうちに記憶が少しずつよみがえってくる。わたしがつきあっていた人は、大学で歴史を学んでいた。専門は古代。全然別の仕事についたが、ここに住むことにしたのは、通勤に便利なのに加え、近くに古墳があるからだ、と言っていた。

階段をのぼりきると四阿《あずまや》があり、さらにその先にまっすぐな階段がのびている。階段の上は、四季の野草園だ。西洋風の庭園で、独特の形の花壇に色とりどりの花が咲き乱れている。春休み中なのだろう、お弁当を食べる家族連れでにぎわっていた。

説明板によると、ここはかつて調布浄水場があった場所なのだそうだ。大正から昭和中期まで多摩川から汲み上げた水を清浄化し、東京に供給していた。野草園ととなりの水生植物園は浄水場だったころの形を生かしたものらしい。レンガ作りの階段やトンネルも当時の名残なのだろう。水生植物園には生きものを取ろうとする子どもたちがたくさんいて、なにが取れるのだろうか、いっしんに網で水のなかを探っている。

不思議なことに、紫陽花の道のことはよく覚えていたのに、野草園のことも水生植物園のこともまったく覚えていなかった。もしかしたら、あのころはここを通ったことがなかったのかもしれない。階段をのぼりきったあと、川を望みながら直接展望広場に抜ける道があり、いつもそちらを歩いていた。彼が古墳にしか関心がなかったからだろうか。

植物園を抜け、展望広場に出る。木々の向こうに多摩川が見えた。周囲には桜が咲いていて、展望広場に屋台も出ている。きらきらした日差しを浴びながら、春だなあ、と思う。広場の端に立ち、川を見おろす。多摩川はゆるやかにくねり、光っている。あのころもよくこうやって川をながめた、と思い出した。

大学時代に出会って、はじめてつきあった人だった。学生時代はこの人と結婚するのかもしれない、と思っていた。運命と感じたとかそういうことではなく、当時はつきあえばいつか結婚するもの、と疑いなく思っていただけだ。だが、卒業しておたがい別々の場所で働き出してから、少しずつ気持ちが離れていった。

最後にここを訪れたとき、もう終わるような気がした。あれもたしか春のことだ。桜が咲く前、でも急にあたたかくなった日で、彼は外に出ると、春の匂いがする、と言った。なんの匂いかわからない。だがかすかに土のような草のような匂いがして、春の空気だ、とわたしも思った。夕飯の買いものをするために出てきたのに、そのまま公園までやってきて、こうして川を見おろした。

ふりかえると亀甲山古墳《かめのこやま》がそびえている。亀甲山古墳のとなりには宝莱山古墳。そのあいだに一号墳から八号墳までがならんでいる。

古墳の近くにあった比較的あたらしい説明板によれば、亀甲山古墳と宝莱山古墳は四世紀に築かれた前方後円墳。その後、二号墳が作られ、二号墳を前方部として利用し、一号墳を後円部とする前方後円墳が六世紀後半に作られた。三号墳から八号墳までは円墳で、七世紀中ごろまでに継続して作られたのだという。

以前彼から聞いた話では、古代、この多摩川沿いには古墳がたくさんあったらしい。古墳群はここから世田谷の野毛までのびている。荏原台《えばらだい》古墳群といい、全長五キロ、およそ五十基の古墳群だ。

多摩川の対岸にも古墳があったんだよ。彼はたしかそう言っていた。下流にも古墳群がたくさんあった。加瀬台古墳群、日吉矢上古墳、ここにある多摩川台古墳群。それからだんだん古墳は狛江や調布、飛田給と上流域にあがっていく。すっかり忘れていたのに、古墳群の名前が呪文のようによみがえってくる。

考古学が好きだった彼は、大学時代、発掘調査のアルバイトもずいぶんしたらしい。発掘調査といっても、アルバイトがするのはおもに土を掘る仕事だ。土木作業の会社が現場を仕切り、土木作業員とアルバイトで土を掘る。

掘る、というか、土を一定の厚さで剝がしていくんだよ。たまねぎを剝いていくみたいにさ。そうやって数メートルずつ掘りさげていくと、順に古い地面があらわれる。ひとつの土地が順に近世になり、中世になり、古代になり、そのたびに建物の跡などの遺構があらわれる。遺構らしきものが出てきたら、その穴を丹念に掘る。すると当時の地面の形が姿をあらわす。それを図面として記録する。

地面を掘り進めながらさかのぼっていくから、次の時代に進むためにはその前の遺構を破壊していくことになる。ある時代だけ保存する、というわけにはいかない。その時代の地面が記録されたら破壊して先に進む。さかのぼれるのは一度だけ、ということだ。発掘は不思議なものなんだよね、歴史が形になってあらわれるみたいでさ。時間が物質として積み重なっているんだよ。彼はそう言っていた。

時間が物質として積み重なっている。そのときはふうん、と聞き流したけれど、そういうものなのだな、と思う。古い土地とあたらしい土地があるわけではない。古いものの上にあたらしいものが積み重なっていく。

ここの古墳群はたまたまもとの形のまま残っているけれど、東京の古墳たちは造成され、住宅地になってしまったものも少なくないのだそうだ。それでも、わたしたちがいま生きているこの場所の下に古い時代があったことに変わりはない。わたしたちが死んだあと、上にまたあたらしい時代が積み重なっていく。

ぼんやり青い空を見あげながら、これから頭上に積み重なっていく土のことを思った。


多摩川台公園をおりて、桜坂に向かう。むかしよく通っていた六郷用水沿いの小道を通ることにした。途中、小さな踏切があり、多摩川線と思われる電車が通り過ぎていった。三両ほどの短い列車が遮断機のすぐ近くを通っていく。目黒線は複々線化されて立派になっているようだが、多摩川線は以前と変わらずのんびりした雰囲気だ。

やがてトンネルを抜け、六郷用水の道を歩く。六郷用水はもともと灌漑を目的として作られたもので、狛江から世田谷を通り、矢口で北堀と南堀の二方に分かれる。全長三〇キロにもわたる農業用水路だった。このあたりは湧水を用い、その水路を再現している。

ここにもたくさん桜が咲いていた。水路には巨大な鯉が泳ぎ、石の上には甲羅干しをしているのか、亀がたくさん積み重なっていた。

ここによく来ていたころ、父のことはあまり考えなかった。転居ハガキはいつも見ていたから、前にこのあたりに住んでいたことはわかっていたと思う。だが、そのころにはもう別の場所に移っていたし、どこに住んでいたのかまで考えなかった。

だが、桜坂の近くに住んでいたのだから、電車に乗るときは沼部駅か、父のころには多摩川園駅だった多摩川駅を使っていたのだろう。多摩川台公園にもきっと来ただろう。この道も歩いたかもしれない。

ずっと未来、発掘のために土を掘るとしたら、父の住んでいたころの層はわたしがここに来ていたころの層のほんの少しだけ下ということになるんだろう。紙一枚？　もっと薄いだろうか。薄い膜を隔てて、いまとあのころと父がいたころが重なっている。その膜のうえを歩いている。

六郷用水物語と書かれた看板の前が小さな広場になっていた。彼が住んでいたのはこの水路沿いの道をまっすぐ行ったところ。小さな単身者用のマンションだった。水路沿いにあり、歩いて一分もかからず沼部駅、そこからすぐに多摩川に出られる。そこもすごく気に入っていたようだが、川が近いせいなのか、近くに湧水があるせいなのか、一階にある彼の部屋は湿気が多く、黴びやすかった。梅雨時は椅子の脚や壁の下の方も黴びた。

いまはもう彼も越してしまった。転勤で海外に行ったのだ。あの日、最後に会った日に、彼はその話をした。結婚して転勤についていくか、遠距離恋愛でいくか、別れるか。彼にとって転勤は好機で、断ることはできなかった。展望広場で多摩川を見おろしながら、そんな話をした。晴れた日で、ぽかぽかとあたたかかった。

彼は海外に行き、しばらく中途半端な状態が続いたあと結局別れた。あの日、多摩川台公園に向かっていく最中、なんだかそんな予感がしていた。

六郷用水物語の看板を左に折れて、桜坂の方に歩きはじめる。桜坂をテーマにした曲がヒットしたせいで、あのころもこの時期になるとよくカップルの姿を見かけた。わたしたちも行ったことがあるけれど、わたしはあまり気が進まなかった。あの曲が別れてしまう歌だったからかもしれない。

坂に着く前から、宙に花びらが散っていた。ひらひらと光のように散っている。道の先にこんもりした桜色が見えてくる。

咲いてる。思わず立ちどまった。桜橋の赤い手すりが見える。散っていく花びらの向こうに、ベージュのコートに帆布のリュックを背負った彼の姿が見えた気がした。こちらに向かって手をふっている。若いころの姿のままで笑っている。

どうして別れてしまったんだろうな。あのあと結局だれともつきあわなかった。だれと出会っても、なにかちがう気がした。彼が運命の人だったとか、そういうことじゃない。でもきっと結婚するなら彼だったんだと思う。

なんとなく、もうこのままだれとも結婚せずに一生を終える気がする。彼と別れたときはそんなこと思いもしなかった。季節がめぐってまた別の人と出会って結婚するのかも、人生とはそういうものだと心のどこかでそう思っていた。

もしかしたら、わたしは考古学が好きな彼が好きだったのかもしれない。土の下に眠っている過去のことを夢中で話している彼が。彼の就職先は考古学とはまったく関係もない商社だった。考古学で食べていくことはできないし、当然のことだったんだと思う。ときどき、お金を溜めて海外の遺跡に行きたい、とつぶやいていたが、彼にとってそれがすでに遠い夢のようなものになっていることに気づいて、さびしくなった。

坂の両側の道にも、橋の上にも人がたくさんいて、スマホを空にかざして花の写真を撮っている。カップルも家族づれもいた。理由はわからない。でも結局わたしたちはああならなかった。

ただぼんやりつっ立って、桜並木を見渡した。満開だ。咲いては散って、咲いては散って。別の世界のようで、あれはほんとに花びらなのか、と思った。

坂の途中に桜坂の杭が立っている。


この坂道は、旧中原街道の切通しで、昔は沼部大坂といい、勾配のきつい坂で、荷車の通行などは大変であったという。今ではゆるい傾斜道となっているが、坂の両側に旧中原街道のおもかげを残している。坂名は両側に植えられた桜に因む。

桜が植えられたのは大正時代で、それ以前は沼部の大坂という名前だった、と前に彼から聞いた。渡しに近いこのあたりの村落は、むかしは荷車や旅商人の往来でにぎわい、坂道の両側に腰掛け茶屋があったのだそうだ。

茶屋があったころ、桜が植えられたころ、いくつも時代を重ね、父がいたころ、わたしたちがいたころ、何枚もの薄い膜が重なっている。分厚い本のページのように。

風が吹いて、花びらが舞いあがる。本のページもぱらぱらとめくれ、花びらのように散っていく。桜の下にいるとき、わたしたちは時を旅するのだと思う。トシオさんの言葉が耳の奥でよみがえる。もうトシオさんもいない。

あのとき、紫陽花の坂をのぼりながら、結婚するなら父にも連絡すべきだろうか、と思った。父は私たちを捨てて出て行った。わたしにはできるのだろうか。ひとりの人とずっといっしょにいることが。とたんに母の顔が頭に浮かび、母を残してはいけない、と思った。結局結婚もしなかったし、父にも連絡を取らないまま時が経った。

父は亡くなり、彼がどうしているかももうわからない。

これでよかったのか、よくわからない。けれど、別の答えを選んだ自分なんて結局どこにも存在しない。わたしたちはひとつの道しか選べず、一生を終える。積み重なった土の薄い層になる。

道行く家族づれの笑い声が聞こえた。心の奥底にふりつもっていた人々の声が、地面の上の花びらのようにふわあっと舞いあがる。

遠くでだれかが桜坂の歌を口ずさんでいる。

愛なんて、夢なんて、なにもかも目に見えない、形のないものだ。桜の季節だけは、それが花びらになって目に映るのだと思った。

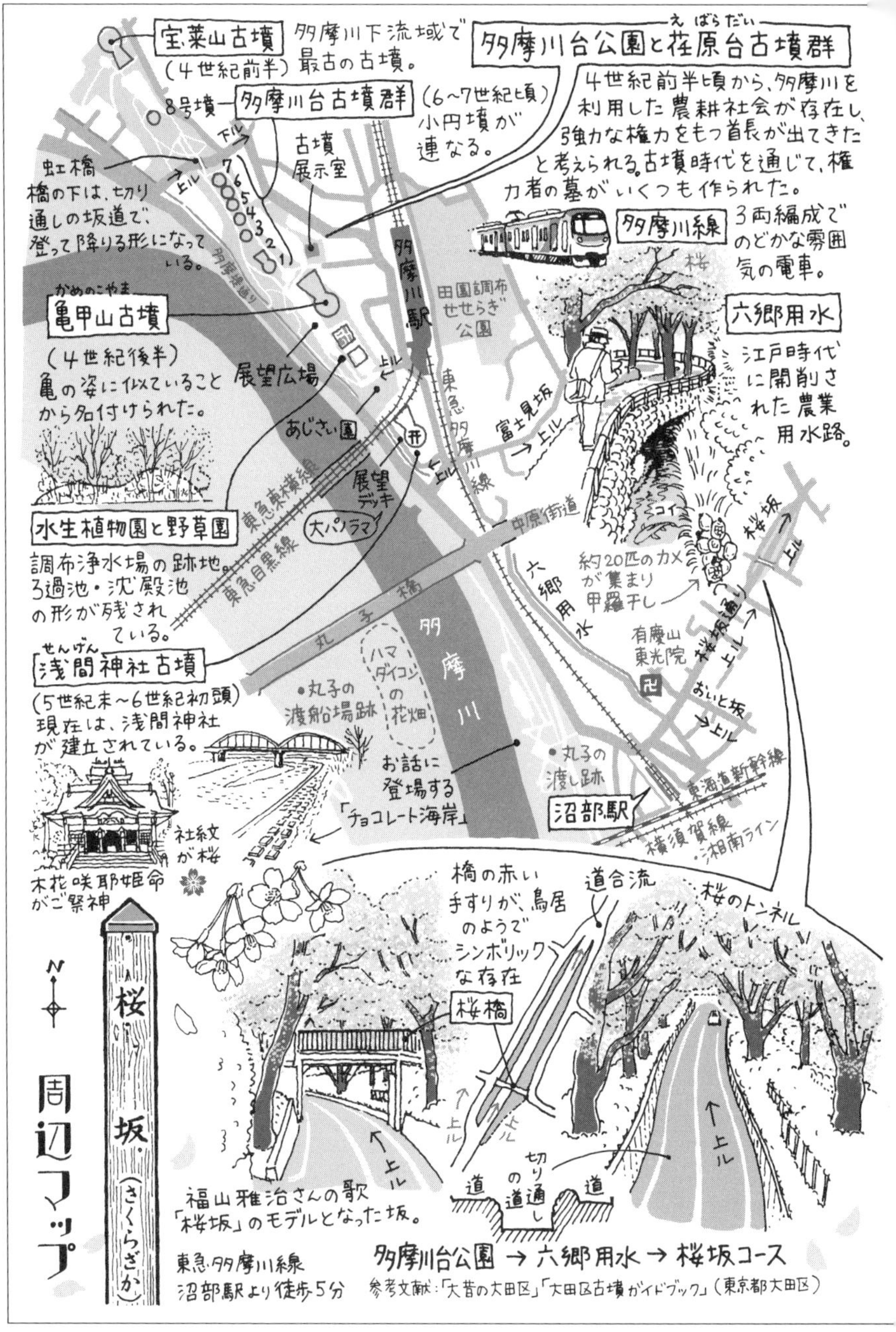

宝萊山古墳
（４世紀前半）
多摩川下流域で最古の古墳。
多摩川台公園と荏原台《えばらだい》古墳群
４世紀前半頃から、多摩川を利用した農耕社会が存在し、強力な権力をもつ首長が出てきたと考えられる。古墳時代を通じて、権力者の墓がいくつも作られた。
多摩川台古墳群
（６～７世紀頃）小円墳が連なる。
8号墳
7
6
5
4
3
2
1
古墳展示室
虹橋
橋の下は、切り通しの坂道で、登って降りる形になっている。
下ル
上ル
多摩堤通り
多摩川駅
田園調布せせらぎ公園
多摩川線
３両編成でのどかな雰囲気の電車。
桜
亀甲山《かめのこやま》古墳
（４世紀後半）
亀の姿に似ていることから名付けられた。
展望広場
あじさい園
展望デッキ
大パノラマ
東急東横線
東急目黒線
東急多摩川線
富士見坂
上ル
六郷用水
江戸時代に開削された農業用水路。
コイ
中原街道
約20匹のカメが集まり甲羅干し
桜坂
桜坂通り
六郷用水
有慶山東光院
おいと坂
上ル
水生植物園と野草園
調布浄水場の跡地。ろ過池・沈殿池の形が残されている。
浅間《せんげん》神社古墳
（５世紀末～６世紀初頭）
現在は、浅間神社が建立されている。
社紋が桜
木花咲耶姫命がご祭神
丸子橋
ハマダイコンの花畑
多摩川
丸子の渡船場跡
丸子の渡し跡
お話に登場する「チョコレート海岸」
沼部駅
東海道新幹線
横須賀線・湘南ライン
橋の赤い手すりが、鳥居のようでシンボリックな存在
桜橋
道合流
桜のトンネル
上ル
下ル
道
切り通しの道
道
福山雅治さんの歌「桜坂」のモデルとなった坂。
N
桜坂（さくらざか）
周辺マップ
東急多摩川線
沼部駅より徒歩５分
多摩川台公園 → 六郷用水 → 桜坂コース
参考文献：「大昔の大田区」「大田区古墳ガイドブック」（東京都大田区）

11

三折坂

久しぶりにヒサエさんから連絡が来た。いっしょに目黒にあるホテル雅叙園東京に行こう、と言う。

ヒサエさんは会社の先輩だった人だ。わたしが入社したころは編集部にいた。その後、独立して校閲の仕事をはじめ、うちの会社でもよくヒサエさんに校閲を頼んでいた。それが七年前だったか八年前だったか、小説の新人賞を取ったのだ。明治期を舞台に、史実も取り入れたラブロマンスで、ドラマチックなストーリーとしっかりした時代考証が話題を呼んだ。あのヒサエさんが、と社内でも話題になって、同僚はみな熱狂していた。

もちろんわたしも読んで、さすがはヒサエさんだ、と思った。当時の社会や地理をしっかり調べているところもだが、なにより文章に隙がない。リズミカルで、余計な修飾はないのに情景が手にとるようにあざやかに浮かぶ。お手本のような文章だった。

執筆に綿密な調査が必要なのだろう、ヒサエさんは寡作だった。新刊が出るのは二、三年に一度。そのヒサエさんが、次の小説の取材のためにホテル雅叙園東京の百段階段を見にいくと言う。ちょうどこの前まで大正から昭和の工芸に関する本を担当していて、できあがった本をヒサエさんに献本したところ、本のお礼とともに誘いがきたのだった。
目黒も坂の多い町で、父は目黒不動のそばの三折坂《みおりざか》に住んでいたことがある。そのときの転居通知には、目黒駅から雅叙園にくだる行人坂《ぎようにん》もいい坂だ、と書いてあった。

梅雨にはいっていたが、その日はめずらしく晴れていた。目黒駅西口を出て、広い道路を渡る。銀行のはいっているビルの横を通ると急な坂がはじまった。行人坂だ。いま渡った道路をそのまま進めば権之助坂《ごんのすけ》。むかしは、行人坂が江戸の市中から目黒筋に通じる主要な道だったのだそうだが、行人坂があまりに険しいので江戸時代に権之助坂が開かれ、いまでは権之助坂の方が広い道路になっている。

行人坂はカーブのある急坂で、車の通りはそれほどない。だが駅の近くということもあり、人通りは多かった。坂の途中に大圓寺《だいえんじ》という寺があった。門を通って左側、切り立った斜面の下一面に石仏群がある。文殊《もんじゅ》・普賢《ふげん》の像を配した釈迦三尊像、十六羅漢《らかん》像、十大弟子像、その背後に五百体ほどの羅漢像。明和の大火で亡くなった人々を供養するためのものとある。

大圓寺は江戸の三大火のひとつ、明和の大火の火元となった寺である。目黒行人坂火事とも呼ばれ、明和九年（一七七二）二月に大圓寺から出火、三日間燃え続けた。死者およそ一万五千人、行方不明者四千人。振袖火事、車町火事とならぶ江戸三大火事だった。

その九十年ほど前、天和の大火の際焼け出された八百屋お七は、避難先で出会った吉三に再び会いたい一心で放火、鈴ヶ森で火あぶりの刑となる。相手の吉三はその後僧西運となり、大圓寺の下にあった明王院にはいった。明王院が廃寺となったため、大圓寺には西運の墓があり、お七と吉三の比翼塚も立っている。

五百羅漢像の前で目黒駅の方をふりかえると、駅前のタワーが青空にぐいっとそびえ立っている。寺を出てさらに坂をくだると、ホテル雅叙園東京が見えてきた。坂をおりきったところにホテルが立てた行人坂の看板があった。大圓寺の前にも行人坂の説明板があったが、こちらの方が少し長い。

行人坂の由来は大円寺にまつわるもので、1624（寛永年間）このあたりに巣食う、住民を苦しめている不良のやからを放逐する為に、徳川家は奥州（湯殿山）から高僧行人「大海法師」を勧請して、開山した。その後不良のやからを一掃した功で、「大円寺」の寺号を与えられた。当時この寺に「行人」が多く住んでいた為、いつとはなしに江戸市中に通じるこの坂道は行人坂と呼ばれるようになった。

左手には巨大な雅叙園の建物が見えた。瓦葺《かわらぶ》きの巨大な屋根がせり出し、となりには現代的なビルがそびえていて、なんだか異様な迫力がある。

車用のロータリーの手前には「お七の井戸」があった。説明板には、「吉三はお七の火刑後僧侶となり」、「目黒不動と浅草観音の間、往復十里の道を念仏を唱えつつ隔夜一万日の行をなし遂げた」とある。その念仏行に出かける前にお七の菩提を念じながら、水垢離《みずごり》を取った井戸なのだそうだ。

ロータリーを進み、ホテルのなかにはいる。壁や天井、いたるところに装飾がほどこされている。美人画に動物、植物の壁画、彫刻。すべてが和風の意匠で、色あざやかできらびやか。こんな建物は見たことがない。呆然としながら廊下を歩き、レストランの方へ進んだ。

奥に行くと、建物のなかにまた瓦屋根の門が出現する。両側には水が流れ、通路には赤い欄干がついている。竜宮城か、と思うような造りである。門をくぐりさらに進むと、ガラス張りの高い天井、巨大な温室のような空間に出た。日差しが降り注ぐその巨大な空間のなかに水の流れがあり、レストランがならんでいる。

エレベーターの扉には大きなクジャクが螺鈿《らでん》で描かれているし、トイレの入口にもあざやかな装飾。なかをのぞくと水の流れと橋がある。これはとんでもないところに来てしまった、と少しあわてた。

ヒサエさんとの約束は奥にある中国料理店で、おそるおそるなかにはいるとヒサエさんはもう席についていた。なんだかすごいところですね、と言うと、あら、雅叙園はじめてだったの、とヒサエさんが笑う。それじゃあ、びっくりしたでしょう、なにしろ「昭和の竜宮城」だもの。

さっき竜宮城のようだと感じたが、どうやらほんとにそう呼ばれていたらしい。

雅叙園で結婚式とかなかった？　ええ、大学時代の友だちの結婚式にはいくつか出ましたけど、結婚式場やホテルで式をあげた人はほとんどいなくて。みなレストランで食事会くらいだったんです。そうなんだ、わたしたちが若いころは結婚式、みんな派手だったのよね。お色直し一回だと地味なくらいで、新郎新婦がゴンドラでおりてくるとかね。そんな式が一年に何度かあって、客の方も振袖だ、ドレスだ、って大騒ぎして、あれはなんだったのかしら。ヒサエさんはからから笑った。

なにも知らずに来たけれど、百段階段というのは雅叙園初期の建物なのだそうだ。ヒサエさんは百段階段を舞台にした小説を執筆中で、すでに何度も取材しているが、今日はいま開催中の百段階段ＳＴＯＲＹ展という特別展を見るために来たらしい。百段階段の歴史を説明するパネルや当時の写真が展示されているのだ、と言っていた。

食事を終えてからロビーに戻り、百段階段のガイドツアーに参加した。百段階段にあがるエレベーターは巨大で、内部には唐獅子と牡丹の螺鈿細工がほどこされている。エレベーターをおりると靴を脱ぎ、畳にあがった。ガイドのおじさんについて階段の前に立つ。あれ、意外と短いな、と思っていると、おじさんが、階段は曲がっていて途中までしか見えない作りになっているんですよ、と言う。地形的な問題ではなく、上までまっすぐ見えてしまうと怖がる客もいるので、わざとそういう作りにしてあるらしい。

雅叙園創業者は石川県羽咋《はくい》出身の細川力蔵。東京の銭湯に奉公に出て、やがて自ら銭湯を経営して財をなし、芝浦に続いて、昭和六年、目黒に料亭を建てる。それが目黒雅叙園だ。時代の担い手が上流階級から一般大衆にうつりかわりつつあるなか、大衆に開かれた料亭、庶民や家族連れがはいれる料亭を目指したのだそうだ。本格的な日本料理、中国料理を提供しながら、定額のメニュー制を導入。当時としては斬新な方式だったらしい。

建物には高級な建材をふんだんに使い、壁画、天井絵、欄間絵《らんまえ》は当時の日本画家たちに描かせ、象嵌師《ぞうがんし》、塗師《ぬし》、建具師に手のこんだ装飾をほどこさせた。料亭が大繁盛したのち、敷地内に神殿を作り日本初の総合結婚式場となった。これも大人気で、一日一一六件の結婚式が行われた日もあったらしい。敷地内には百人風呂と呼ばれる豪華な銭湯もあった。だれもが一日お大尽気分で過ごせる豪華絢爛な施設。まさに昭和の竜宮城だった。

百段階段は昭和十年築。正式には三号館と呼ばれ、目黒川沿いの建物と丘の上の建物のあいだをつなぐように建っていた。斜面に建っているので廊下はすべて階段。七つの部屋が階段でつながれている。ほかの建物は治水工事や老朽化のためになくなったが、三号館だけが残り、保存されているのだった。

下から順に部屋をめぐっていく。十畝《じっぽ》の間、漁樵《ぎょしょう》の間、草丘《そうきゅう》の間、静水の間、星光の間、清方《きよかた》の間、頂上の間。部屋ごとに意匠がちがうが、どの部屋も絢爛豪華。襖絵《ふすまえ》、欄間絵、天井絵、彫刻、螺鈿や組子障子など装飾がほどこされている。ガイドのおじさんは、ここは映画「千と千尋の神隠し」の湯屋のモデルのひとつなんですよ、とか、この床柱は一本三千円、千円で家が一軒立つ時代に柱だけで三千円ですよ、などと語っている。

ヒサエさんはうなずきながらメモを取っていたが、わたしは部屋と装飾の迫力にただただ圧倒されていた。食事のとき、ヒサエさんは自分たちのころの結婚式が派手だったと言っていたが、豪華な結婚式というのは昭和初期からおこなわれていたのだ。もちろんそんなことができるのは比較的裕福な層だったのだろうが、一般の人がこんな絢爛豪華な部屋に集まって宴をおこなっていたとは。

特別展のパネルには、戦争に行く前の息子とこの部屋で最後の食事をした、という客の話も載っていた。数十年前に結婚式をあげた人たちの当時の写真とともに、現在書いたコメントも飾られている。ふたりで老境をむかえている人もあれば、九十を過ぎ、すでに夫に先立たれた夫人もいる。人生の光と影がぴかぴか点滅して、目がくらむようだった。

清方の間は鏑木《かぶらき》清方の欄間絵で知られる。なかに歌舞伎や浄瑠璃の登場人物として有名な白井権八を描いたものがあった。白井権八のモデルは江戸時代前期の武士、平井権八と言われている。吉原の遊女・小紫と恋仲になるが、困窮して辻斬り強盗を重ね、鈴ヶ森で処刑された。小紫は後追い心中。ガイドのおじさんが、このふたりを哀れんで建てられた比翼塚が目黒不動の前にあるんですよ、うちの近所なんですよ、と言っていた。

ガイドツアーが終わったあとも、ヒサエさんは特別展のパネルをひとつずつ読みながら写真を撮っていた。見学を終えて外に出るともう夕方だった。このあと目黒不動の方に行くつもりだと告げると、ヒサエさんも、それなら権八と小紫の比翼塚を見に行こうかな、と言って、いっしょに歩き出した。

戦前も一般市民がああいう場所で宴を楽しんでいたんですね、と言うと、ヒサエさんは、そうなのよ、とうなずいた。うちの両親は集団疎開世代だし、戦争中は食べ物も着るものもなかった、っていう話ばかり聞いてきたから、戦前に豊かな暮らしがあった、っていうのがわからなくなってしまうのよねえ。でも、そのころの暮らしに興味があって。

今度のはどんな小説なんですか。ある日の百段階段を舞台に、各宴会会場に集った人たちの人間模様を描く連作短編にするつもり。結婚式あり、送別会あり、還暦祝いあり、って感じで。小説の構想を聴きながら、太鼓橋を渡り、目黒不動に向かって歩いていく。

ところで、どうして目黒不動に行くの？　ヒサエさんに訊かれ、どう答えるか少し迷ったが、思い切って父のことを話してみることにした。小説家のヒサエさんなら、なにかあたらしい見方があるかもしれない、と思ったのだ。わたしが小学生のときに出て行ったこと。名前のある坂が好きで、坂のそばを転々とし続け、数年前に亡くなったこと。

変わったお父さんだったのね、でもおもしろい、小説になりそう。ヒサエさんがくすっと笑う。ああ、ごめんなさいね、蓉子さんにとってはお父さんの話なのに、つい。いいえ、いいんです。出て行ってから父とは会っていなかったし、亡くなるまであまり思い出したこともありませんでしたから。でも少し前から、父の住んでいた坂をめぐるようになったんです。

広い道を渡り、小道にはいる。右手に気になる細い階段坂の路地があった。遺伝なんでしょうか、坂をめぐりはじめてから、わたしも坂を見ると気になるようになって。路地をちらちら見ながら言うと、ヒサエさんがふうん、と言った。ほら、ああいう坂を見るとなんだかむずむずして。

のぼってみたくなる？　ヒサエさんに訊かれ、うなずく。ヒサエさんはまたくすっと笑い、路地にはいってゆく。今日は百段階段でさんざん階段をのぼったのに、またしても階段だ。意外と奥深く、途中で少し曲がって、のぼりきると墓地に出た。

少し色づいた空が広がっている。木の下に青木昆陽《こんよう》の墓があった。おもしろいわね。ヒサエさんが笑った。坂って先が見えない。その通りだ、と思う。ふたりで少しぽかんと空を見てから、またさっきの階段に戻った。

ヒサエさん、東京にのぼり坂とくだり坂、どっちが多いと思いますか。ふいにむかし父にされた謎かけを思い出し、前を歩くヒサエさんに訊いてみた。のぼり坂とくだり坂？　どういうこと？　どんな坂でも、のぼりで、くだりでしょ？　ヒサエさんはあっさり答える。そうですよね。わたしは苦笑いした。

子どものころ、父に同じ謎かけをされたんです。わたしは見事に引っかかって、どっちが多いんだろう、って真剣に考えてしまった。同じ、って答えたけど、坂がのぼりにもくだりにもなることには気づかなかった。

へええ。ヒサエさんが笑う。お父さん、ほんとおもしろいわね、どんな人だったのかな。仕事は？　よくわからないんです。いろんな職についてたけど、どれも長続きしなかったみたいで。家計は大学事務員の母が支えてました。そうなの、でもあちこち引っ越すにはお金だってかかるでしょ？　どうやって暮らしていたのかしら。

そう訊かれて、王子稲荷の坂の近くの和菓子屋さんで聞いた、若いころの父かもしれない人の話を思い出した。切手のすごいコレクションを持っていて、それを売りさばいて暮らしていた、とか。まあ、それがほんとに父かはわからないんですけど、と話すと、ほんとに小説みたいね、とヒサエさんは笑った。

途中、五百羅漢寺があったが、まずは目黒不動に行くことにして通り過ぎた。看板の表示にしたがい、小道にはいる。途中、道は左に折れ、長い塀沿いを進んでいった。細い道で、人通りもあまりない。もう夕方で、塀の影が長くのびていた。塀の向かい側には家が立ちならび、ベランダや庭に洗濯物が揺れている。

やがて目黒不動の前に出た。ああ、あれじゃない、比翼塚。ヒサエさんが門の前の塚を指す。小さな塚が木に囲まれている。

処刑された愛人白井権八と、彼の墓前で自害した遊女小紫。その悲話は「後追い心中」として歌舞伎などで有名だが、この比翼塚は、二人の来世での幸せを祈りたてられたという、とある。

そういえば、大圓寺にもお七と吉三の比翼塚がありました。わたしがそう言うと、ヒサエさんは、お七と吉三の比翼塚はほかにも数ヶ所あると言った。

よほど人気があったのね。だけど、比翼塚って、あとから建てるんでしょう？　生きているときの知り合いってわけじゃないかもしれない。お七は放火犯、白井権八は辻斬り強盗。人気があるのは不思議よね。火事や辻斬りで亡くなった人もいるだろうし。そうですよね、石川五右衛門とか鼠小僧も人気があるし。それだけ町民が世の中に怒りを感じてた、ってことなんでしょうか。そうよねえ、でも、わたしが当事者だったら、もう放っておいてくれ、って思うかも。ヒサエさんはさらっと言う。

目黒不動の前の広場では園児たちがたくさん遊んでいる。水かけ不動明王の池を見て、その横の階段を上がって大本堂へ。まっすぐなこの階段には男坂という名前がついている。右側には少しくねった女坂がある。ふたりでお参りをしてからお堂の裏にまわった。地図を見ると、三折坂にはこの裏から抜けられそうだ。

本堂の裏の小道を抜けると公園に出た。遊具があって、ここにも子どもたちが走りまわっている。公園の出口を出て左に曲がる。目黒不動の入口の方向に歩きだす。少しすると道がくだりはじめる。かなりの急坂で、途中で大きくカーブする。きっとこれが三折坂だ。

目の前が開けて、意外なほど遠くまで景色が見渡せた。さっきの謎かけだけどね。ヒサエさんの声がした。坂はどれも、のぼり坂でもくだり坂でもあるわけだけど、人生も坂みたいなものよね。はっとして、ヒサエさんを見た。のぼりとくだりがいくつも連なる感じじゃない？ 転がり落ちているように感じるときもあれば、のぼり続けていて苦しい、って感じるときもある。

たしかに人生は平坦な道というより、かたむいているような気がする。かたむいているからこそ、あらぬ方向へ転がってしまうこともあるんだろう。ごろんごろんと。お七も白井権八も、最後は坂を転がるような感じだったのだろうか。相手の吉三や小紫はどうだったのか。僧侶になって念仏行を行った吉三はずっとしんどいのぼり坂だったかもしれない。自害した小紫は？ 石川五右衛門や鼠小僧はどうだったのか。

父はどうだったんだろう。人生をのぼり坂と思っていたのか、それともくだり坂と思っていたのか。わたしたちのもとを去って、坂のある場所を転々とした。のぼるように？ それともくだるように？ ぼんやりそう思いながら、三折坂のふたつめのカーブを曲がる。遠くは見渡せるのに、ふりかえると、もと来た道が見えない。

百段階段は途中で曲がっていた。先が見通せると怖がる人がいるから、わざと曲げて作った、とガイドのおじさんが言っていた。三折坂も途中がくねって先が見えない。行人坂もそうだった。人生もそうかもしれない。くねっていて先が見えない。のぼりかくだりかわからないが、どちらにしても、見えたら怖くて進めなくなる。
坂をくだりきったところに三折坂の杭があった。

三折坂　みおりざか
三つに折れ曲った形状から三折坂とよばれるようになった。また、目黒不動への参詣者が、この坂を降りていくので、「御降（みおり）坂」とよんだともいわれる。

御降坂だって。じゃあ、この坂はくだり坂ってことかもね。杭の文字を指しながらヒサエさんが笑った。帰りがけ、五百羅漢寺に寄ろうと思ったら、もう閉まっていた。やっぱりここも見ておきたいし、今度来るわ。そのときまた誘うかも。ヒサエさんに言われて、わかりました、とうなずいた。

ここにホリプロが！
ビル
大圓寺
←傾斜
下ル
人通り多い
カーブし、うねりある急坂
良い坂である
行人坂
江戸三大火事のひとつ、明和の大火の火元となった寺。
幕末に再興された。八百屋お七の恋人だった吉三（のちの西運）ゆかりの地。お七地蔵、西運の墓や石碑がある。
大圓寺（大黒寺）
ズラリ
五百羅漢像
火事で亡くなった人々を供養する為建立された。
南北線 三田線
権之助坂 下ル
目黒通り
西口
ホリプロ
ビル
下ル
下ル
目黒駅
下ル
お七の井戸
百段階段
温室のようなカフェラウンジ
再現化粧室
お話に登場した中華料理店
JR山手線
東急目黒線
太鼓橋
椎の木
目黒川
柳通り
幹が治療されていた。
広重の江戸名所百景に、太鼓橋と椎の木がある。
山手通り
救荒作物としてサツマイモを普及させた蘭学者、青木昆陽の墓
墓地
海福寺
上ル 階段
公園
ホテル雅叙園東京
昭和の竜宮城
1日お大尽気分
大迫力「むくり屋根」のエントランス
豪華絢爛な内装
目黒不動尊
五百羅漢寺
三折坂
下ル
上ル 階段
下ル
羅漢堂には、実在したお弟子さんたちの「らかんさん」が146体並ぶ。様々な表情が面白い。
「大衆に開かれた料亭」を目指し、細川力蔵が開業（1931年）。現在は、ホテル、結婚式、会議の会場等の施設。
実際は99段
手と掃だ!!
絵
百段階段
唯一、当時の姿で現存する建物。宴が行われた7つの部屋が、階段廊下でつながっている。ガイドツアーや企画展がある。
権八と小紫の比翼塚
三つに折れ曲がる
10°
三《み》折《おり》坂《ざか》
MIORI-ZAKA
下ル
10°の傾斜
標識
再現化粧室
巨大温室のようなカフェラウンジ
アフタヌーンティー 2800円
レストランエリア入口
現在も非日常を味わえる場所
紙面が足りない！ぜひ、訪れてみて下さい！
N
周辺マップ
JR目黒駅西口より徒歩15分
目黒駅→雅叙園→目黒不動尊コース
参考文献：「百段階段ガイドブック」（ホテル雅叙園）、天台宗東京教区HP

12

明神男坂

お盆にはいった。うちの会社には短いがお盆休みがあり、山の日と合わせて今年は四連休になった。といって帰る田舎があるわけでもないし、ふだん通り家で過ごす日が続いた。

母は朝からテレビで高校野球を見ており、わたしは日ごろ読めない本を読む。昼になると素麵を茹でる。作り置きした焼き茄子や、きのこの醬油煮などをならべ、生姜やミョウガを山のように盛る。ふたりともたいして食欲もないから、冷奴や野菜ばかり食べている。あとはせいぜい魚を買って焼くくらい。

食べ終わると母はまたテレビ、わたしは本に戻る。暑いから、昼間はできるだけ外に出ない。日が暮れてから母と買いものに出る。歩いているとときどき胡瓜の馬や茄子の牛に出くわす。胡瓜や茄子に割り箸などを四本差しこみ、馬や牛に見立てる。いわゆる精霊馬だ。

故人の霊があの世とこの世を行き来するための乗りものらしい。細い胡瓜は馬で、あの世からこの世に早く帰ってくるように、ころんとした形の茄子は牛で、この世からゆっくり帰ってもらうように、という意味があるのだと聞いた。

子どものころは意味も知らずにかわいいなあ、と思っていた。母からそれが乗りものだと教わって、霊とはこんなに小さいものなのか、と思った。お盆の時期にはあちらこちらに小人のような霊がうろうろしているのだろうか。それとも乗っているあいだだけ小さくて、おりたらもとの大きさになるのだろうか。

うちには精霊馬を出す習慣はなかったのに、わたしもいつかあれに乗りたいと思うようになっていた。死んでからでないと乗れないけれど、あれに乗ってあの世からこの世に走ってくるのは楽しいだろう。ゆっくりゆっくり牛に乗って、景色をながめながら帰るのも。もっとも、このままだと子孫がいないまま死ぬことになるから、わたしのために馬を作ってくれる人はいないわけだが。

お盆はいつもと流れる時間がちがう。暑くて頭がぼんやりしているせいもあるのだろうが、あっちからこっちへ波が来る。こっちからあっちへ波が戻る。海際にいるように。いつも波が行ったり来たりして揺れているから、立っていても座っていても疲れる。寝ていても、波の音が響いている。

そんな日が三日続いたが、連休最後の日は出かけることになった。以前お世話になったスギタ先生が神保町の書店でトークショーとサイン会を開くらしい。ちょうど先生にお願いしたいことがあったから、顔見せに行こうと考えていた。トークショーは三時から。終了後にあいさつして、神保町の書店を見てまわる。一休みしたら日暮れになる。そうしたらお茶の水まで歩いて、神田明神に行ってみようと思い立った。

神田明神近くの明神男坂。父はこの近くにも住んでいたことがあるようだ。父からの転居通知によれば、坂下に広がる、かつて御台所町と呼ばれていた一角の小さなアパートに間借りしていたらしい。調べてみると、父が住んでいたアパートはもうなくなって、別の名前のマンションに建て替わっていた。

神田明神は徳川将軍家と縁が深く、神田明神の祭礼である神田祭は江戸城内への練りこみが許された「天下祭」であった。斎藤月岑の「江戸名所図会」には、長谷川雪旦の鳥瞰図とともに「当社の境内つねに賑わしく詣人たゆることなし。茶店おのおの崖に臨んで、遠眼鏡などを出だして風景を玩ぶのなかだちとす」と記されている。それだけ眺望がよかったということなのだろう。

転居通知には、明神男坂はあるが女坂はない。やもめのような坂である、と書かれていた。坂をめぐるようになって知ったが、男坂、女坂と名づけられた坂はあちこちにある。辞書には、高所にある神社・仏閣などに通じる二本の坂道のうち、傾斜の急な方が男坂、ゆるやかな方が女坂とある。男坂も女坂も階段のことも多いが、男坂は階段、女坂は坂道のこともあるようだ。男坂と女坂は一対のもので、男坂しかない、ということはない。

ではなぜここには男坂しかないのだろう。気になって調べてみると、むかしは女坂もあったらしいとわかった。明神男坂は、境内の東南から明神下へまっすぐにおりる石段だ。江戸期には「石坂」または「明神石坂」と呼ばれていた。

江戸時代には石坂はめずらしいものだった。当時はもちろん舗装などない。ほとんどが土の坂だった。土の急坂は雨が降ればぬかるみ、土が流され、人も馬も転倒する。前に行ったくらぼね坂の説明板にそんなことが書かれていたのを思い出した。

石の階段にすれば安全になるが、費用も労力もかかるから、どこでもできるわけではない。神社や寺の参道であれば、土地の人々からの寄進がある。明神石坂は町火消しによる石坂献納によってできたものらしい。

江戸時代には明神女坂はなかったようだ。だから石坂と呼ばれていたのだ。明治のはじめに境内の北側にゆるやかな坂道が開かれたため、こちらが明神女坂、もとからあった石坂が明神男坂と呼ばれるようになったらしい。明神女坂はその後なくなってしまったが、男坂という名前は残った。父が「やもめのような坂」と書いていたのは、そういうことだったのだろう。

しかしよく見ると、いまの地図にも明神女坂という文字がある。どうやら最近になって男坂の近くにもう一本階段坂ができ、それが女坂と呼ばれているらしい。とはいえそれは俗称で、神社の境内に接していないので厳密には男坂と対とは言えない。しかも傾斜も男坂と同じくらい急な階段坂なのだそうだ。男やもめのところにやってきた後妻、だが正式の妻ではない、と言ったところだろうか。

わたしの会社は、わたしが入社したころは淡路町の近くにあった。それから蔵前に越したのだが、入社から五年ほどは御茶ノ水駅で降りて淡路町まで歩いて通っていた。会社の用事で神保町や水道橋方面に行くことはあっても、神田明神の方に行くことはあまりなかった。二、三回、上司のトミナガさんに連れられて、同僚たちと明神下の店に行っただけ。だがそれも記憶があやふやで、どこだったかよく覚えていない。

神田明神は千三百年の歴史を持ち、江戸総鎮守と呼ばれ、いまも東京十社のひとつとされているのだそうだ。一度くらいは行ってみるべきだろう。夕方になっても暑いだろうけど、神保町から御茶ノ水、神田明神まで歩く覚悟を決めて家を出た。

トークショーのあとサインの列にならび、スギタ先生にあいさつした。ついでにお願いしたいことを簡単に伝えると、先生は、いいですよ、と快諾してくれた。あとで詳細をメールすると約束し、会場を出る。そのあと書店をいくつかまわった。店のなかは涼しいが、外に出ると暑い。すずらん通り沿いの喫茶店でアイスティーを飲むとほっとした。

意を決して外に出る。空気はまだむわっとしているが、日が暮れかけている分、少し楽な気がした。靖国通りを渡り、神保町の裏道を歩く。休みの飲食店も多く、会社員の姿も少ない。やはりお盆なのだ、と思う。

店も建物もわたしが知っていたころとはだいぶ変わっていた。以前知人が勤めていた会社がはいっていた雑居ビルもなくなり、駐車場になっている。知人からの手紙には、あの会社は潰れたと書かれていた。なにぶんだいぶ前のことなので、細かいことは覚えていない。以前よくはいった店も、なくなってしまうとどこだったかわからなくなる。と思うと、ときおりむかしのままの店があらわれ、はっとする。周囲はいまなのに、そこだけ時間がとまっていたみたいで、時空がゆがんでいるような感覚に陥った。

このあたりには取引先の事務所や知人の会社がいくつもあった。著者と打ち合わせしたり、書店に寄った帰りに食事をしたり、社の歓送迎会をしたこともある。道を歩いていると記憶がよみがえってくる。だが、覚えている場所のとなりに見覚えのないビルが建ち、そこから先がどうだったのかどうしても思い出せず、記憶が切れ切れになる。

錦華公園を抜け、山の上ホテルの横を通って明大通りに出た。御茶ノ水駅に向かって坂をのぼっていく。駅の向かい側にある交番の裏には大きなプラタナスが立っていて、その下に石碑としおどしがある。文字がかすれているうえ茂みに隠れているので、文字はほとんど読めない。ここに御茶ノ水の由来が書かれているのだとトミナガさんから聞いた覚えがあった。

江戸時代、このあたりに高林寺という禅寺があり、寺の庭から湧いた水を毎日将軍に献上し、お茶に用いられていた。それが御茶ノ水という名の由来だという。周囲は緑が深い渓谷で、中国の赤壁にたとえて小赤壁、茶の水が取れる渓谷の意味で茗渓《めいけい》と称されていた、と聞いた。そういえばむかし駅の近くに茗渓堂という書店があったなあ、と思い出した。山の本の書店だったか。

この高台はもともと本郷や湯島と地続きで、神田山と呼ばれていた。江戸幕府の都市計画によって神田山が崩され、江戸城の南側が埋め立てられたのだ。その結果いまの神田川のもととなった平川の下流で洪水が起こるようになり、治水工事で江戸城の外堀である神田川が作られた。駿河衆が多く住んでいたこと、駿河国の富士山が見えたことから、駿河台と名づけられ、武家屋敷が立ちならぶようになったらしい。

この渓谷が景勝地で、ここから富士山も見えた。ぎっしりと建物がならぶいま、そのころの姿を思い描くことはできない。いまの姿を江戸時代の人が見たら驚くだろう。その驚きにくらべたら、さっきまでのわたしの違和感などちっぽけなものに思える。だがここに電車で通っていたころ、わたしも神田川を渡る丸ノ内線の線路や聖橋の姿をうつくしいものと感じていた気がする。

御茶ノ水橋口の前を通り過ぎ、茗渓通りを聖橋口に向かって歩く。道沿いの店もだいぶ様変わりしているが、以前からある城のような建物や、画材屋のレモン画翠、書店の丸善、喫茶店の穂高など見覚えのある店も残っていた。穂高にはむかし一度だけはいったことがある。木造で、山小屋のような店だった。だれといっしょだったか忘れてしまったが、御茶ノ水には中央線が走っている。だから山につながっているのかもしれない、などと話したのを思い出した。

聖橋の向こうには東京医科歯科大学の大きな建物がそびえている。駅の改良工事をおこなっているようで、橋の周囲が覆われていて神田川はあまり見えない。川の上にも建物ができるようで、景色が変わってしまうのかと少しさびしくもあった。橋を渡りきると湯島聖堂が見えてくる。もう閉館時間を過ぎていて、なかにははいれない。

湯島聖堂に隣接したお茶の水公園では発掘作業がおこなわれているようで、こちらもはいることができない。掘ったらなにが出てくるのだろう。地面の上には時代とともにあたらしいものがかぶさっていくけれど、土のなかには長い歴史が積み重なって眠っている。桜坂を訪れたとき感じたことを思い出す。日は暮れたが、まだまだ暑い。蟬の声が響いている。湯島聖堂のまわりに茂る高い木々からだろうか。

通りの向こうに神田明神の鳥居が見える。少し戻った信号で道を渡り、鳥居に向かって歩いた。手前に天野屋という甘酒屋があった。古そうなお店で、入口前には大きな狸の像があった。天野屋の横の塀には旧中山道という札がかかっている。途中で少し曲がった細い道だが、いまの大きな通りができる前はこちらが中山道だったようだ。この天野屋はたぶん当時から中山道沿いにあり、人々の休み所になっていたのだろう。

鳥居をくぐり、神田明神に向かう。手水舎で手を清め、随神門をくぐる。左手にはガラス張りのモダンな建物があり、上階に若い人々が集っていた。文化交流館というあたらしい施設だ。一階にはお札やお守りの授与所のほか、土産物を買える店やカフェがはいっていて、二、三階にはホールがあるようだ。若者が集っているということはイベントでもあるのだろうか。浴衣姿の人も大勢いてはなやかだ。

境内には櫓が組まれ、近く盆踊りがあると書かれていた。御百度石、だいこく様尊像、狛犬をながめ、社殿にお参りしながら、むかしトミナガさんから聞いた話を思い出した。
神田明神の祭神は大己貴命《おおなむちのみこと》、少彦名《すくなひこな》命に平将門命。平将門は悪政に苦しむ庶民を守った東国の英雄だ。十四世紀初頭の疫病が将門の祟りとされ、それを鎮めるためにここに奉祀された。だが明治七年（一八七四）、天皇の行幸にあたり逆臣である平将門は遷座。しかし、昭和の終わりに祭神に復帰したらしい。なんともめまぐるしいことである。

　社殿の左側には大伝馬町八雲神社、小舟町八雲神社、魚河岸水神社、江戸神社など小さな神社がならんでいる。それぞれ祭神は、建速須佐之男《たけはやすさのお》命、建速須佐之男命、弥都波能売《みづはのめ》命、建速須佐之男命。裏にまわると浦安稲荷神社、鳳輦神輿《ほうれんみこし》奉安殿、三宿・金刀比羅《ことひら》神社。裏参道に抜ける小道をすぎて末廣稲荷神社。祭神は宇迦之御魂《うかのみたま》神。そのとなりの合祀殿とは、籠祖神社、八幡神社、富士神社、天神社、大鳥神社、天祖神社、諏訪神社を合祀したものらしい。祭神は猿田《さるた》彦《ひこ》神、塩土老翁《しおつちのおじ》神、誉田《ほむた》別《わけ》命、木花咲耶姫《このはなのさくやひめ》命、菅原道真命、柿本人麻呂命、日本武尊《やまとたけるのみこと》、天照大御神、建御《たけみ》名《な》方《かた》神。名だたる神様がずらりとならんでいる。

　どの神様もこんな小さな社《やしろ》におさまるはずがないから、社の扉を開けると向こうにそれぞれ広い世界があるはずだ。別の世界を歩いているような気持ちになり、胸のなかがざわめいてくる。もうひとつ先には土地の先祖たちを祀った祖霊社。右に曲がると、国学発祥の碑や銭形平次の碑が立っている。ようやく人間の世界に戻ってきたようでほっとした。

　明神会館を過ぎたところに明神男坂があった。

南側に平行してある緩やかな明神女坂に対し、勾配が急であることから明神男坂と呼ばれています。天保期、神田の町火消であった「い」「よ」「は」「萬」の四組が献納して造られた坂道です。明神石坂の別名もあります。坂からの眺めが非常によく、月見の名所としても知られました。

坂上の杭にはそう書かれていた。階段の上から見おろす。暗くなった町に灯がともりはじめている。ふりかえると神田明神の提灯もともっている。ふわあっと、お盆の波がやってくる。ざぶううんざぶううんと音がして、あちらの世界に引き寄せられそうになる。

手すりにつかまりながら坂をおりた。階段の横に説明板があり、かつてここには開花楼というものが建っていたらしい。明治十年(一八七七)創業の料亭だ。高台に建つ開花楼の座敷からは浅草から本町、深川まで見渡せたのだそうだ。料理屋というだけでなく、古書市や見本市など文化事業も開催されていた、とある。当時の大きな建物の絵も載っている。大森の八景坂の近くにあったという八景園の話を思い出す。八景園もたしか明治創業だった。当時も人々は東京のあちこちで行楽を楽しんでいたのだろう。

坂をおりた先が御台所町だ。説明板によると、江戸の町が生まれた当初は寺社地だったが、明暦の大火のあと幕府の火災対策で寺社は市中の外側に移されたのだそうだ。このあたりは城内の御台所御賄方《おだいどころおまかないかた》の武家屋敷として再建され、以降町人の町として足袋屋、呉服屋、小間物屋が軒を連ねていた、とあった。

　建物はだいぶ変わっていたが、前に連れてきてもらったのもこのあたりだった気がした。そのときの店を探しながら、暗くなった路地をさまよい歩く。蕎麦屋やちゃんこ屋、料亭、飲食店らしき看板はあるが、どの店も閉まっている。やっぱりお盆なのだ。精霊馬は見あたらないけれど、死んだ人たちが帰ってくる季節。いまはこの道も霊たちでにぎわっているのかもしれない。

　父はどうだろう。もしこの世に戻ってくるとしたら、どこに行くのだろう。最後に暮らした家だろうか。いや、坂だろう。そうに決まっている。自分が暮らした坂を全部めぐるとしたら、帰ってきてもゆっくりはできない。東京じゅうの坂をめぐり歩かなければならないのだから、超過密スケジュールだ。父のことだから、大変だよ、と苦笑いして、それでもすべてめぐり歩く気がする。

　ここにも来ただろうか。それともこれから来るのだろうか。狭い路地を抜け、もう一度男坂の前に立つ。緑の街灯に照らされた階段を人がゆっくりのぼったりおりたりしている。もう一度階段をのぼり、女坂も見つけた。真あたらしい坂で、たしかに男坂と対には見えない。やものような坂という父の言葉を思い出しながら、途中曲がった階段をおりた。

　江戸時代の名残だろうか、呉服屋の看板も見かけた。古い日本家屋の裏の暗い路地が電灯で照らされ、道に白いものが散らばっている。ムクゲだろうか。細く暗い路地に、白い花びらだけが点々と光って、異界に通じる道みたいだ。おそるおそるその道を抜ける。表にまわってみると、その古い建物は神田川という鰻屋だった。江戸時代創業の老舗らしい。さっきの路地が夢だったように思えてくる。

生きている人も死んでいる人も、似たようなものだ。土地の上でただゆらゆらと揺れている。わたしも父も同じように、ふらふらと坂を求めてさまよっている。

表通りの向こうはすっかりいまの街だ。昌平橋の交差点から駅に向かう道を歩く。陸橋から電車が走ってくるのが見えた。川沿いに古い建物がならんでいる。そういえばこのならびにも知人の勤めていた会社があった。古い木造の社屋をよく覚えている。むかしの小さな出版社はみんなあんな感じだったと聞いた。木の建物に紙がぎっしり詰まって、タバコの匂いが充満し、空気まで黄ばんでいるような気がした。建物は残っていたが看板はない。知人とは疎縁になっているが、会社が移転したことは聞いていた。

ビリヤード場の看板が出ていて、ああ、ここは、と思い出す。たしかトミナガさんが言っていたのだ。若いころこのビリヤード場に通っていた、と。もうてっきりなくなっているものと思っていたが、まだ営業していたのか。そういえば、結局あのとき行った店はわからないままだった。トミナガさんに連絡して訊いてみようか。いや、やめておこう。わからないままでいい気がした。

気がつくと腕や脚にかゆみがある。何ヶ所も蚊に刺されていた。夕暮れどきから歩きまわっていたのだからあたりまえだ。

かゆみも生きている証だ。生きている証というものは往々にして鬱陶しい。

父はどこにいるのだろう。もうだいぶ坂をめぐったのだろうか。霊だからもう蚊に刺されることもないのだろうか。聖橋を見ながら、駅に向かって歩いていった。

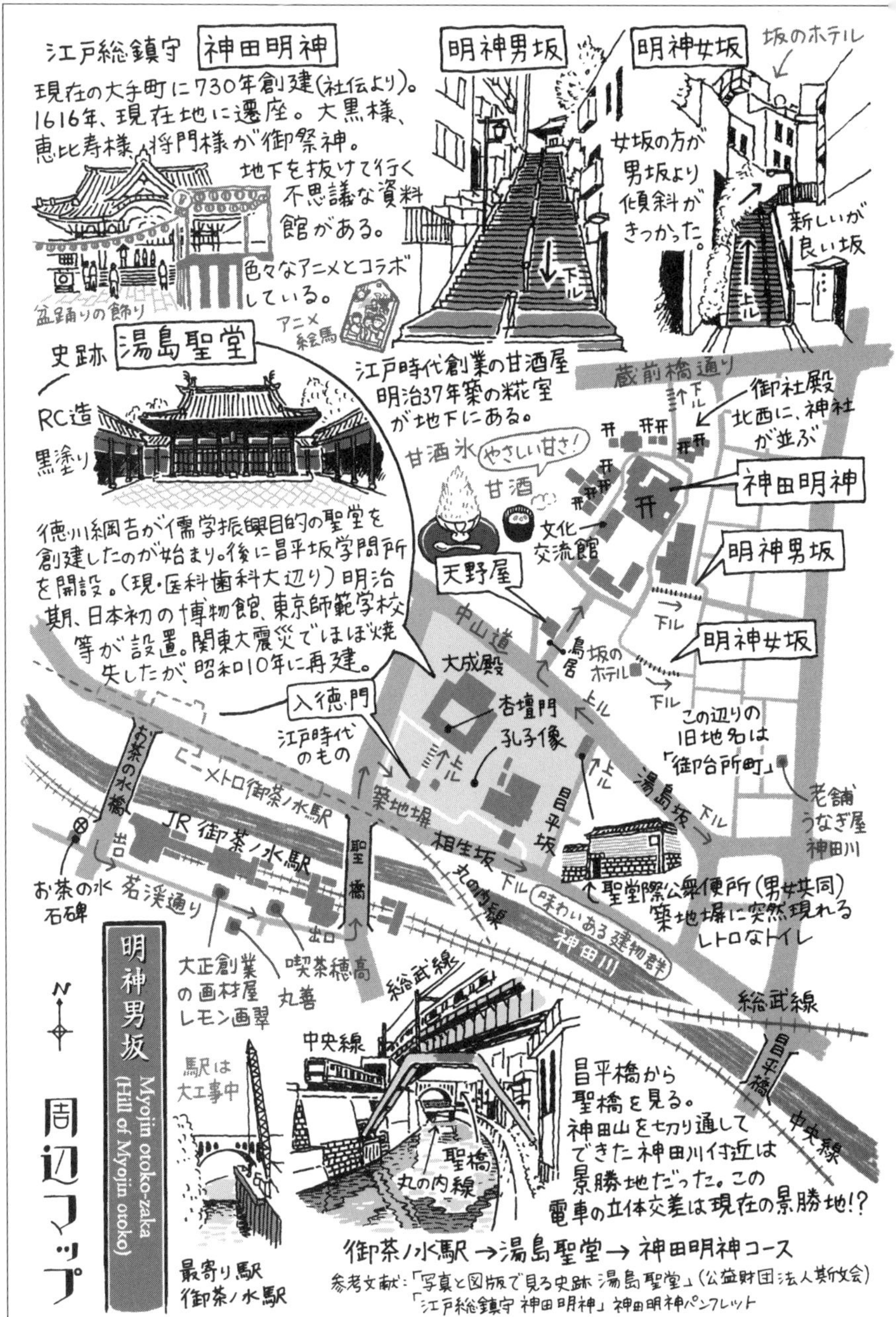
江戸総鎮守 神田明神
現在の大手町に730年創建(社伝より)。1616年、現在地に遷座。大黒様、恵比寿様、将門様が御祭神。
地下を抜けて行く不思議な資料館がある。
色々なアニメとコラボしている。
アニメ絵馬
盆踊りの飾り
明神男坂
明神女坂
坂のホテル
女坂の方が男坂より傾斜がきつかった。
新しいが良い坂
下ル
上ル
史跡 湯島聖堂
RC造
黒塗り
徳川綱吉が儒学振興目的の聖堂を創建したのが始まり。後に昌平坂学問所を開設。(現・医科歯科大辺り)明治期、日本初の博物館、東京師範学校等が設置。関東大震災でほぼ焼失したが、昭和10年に再建。
江戸時代創業の甘酒屋 明治37年築の糀室が地下にある。
甘酒氷
やさしい甘さ!
甘酒
天野屋
文化交流館
蔵前橋通り
御社殿 北西に、神社が並ぶ
神田明神
明神男坂
明神女坂
鳥居
坂のホテル
中山道
大成殿
杏壇門
孔子像
入徳門
江戸時代のもの
この辺りの旧地名は「御台所町」
老舗うなぎ屋 神田川
湯島坂
昌平坂
相生坂
築地塀
メトロ御茶ノ水駅
お茶の水橋
JR御茶ノ水駅
お茶の水石碑
茗渓通り
出口
聖橋
丸の内線
味わいある建物群
神田川
聖堂際公衆便所(男女共同) 築地塀に突然現れるレトロなトイレ
大正創業の画材屋 レモン画翠
喫茶穂高
丸善
総武線
中央線
昌平橋
駅は大工事中
昌平橋から聖橋を見る。神田山を切り通してできた神田川付近は景勝地だった。この電車の立体交差は現在の景勝地!?
聖橋
丸の内線
最寄り駅 御茶ノ水駅
N
明神男坂
Myojin otoko-zaka (Hill of Myojin otoko)
周辺マップ
御茶ノ水駅→湯島聖堂→神田明神コース
参考文献:「写真と図版で見る史跡湯島聖堂」(公益財団法人斯文会)
「江戸総鎮守 神田明神」神田明神パンフレット

13

氷川坂

仕事で小石川植物園に行くことになった。文京区白山にある植物園で、正式名称は東京大学大学院理学系研究科附属植物園。東京大学の教育実習施設だが、前身は一六八四年に徳川幕府の作った「小石川御薬園」であり、日本でもっとも古い植物園だ。

植物園に行くのは、江戸の本草学の歴史を研究しているハヤシ先生の本を作ることになり、資料写真を撮るためだった。園内にある本館は東京大学大学院理学系研究科の施設で、七十万点の植物標本を収めた標本庫や図書室もある。ハヤシ先生は所属は別の大学だが、研究のためにしょっちゅうここを訪れているらしい。今度の本でも標本や園内の植物の写真がいくつか必要で、ハヤシ先生とカメラマンとともに撮影に行くことになった。

小石川植物園の近くに氷川坂という坂があり、父がその近くに住んでいたことがあったのを思い出し、帰りに寄って行こうと思った。午後からの撮影だったし、会社には撮影後直帰すると言って白山の駅に向かった。

少し前に大きな台風がきて、あちこちで冠水や停電があったばかりだった。それまでは残暑が続いていたのに、台風のあとは急に寒くなり、その日はこの秋はじめての薄手のコートを着た。やって来たハヤシ先生も、カメラマンのヤマダさんもジャケットを着ていて、夏から急に晩秋になったみたいですね、と笑った。

駅を出て白山通りを渡り、蓮華寺坂をのぼる。小石川植物園の裏門が見えたあたりからは御殿坂というくだり坂になる。くだりきり、右に曲がるとすぐに植物園の正門だ。門を抜け、坂をあがる。

正門からの坂をのぼりきったところに白っぽい変わった形の建物がある。それがハヤシ先生が出入りしている本館らしい。研究施設と聞いていたからもっと現代的な建物を想像していたのに、古い建物で驚いた。昭和初期の建物らしいですよ、とハヤシ先生が言った。鉄筋コンクリート造りの二階建てだが、中央に高い塔がそびえている。塔の前面はすべてガラス窓で、なかの螺旋階段が透けて見えた。

正面玄関からはいり、ハヤシ先生について標本庫に行った。この建物は一般の人ははいれないらしい。研究室には最先端の機械が置かれているという話だったが、この建物にそんなものがあるとは信じられなかった。

標本の撮影を終え、建物を出る。薬園保存園でいくつか薬用植物の写真を撮ったあと、ほかの植物の撮影のため園内のあちこちをまわった。植物園は東西に長い形をしている。小石川植物園は傾斜地にあり、北側が坂の上、南側が坂の下。坂の下には水が湧いていて、大きな池になっているらしい。

台風のあとだからだろう、途中、イチョウの木の下に銀杏が無数に落ちていた。踏まないようにそろそろ歩く。カリン林のあたりで左に曲がり、坂の下へ向かう階段をおりた。小さな流れを越えると池が広がる日本庭園だ。その向こうに赤い壁の古い建物が見えた。ハヤシ先生によると、明治九年（一八七六）に建てられた旧東京医学校の本館だという。いまは東京大学の総合研究博物館の小石川分館として公開され、展示を行っているらしい。

分館の前に植物園の出口があり、植物園の本館に戻って仕事をするハヤシ先生とはそこで別れた。ヤマダさんもこのあともう一件仕事があるらしく、駅の方に歩いていった。わたしはこのあと氷川坂を見て帰る予定だったが、ハヤシ先生が総合研究博物館の分館もなかなかおもしろいですよ、と言っていたので、閉館時間ぎりぎりだったが寄ってみることにした。

分館は開館しているが展示替えの最中のようで、大きな荷物を持った人たちが階段をのぼったりおりたりしている。二階には各国の有名な建築物が模型になってならんでいた。東京大学のむかしの建物の模型や写真も展示されている。安田講堂や天文台、いまわたしがいる旧東京医学校やさっき見たばかりの小石川植物園本館の写真もあった。写真のなかの建物はまだ真あたらしく、時間の霧の向こう側を垣間見たような気持ちになる。

建築模型は白いからだろうか、骨の標本みたいだった。装飾や調度品を剥ぎ取られ、建てられた時代や場所、目的からも解き放たれ、小さくなってガラスのケースにおさまっている。観光地で大きな建築物を見ても大きすぎてとらえきれないけれど、こうして人の身体より小さくなったことではじめて存在として呑みこめるような気がした。

閉館時間になり、外に出た。建物の敷地のすぐ横に坂があり、網干坂《あみほしざか》という説明板が出ていた。「白山台地から千川の流れる谷に下る坂道である。小石川台地へ上る「湯立坂」に向かいあっている」と書かれていた。坂下の谷は入江で舟の出入りがあり、漁師がいて網を干した、明治の末頃までは千川沿いの一帯は水田地帯だった、大雨のたびに洪水になるので、昭和九年に暗渠になった、とある。

向かいあった坂の下に川が流れ、まわりは水田地帯だった。見まわしてみると、なるほどそのように思えないこともない。だが思い描くことはできない。わたしは地形を俯瞰するのが苦手なようで、自分のいる場所がどういう地形のどういう部分なのか、いつも思い浮かべることができない。知り合いに俯瞰するように自分のいる場所を把握できる人がいて、脳の構造のちがいなのだろうか、と思う。さっきの建築模型のことを思い出す。俯瞰するというのはきっとああいう感覚なのだろう。俯瞰できる人にとっては、地形も建築模型のように立体の模型のように感じられるのだろうか。

なんだか損をしている気がした。いろいろな坂をめぐってきたが、いつも地面に張りついて、ビー玉が迷路を転がるように坂を歩くだけだった。もし俯瞰できる能力があれば、あたり一帯の地形の凹凸を思い浮かべ、坂と坂のつながりや川との関係もよくわかるにちがいない。わたしはいつも自分がどこを歩いているのかわからない。

　目の前の細い道を進めば氷川坂の下に出るはずだが、まずは網干坂をのぼってみることにした。右手にはずっと小石川植物園の塀が続き、左側は住宅地だ。なかなか急な坂である。ふりかえり、坂の下を見る。むかしは坂の下に川が流れていて、大雨のたびに洪水になったのか。この前の台風のとき、氾濫する川の映像をニュースで何度も見た。いつも眠っている龍が暴れるようなものだ。いまは暗渠になっているようだが、ここにもかつては龍がいて大雨のたびに暴れていたのだ。

　坂をのぼりきり、氷川坂のある左に曲がる。高級そうな集合住宅の前を歩いていたとき、向かいから歩いて来た年配の男性と目が合った。どこかで見たことがある人だ、と思った。相手も同じように思ったのか、じっとわたしの顔を見つめている。しばらくして、父の遺言の手続きをしたときの信託銀行の担当者だと気づいた。向こうもわたしがだれか思い出したらしい。ああ、という顔をした。

　父が亡くなったあと一ヶ月ぐらいして、この人から連絡があった。彼は遺言信託の仕事をしていて、父の遺言状を預かっているのだと言う。遺言状の中に母とわたし宛のものもあり、それを受け取り、遺産を受け取る手続きをしてほしい、と言われた。仕方なく銀行に行き、この人と会った。たしか名前はササモリさん、だったか。

お久しぶりですね、元気でしたか。ササモリさんがにこにこ笑いながら近づいてくる。数回しか会っていないこの人の顔を覚えていたのは、手続きの合間に父の話をしたからだろう。初回の説明のあとも何度か銀行に行く機会があり、仕事の都合で母とは別々の日になったこともあった。そのとき雑談で父の話をした。

ササモリさんは父とのつきあいが長いようで、父が転々と引っ越しを続け、つねに名前のある坂の近くに住んでいたことも知っていた。父が死んでからもう七年経つ。若いころなら長すぎる月日だが、この歳になると意外に短い。つい最近のようにも思える。

ええ、おかげさまで。そう言って会釈する。お母さまはいかがですか？　ええ、あいかわらず元気です。今日はなぜこちらに？　ササモリさんが訊いてくる。仕事で小石川植物園に用がありまして。ササモリさんはどうして、と問いたいが、ほんとに名前がササモリさんだったか怪しくて、口ごもる。そうですか、実はわたしはこの近くに住んでいるんですよ。ササモリさんの方からそう言ってくれて、少しほっとした。

そういえば、お父さまもこの近くに住んでいたことがあったんですよね。ササモリさんの言葉にはっとした。ええ、氷川坂の近くに。生前のお父さまとこれまでに住んだ場所の話をしていたときに氷川坂の名前も出て、わたしがずっとその近くに住んでいると言ったら、意気投合してしまって。ササモリさんがなつかしそうに笑った。

せっかくだから、氷川坂を見ていきませんか。ササモリさんに言われ、うなずく。最初からそのために来たのだが、そのことは言わなかった。ふたりで氷川坂の方に向かい、左に折れて坂をくだる。けっこう急な坂だ。小石川植物園の斜面の続き。千川を望む高台。そのあいだ左側にはずっとさっき見た高級そうな集合住宅が続いている。

ここはむかし東京海上火災の寮だったんですよ、その後ずっと空き地だったのが最近こんな立派な建物になって。億ションですよ、億ション、とササモリさんが笑う。お父さまも、けっこう高級な家に住んでたこともあったみたいですけど全部借家だったんですよね。あれだけお金があったら、こういう億ションをひとつ買った方がよかったのに、わたしだったら絶対そうする、と思ってました。

お金があった？　父が金持ちだったという記憶はないんですけど、と訊くと、ええ、こう言うのもなんですが、たぶん若いころはお金、なかったと思います。もともと親と喧嘩して家を出た、とおっしゃってましたから。資産がはいったのはお母さまと別れてだいぶ経ってからです。ご両親が亡くなって遺産がはいったんですよ。裕福な家系だったようです。ご両親の代でだいぶ使い潰されていたけれど、ほとんどが株でけっこうな額があった。それもお父さんが亡くなるころにはほとんど残っていなかったみたいですが。

知らない話で驚いたけれど、そういえばいつだったか、父はわりといい家の出だった、というようなことを母が言っていたような気がする。ササモリさんと父とはこの遺産相続からのつきあいだったらしい。父の遺言の仕事が終わるとすぐに定年退職となったから、ササモリさんにとって父は最後の客のひとりだった。

お父さまはなかなか変わった人でしたからねえ。自分の資産は死ぬまでに全部使い切ってやる、なんて、よくおっしゃってました。わたしみたいな庶民は、遺族のために少しは残した方がいいんじゃないかと思いましたけど。まあ、亡くなったときの身内は内縁の奥さんだけ。その人が生活するのにじゅうぶんなお金は残ってましたから、それでよかったのかもしれませんけどね。ササモリさんがしみじみ言った。

でもねえ、わたしはお父さまのことが好きでした。変わった人だし、面倒なこともいろいろありましたけど、なんとなく憎めなかった。ササモリさんのその言葉にどう答えたらいいかわからず、そうですか、と言って黙った。

でも、なんで死ぬまでに使い切ってやる、なんて思ったんでしょうね、と訊くと、ササモリさんは、さあ、そこまではわからないですけど、なんだか自分の資産を憎んでるような感じでしたよ、と言った。憎んでた？　ええ、いやでたまらない、って言ってました。また父のことがわからなくなる。仲たがいした親の遺産だから受け取りたくなかったのか。

ふと、王子稲荷の坂の近くで話した和菓子屋さんを思い出した。若いころの父かもしれない人を知っている、と言っていた。それがほんとに父かはわからないけれど、古切手のコレクションを持っていてそれを切り売りして生活してた、とか、渋沢栄一みたいな偉い人の隠し子の子孫らしい、とか、眉唾っぽい話をしていた。眉唾とは狐に化かされないための呪《まじな》いに由来すると言う。王子稲荷の近くにはむかしは狐がたくさんいた。あの和菓子屋さんも狐だったのかもしれない。あのときちょっとそう思った。

すみません、父は切手のコレクションを持ってるって言ってませんでしたか？　思い切ってそう訊いた。さすがに渋沢栄一のことは言えない。渋沢栄一もあのあとお札になることが決まり、ずいぶん話題になっている。ああ、古切手のコレクション。持っていたって聞きましたよ。けっこう高値のものもはいっていて、若いころはそれを売って生活費にしてたとか。

ササモリさんの言葉に耳を疑う。じゃあ、あのおじさんの知り合いはほんとに父だったのか。いやいや、高価な切手を切り売りして暮らしている人は何人もいるだろう。たまたま似たような境遇の人だったということもあり得る。切手も価値があれば資産になりますから、遺言書を作るときにその話も出ました。でも、切手は若いころに使い切ったそうで、もう一枚も残ってませんでした。ササモリさんはそう言った。

もうひとつのマンションを過ぎると、左側に簸川《ひかわ》神社にはいる横道がある。ササモリさんはその先、右側にある病院のさらに先にある右にはいる小道を指して、お父さまはたぶんあの小道沿いの家に住んでいたんだと思います、と言う。

ササモリさんについて小道にはいる。坂に直角に走る道だから、右手はずっと高い石の壁。奥に進むとそれがどんどん高くなる。高い高い壁がそびえる下に通った細い道。車ははいれそうにない。坂というより崖だな、と思う。小道を進むと階段坂もあり、崖の途中の細い土地に強引に家が立ちならんでいる。いかにも父の好きそうな場所だ。おかしくてなぜか涙が出そうになった。

崖の途中にはいくつも小さな穴が空いている。いまは塞がれているみたいで、どうやって治水しているのかわからないが、以前は大雨が降ったとき、あの穴からこの道に滝のように水が落ちて来ていたんだろうか。想像するとなかなかおそろしい。

むかし、このあたりは入江だらけだったそうですよ。海がはいりこんでいた。いまはそのころ海だったところが平地になって、かつての陸地は台地になった。平地から台地にあがるところに坂があるんです。ここも網干坂もこの先の千石駅の方に上がる猫又坂も、目白の胸突坂もその一部です。ササモリさんが言う。胸突坂。前に行った坂だ。あそこもここもつながっているのか。わたしに俯瞰の力があれば、東京全体の形がわかるのに。

ここもすごい場所ですよね。崖の途中のような狭い土地を見まわし、ササモリさんが笑う。父らしいですね、と言うと、ササモリさんは、そうですか、とうなずいた。お父さまの住んだ坂、ほかにも見たことがあるんですか。見透かされた気がして、思わず黙った。

お父さまにとっては、自分の住んだ坂の名前がいちばんの宝だったのかもしれませんね。ササモリさんの言葉に驚き、立ち尽くす。なんで坂の名前を書いたんだろうと思っていたが、父からしたらいちばん大事なものを残したつもりだった。たしかにそういう考え方もあるのかもしれない。
氷川坂をくだると、簸川神社と氷川坂について書かれた説明板があった。簸川神社の祭神は素盞嗚命《すさのおのみこと》、源義家が奥州平定の祈願をした社で、むかしは小石川植物園のなかにあったのがこの地に移った、とある。

氷川坂（簸川坂）
氷川神社に接した坂ということでこの名がつけられた。氷川神社の現在の呼称は簸川神社である。坂下一帯は明治末頃まで「氷川たんぼ」といわれ、千川（小石川）が流れていた。洪水が多く、昭和9年（1934）暗渠が完成し、「千川通り」となった。神社石段下には千川改修記念碑がある。

看板を見たあと、神社の鳥居をくぐり、階段をのぼった。じゃあ、わたしはこれで。お参りしたあと、ササモリさんはそう言った。どうぞお元気で、と頭をさげ、裏口から神社を出て行くササモリさんを見送った。見えなくなってしまってから、ほんとにササモリさんという名前だったか確かめるのを忘れたと気づいた。
神社の階段をおりる。ここまで来たら、白山に戻るのも千石に進むのも変わらないだろう。さっきのササモリさんの話に出て来た猫又坂をついでに見て行くことにした。千川通りに出て、右に曲がる。少し行ったところに釣具屋の暖簾が垂れていた。風情のある店構えで、釣りなどしたことはなかったが、なんとなくなかをのぞく。めずらしい和竿がならぶ店だった。竿を加工するための漆などの材料も売られている。そうか、ここはむかしは川沿いだったんだな、と思った。目の前の道がそのとき一瞬だけ川に見えた。

交差点を右に曲がると、すぐに猫又坂の説明板があった。

猫又坂（猫貍坂、猫股坂）

不忍通りが千川谷に下る（氷川下交差点）長く広い坂である。現在の通りは大正11年（1922）頃開通したが、昔の坂は東側の崖のふちを通り、千川にかかる猫又橋に繋がっていた。

また、『続江戸砂子』には次のような話がのっている。

むかし、この辺に狸《たぬき》がいて、夜な夜な赤手拭《てぬぐい》をかぶって踊るという話があった。ある時、若い僧が、食事に招かれての帰り、夕暮れどき、すすきの茂る中を、白い獣が追ってくるので、すわっ、狸かと、あわてて逃げて千川にはまった。そこから、狸橋、猫貍橋《ねこまた》、猫又橋と呼ばれるようになった。猫貍とは妖怪の一種である。

王子稲荷の坂は狐で、ここは猫又。人を化かす妖怪は坂のあたりに住みつくことが多かったのか。

しかし、となりにある昭和五八年の説明板では、猫又橋の由来について「むかし、木の根っこの股で橋をかけたので根子股橋と呼ばれた」ともあり、どちらがほんとうかわからない。

となりにはかつての猫又橋の親柱の袖石も置かれていた。千石の駅に向かう猫又坂は幅の広い切り通しになってなだらかだが、道の両脇は崖が切り立っている。かつては険しい坂だったのかもしれない。川だった道をふりかえる。むかしは漁師たちがああいう和竿を持って川辺に糸を垂れていたのか。斜面には猫又や狸みたいな妖怪もいたのだろうか。

ササモリさんのことも、さっきまでいっしょにいたのにどんな顔だったか思い出せない。もしかしたらまたなにかに化かされたのか。そんなことを思いながら猫又坂をのぼっていった。

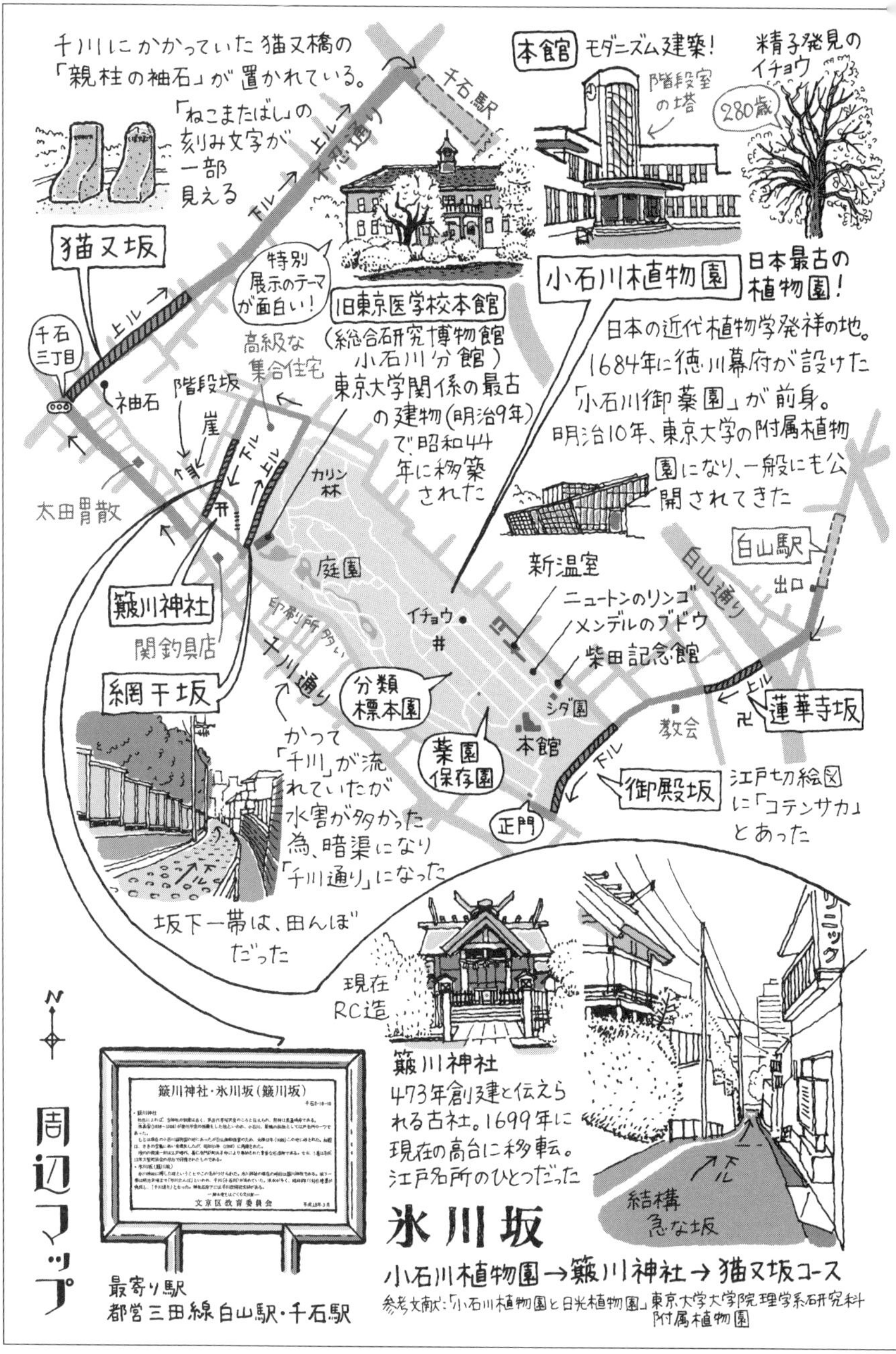

千川にかかっていた猫又橋の
「親柱の袖石」が置かれている。
「ねこまたばし」の
刻み文字が
一部
見える
猫又坂
千石三丁目
袖石
上ル
下ル
上ル
上ル
千石駅
不忍通り
特別
展示のテーマ
が面白い！
旧東京医学校本館
（総合研究博物館
小石川分館）
東京大学関係の最古
の建物（明治9年）
で、昭和44
年に移築
された
高級な
集合住宅
階段坂
崖
太田胃散
カリン
林
庭園
簸川神社
関釣具店
網干坂
印刷所多い
千川通り
かつて
「千川」が流
れていたが
水害が多かった
為、暗渠になり
「千川通り」になった
坂下一帯は、田んぼ
だった
本館
モダニズム建築！
階段室
の塔
精子発見の
イチョウ
280歳
小石川植物園
日本最古の
植物園！
日本の近代植物学発祥の地。
1684年に徳川幕府が設けた
「小石川御薬園」が前身。
明治10年、東京大学の附属植物
園になり、一般にも公
開されてきた
新温室
白山駅
出口
白山通り
ニュートンのリンゴ
メンデルのブドウ
柴田記念館
イチョウ
分類
標本園
シダ園
本館
薬園
保存園
正門
蓮華寺坂
教会
御殿坂
江戸切絵図
に「コテンサカ」
とあった
現在
RC造
簸川神社
473年創建と伝えら
れる古社。1699年に
現在の高台に移転。
江戸名所のひとつだった
簸川神社・氷川坂（簸川坂）
文京区教育委員会
クリニック
結構
急な坂
N
氷川坂
周辺マップ
最寄り駅
都営三田線白山駅・千石駅
小石川植物園→簸川神社→猫又坂コース
参考文献：「小石川植物園と日光植物園」東京大学大学院理学系研究科附属植物園

14

本氷川坂

神戸から伯母が出てくることになった。

伯母、つまり、母の姉である。大学に進む女性はまだ少ない時代だったが、家がわりと裕福だったようで、伯母も母も大学を出ている。伯母は中学から私立の女子校に通い、名門女子大を出てすぐ見合いで結婚した。相手は神戸出身のエリートサラリーマン。結婚後神戸支社に転勤になり、伯母もそれについて神戸に行った。以来ずっと神戸に住んでいる。それに対して、母は高校までは女子校だが、大学は共学の国立大学だった。

母からすると、伯母はブランド好きの俗物で、話題も美容、ファッション、芸能人の噂話と身内の愚痴。だから苦手なのだと言っていた。伯母は東京に出る機会があれば必ず母に連絡してくるが、母は誘われてもいつもああだこうだと理由をつけて断っている。伯母もあれだけ断られれば気づきそうなものなのに、まったく意に介さない。そういうところがまた母の気持ちを逆なでするようで、誘いの電話が来るたびに、あの人は図太くて鈍感だから、とぼやいていた。

今回伯母からの電話をとったのはわたしで、伯母からだと告げると、母は出たくないからいないことにしてくれと言う。それで仕方なくわたしが伯母の話を聞いた。東京に来るのは大学の同窓会のためだった。会場はホテルニューオータニ。さすがは名門女子大の同窓会だ。東京を離れた友人たちと相談して、宿泊の予約もしているらしい。せっかくだから早めに東京に出て、赤坂離宮を見学したい、と言う。

迎賓館である赤坂離宮は、国賓が宿泊したり天皇や皇族が臨席する晩餐会がおこなわれたりする場所だが、観光振興のため二〇一六年から通年一般公開されるようになった。いまは庭に天皇陛下御即位の祝賀御列の儀で使われたオープンカーも展示されてるの、絶対見たいわ。いっしょに行きましょうよ。伯母はきらきらした声で言った。

電話を切ったあとそのことを伝えると、母は当然のように行かないと言った。でもせっかく出てくるんだし、ちょっとくらい。じゃあ、あんたが行ったら。わたしが？　ひとりで？　そう。荷物を持つのを手伝えば、お昼くらいおごってくれるかもよ。母はそう言うと、テレビを見はじめた。伯母が来るのは日曜だから会社は休みで、ほかに予定もない。迎賓館がどんなところか気になったし、母とちがって、わたしは伯母がそれほど苦手じゃない。愚痴や噂話には辟易《へきえき》するが、ざっくばらんな性格で裏表はない。変に気を遣う必要がないから、話していて気が楽だった。

じゃあ、わたし、行ってくるよ。テレビを見ている母に言った。母は驚いてこっちを見て、ほんとに、と訊いた。うん、迎賓館ってどんなとこか興味あるし。そう答えると母は大きく目を見開き、あ、そう、とだけ言った。

日曜日の朝十時に伯母を迎えに東京駅に行った。新幹線の改札口から出てきた伯母はあざやかな色のコート姿で、一泊とは思えない大きなトランクを持っていた。バッグはいつものルイ・ヴィトン。ヒールは低くなったものの、ちゃんとしたパンプスを履いている。神戸風というのだろうか。全体にブランドものでかためたエレガントな印象で、トラッドでかっちりした服ばかり着ている母とはかなり様子がちがう。

電車で四ツ谷まで移動し、迎賓館を見学した。西洋風の造りにゴージャスな装飾。花鳥を描いた七宝焼きや大きなシャンデリア、洋風の天井画。外国に観光に来ているような気になってくる。すごいわねえ、と伯母は目を輝かせているが、人の住む場所でないせいだろうか、あまりにも大きくて金ぴかだから現実感がないのだろうか、なぜか胸に響くものがない。洋館なら白金台の庭園美術館の方がよかったなあ、などと思う。

すべての部屋を見てから噴水のある庭に出た。噴水を見ても建物を見ても、ここが日本だと思えない。前庭にまわると正面玄関の前に天皇陛下御即位の祝賀御列の儀で使われたオープンカーが置かれている。車を見ながら三人連れの男女が値段について話している。八千万か八百万だったと思う、と男が言うと、八千万もするわけない、八百万じゃないの、と女のひとりが返す。なに言ってるの、八千万よ、と伯母が横でひそっとつぶやいた。

それからニューオータニに行き、フロントに伯母の荷物をあずけた。昼食は赤坂プリンスクラシックハウスのアフタヌーンティーを予約してあるから、と言う。むかしの赤坂プリンスの旧館のことらしい。東日本大震災のころに閉館になったホテルで、むかしは赤プリと呼ばれていた。バブルのころは有名人の結婚式がおこなわれたりして、トレンディスポットだったのよね、と伯母が言う。

旧館はもともと李王家の邸宅として建てられ、その後変遷を経てホテルとなった。閉館後、東京都指定有形文化財に指定され、二〇一六年から赤坂プリンスクラシックハウスとして営業を再開したらしい。いくつかの宴会場とレストランを備え、結婚式や各種パーティーなどにも使われている。正午からアフタヌーンティーのサービスがあり、それをふたり分予約した、と言うのだった。

紀尾井町通りを歩いて赤坂プリンスクラシックハウスに向かう。尖塔アーチがうつくしい洋館だ。伯母の通っていた名門女子大も石造りの洋館だった。伯母はこういうところがよほど好きなんだな、と思う。アフタヌーンティーも皿が三段重なった伝統的なスタイルで、ボリュームもあった。素敵よねえ、来てよかったでしょう? ミイちゃんも来ればよかったのに、と伯母がぼやく。伯母は母をミイちゃんと呼ぶ。ちなみにわたしはヨウちゃんである。あいまいにうなずいたが、母はたぶんこういうところは苦手だ。ここに座った途端、外に出たがるだろう。同じ家で育ったのに、どうしてここまでちがうのか。

そういえば伯母とは父のことについて話したことがない、と思った。エリートサラリーマンと結婚した伯母の目にはうちの父は奇妙に映っていたにちがいない。伯母さんって、うちの父のこと、覚えてますか。思い切って訊いてみる。え、なんでいまさら？　伯母は紅茶のカップを持ちあげたまま不思議そうな顔でわたしを見た。まあ、でもいいか、死んじゃってだいぶ経つし、ヨウちゃんには話しておいた方がいいかもしれないわね。伯母はそう言ってカップをソーサーに戻した。

実はね、わたし、ミイちゃんが結婚する前に、あなたのお父さんの身元、調べたのよ。心もち声をひそめながら言う。身元を調べた？　母は知ってるんですか？　驚いて問い返す。ううん、知らない。教えてないの。でも心配だったから。

伯母によれば、そのころは結婚する前に相手の素性調査をするのはそれほどめずらしいことではなかったのだそうだ。母はそのころ三十の一歩手前、当時その歳まで結婚しないというのは相当まずいことで、伯母も祖母も心配していた。その母が突然結婚すると言った。だが相手は四十近く、職業も転々としているらしい。伯母の夫も心配して、身辺調査をした方がいい、と言い出した。

変なことになったりしたらうちも巻きこまれるかもしれない、そんなことになったら困るだろう、と言われて不安になった伯母は、本人にも両親にも内緒でとりあえず身辺調査を依頼した。おかしなところがなければだれにも言わなければいい。はじめて聞く話だったし、とんでもないな、と思ったが、伯母は伯母なりに心配していたんだろう。

調査の結果、父の家柄は悪くなかった。というより、もとはなかなかの名家だったらしい。江戸時代には名主《なぬし》をつとめたこともある埼玉の旧家だった。だが、父の祖父の放蕩で財産を使い潰し没落。父の伯父であるところの長男が東京に丁稚《でっち》奉公に出たあと、会社を起こし成功する。以前ほどではないものの、長男の成功のおかげで一族はみなそれなりに裕福な暮らしができるようになった。父の父親は三男で、長男の会社で働いていた。だが父は、家を嫌って東京に出て、そのままひとり暮らしを続けていたようだ。

あなたのお父さん、そのまま実家にいれば財産もあるし、不自由ない暮らしを送れたはずなのに、わけがわからない人よね。だから夫は結婚に反対していたの。わたしも反対したわよ。でもさすがに身辺調査をしたことは言えないし、ミイちゃんはなにを言っても聞かない。これは自分の問題で、家族には関係ない、って。何度もその話をしたせいで喧嘩になってしまった。それで、たしかにわけのわからない人ではあるけれど、いざとなったら実家に資産もあるようだし、なんとかなるかな、って。

でも、結局わたしが正しかったでしょう？　伯母はため息をついて言った。ミイちゃんはむかしからお人好しで、騙されやすいから。わたしより勉強ができたし、いい大学に行ったけど、頭でっかちで男を見る目がない。勘が鈍いのよ。

伯母はそう思っているみたいだが、母も長年働いていたのだ。外で生きていくためには人を見る目は必要だろう。ただ、噂話をしないだけ。人と自分のあいだにかっちりと線を引いて、そこから出ないし、人も入れない。もっとも、そうなったのは父が出ていってからのことで、母も若いころは伯母が言うようなタイプだったのかもしれないが。

この前氷川坂で銀行の人と会って、母と別れたあと父が親の遺産を手に入れたことは聞いていたが、そのことを伯母に話せば面倒なことを言い出すにちがいない。だから黙っていることにした。

でもいま考えると、あの人、そんなに悪い人じゃなかった気がするなあ。伯母が突然そう言い出し、ちょっと驚いた。うちの夫は外では出世したけど、若いころからずっと家では威張ってばかり。その点、あなたのお父さんは全然威張らなかった。何度かしか会ったことなかったけど、こんな人もいるんだ、とびっくりしたのよね。そう言われてみれば、たしかに父が母に強い態度を取っていた記憶はまったくない。

家がきらいだったみたいだけど、古い家柄だし、「家」という制度がいやだったのかもしれないわね。戦後、封建制度はなくなった。でも、その代わり女はみんな専業主婦という名前のマイホームの奴隷になった。恋愛結婚の幻想にのせられて、愛情という名目で無償労働させられた。長男じゃなくても自分の城を持てるようになって、きっと男にとってはいい時代だったのよね。伯母はどこかで聞いたようなことを言う。

息子ふたり育てたけど、結局ふたりとも父親そっくりになって、結婚したあとは家で威張り散らしている。もうそんな世の中じゃないのに。夫は去年定年になってずっと家にいるようになって、あいかわらず威張っている。わたしはずっと男たちの世話をしてただけ。自分の人生なんてどこにもなかった。伯母のしっかりメイクした顔にどよんとした影が見える。

でも、あの人、ほんとに変わってたわよね。都内を転々としてたんでしょ？　しかも坂の近くばかり。そうなんです。うちを出て行ってからも自分の住んでいる坂の名前をハガキで知らせてきて。あなた宛に？　はい。なぜそんなことをしていたのか全然わからないんですけど。それは、あなたに訪ねてきてほしかったんじゃない？　伯母があっさり言った。

その言葉にぽかんとした。思わず伯母の顔を見る。そうでしょ、そうに決まってるじゃない。わたしの知り合いで、自分の家系を自分で終わりにしたいから、って言って子どもを作らなかった人がいるの。お父さんが家庭に落ち着かなかったのもそれと似た気持ちだったんじゃない？　でも子どもができればかわいいもの。だからもう一度会いたかったんじゃないの？　子どもがかわいい。わたしに訪ねてきてほしかった。そんなことはいままで思いつきもしなかった。父はわたしたちに関心がない。父が興味を持っているのは坂だけ。ずっとそう思っていた。

同窓会の支度のために美容院を予約してあるらしく、アフタヌーンティーを終えると伯母はホテルに戻っていった。建物を出てぼんやり赤坂の方へ歩きながら、父が住んでいた本氷川坂に向かった。この前は小石川の氷川坂に行った。ここにはあそこととはちがう氷川神社があって、その周囲に氷川坂と本氷川坂というふたつの坂がある。父は本氷川坂の方を気に入って、近くに住んでいたらしい。

赤坂の駅を抜け、赤坂氷川公園の横の道を歩いていくと、転坂《ころびざか》という看板があり、江戸時代から道が悪く、通行する人たちがよく転んだからこの名になったというようなことが書かれていた。転坂を進むと氷川坂にぶつかる。角には関東財務局と書かれた古い社宅のようなものが建っていた。門は閉じられていて、人が住んでいるのかわからない。

ひかわざか。八代将軍徳川吉宗の命で建てられた氷川神社のもと正面に当る坂である。

マンションの前に立つ氷川坂の看板にはそう書かれている。坂をのぼりきると立派な石垣にぶつかり、石垣沿いにタクシーがずらりとならんでとまっている。石垣の向こうはアメリカ大使館宿舎らしい。六本木ヒルズの展望フロアから見おろしたときに見える、四角い箱を組み合わせたような奇抜な形の建物だ。バブル直前のポストモダン建築だと聞いたことがある。

坂を少し戻り、裏門から赤坂氷川神社にはいった。参道を通り、鳥居を抜けると四合稲荷、西行稲荷という祠《ほこら》。向かいに池と太鼓橋。階段をのぼるとふたたび鳥居。左手には大きな銀杏の木がある。右手は赤坂氷川神社の社殿。神田明神と同じく東京十社のひとつらしい。社務所にはお守りやおみくじ、火消しの絵が描かれた絵馬が売られている。

神社を出ると、目の前が本氷川坂だ。

もとひかわざか。坂途中の東側に本氷川明神があって坂の名になった。社は明治十六年四月、氷川神社に合祀された。元氷川坂とも書いた。


坂をくだりはじめる。左手にはずっと大きな邸宅のようなものがあり、スマホで見ると、日本銀行氷川分館というものらしい。その前を過ぎると道が右にカーブする。左手は大きなマンションだ。右手に螺旋階段のついた変わった形の建物が見えてきて、坂はすぐにまた左にカーブ。左手の大きなマンションは、坂をくだるにつれ、さらに高く見えてくる。

曲がりくねった長い坂だった。途中で視界がひらけて、坂の周囲に大小、新旧さまざまなマンションが建っているのがわかる。マンションに埋め尽くされた谷のようだ。人間という生き物の巣に覆われた「マンションの谷」。どこも家賃は高いのだろうが、この斜面に張りついた建物すべてに人が住んでいると思うと、その密度にくらくらした。

さっき伯母は、自分の人生なんかどこにもなかったと言っていた。でもこの風景を見ていると、そもそも「自分の人生」なんてものが存在するのだろうか、と思えてくる。このマンションの谷に住む人々がみなそれぞれに自分の坂をのぼったりおりたりしている。無数の坂があのなかにあると思うとおそろしくなる。

江戸の町は階級に応じた住み分けが行われていたと読んだことがある。このあたりはもとは武家の大きな屋敷ばかりだったはずだ。さっきのアメリカ大使館宿舎も、もとはどこかの藩の中屋敷だったはずだ。ここにあるマンション群ももとはお屋敷だったのだろう。バブル期にはこのあたりの土地は法外な値段で売れただろう。住み慣れた土地を売って信じられないような額のお金を手に入れたが、そのせいでその後の人生がおかしくなってしまった人の話を伯母から何度か聞いたことがあった。

家のつながりを断ち切って、人々はこういうマンションの一室に住むようになった。それがいいのか悪いのか、わからない。家や土地から離れても、結局会社にしばられている。核家族になったって、やはり家にはしばられている。結局、いい、悪いなんてないのかもしれない。ひとりになったところで、自分の人生を生きられるわけでもないだろう。自分の人生というもの自体がまぼろしなのかもしれない。

――蓉子、なぞなぞだ。東京の坂で、のぼり坂とくだり坂、どっちが多いか。

なぜかまた父のなぞなぞを思い出す。答えは同じだと父は言った。どの坂ものぼりでありくだりであるから。でもそれは実際の坂の話だ。実際の坂は行ったり戻ったりできる。だが人生の坂はちがう。人生は一方向にしか進まない。逆戻りはできない。

人生の坂をのぼっている最中は、自分のしていることが自分の望んだものだったのかどうかよくわからないものだろう。ほんとにこれでよかったのか、という問いが生まれるのは、いつもくだっているとき。伯母も、子育てを終え、夫が定年を迎えたいまだから、これでよかったのかと思っているのではないか。

もしかしたら、叔母はさびしいのかもしれない。さっき叔母の顔に浮かんだどよんとした影を思い出した。母に連絡してくるのもさびしいから。母からしてもたったひとりの姉なんだから、たまには会った方がいいんじゃないか。今度母にそう言ってみよう、と思った。

坂をくだりきり、右に曲がってしばらく歩くと丁字路になっている。その角に勝海舟邸跡という碑があった。右に曲がって歩いていくと、道にぶつかる。また丁字路だ。向かいのビルの一階に青い扉の店があり、扉の横の小窓に本がならんでいる。個人経営の書店らしい。はいってみたい気がしたが、今日は休みみたいだ。

右に折れるとそこはさっきの氷川坂だった。一周まわってもとの道に戻ってきたのだ。なんだか不思議な気がした。アップダウンのせいで方向感覚がおかしくなっていた。

あなたに訪ねてきてほしかったから。もう一度氷川坂をのぼりながら、伯母の言葉を思い出す。ほんとにそうだろうか。じゃあ、もしかして。遺言状に坂の名前を書いたのは、自分が死んでからでも訪ねてきてほしかったから？

ふいにそんな考えが頭に浮かび、びくっとした。結局わたしは一度も父を訪ねなかった。自分たちを捨てた父を許せなかったのか。許せないという自分の気持ちを認めたくなかったからか。そうやって逃げていた。だから父は遺言状に坂の名前を書いた。いつか訪ねてきてほしかったから。父はさびしかったのか。

母のことを思えば身勝手なことだ。だが、生きているうちに一度くらい訪ねればよかった。会ってなじるのでもいいから、会っておけばよかった。

お父さん。坂を見あげ、歩き出す。わたしは薄情者だ。父と会うのが怖かった。会ったら母と自分が守ってきたものが壊れてしまうような気がした。捨てられたわたしたち。見たくないものは見ないでおきたかった。自分たちを守りたかった。ただそれだけ。

なぜか涙が出た。坂をのぼりながら涙はいつまでもとまらなかった。父とはもう会えない。どうやっても。氷川神社の裏の鳥居を抜け、立ち止まる。葉の落ちた木々を見あげながら、次は父が最後に住んだ坂を訪ねようと思った。

本氷川坂
MOTOHIKAWA ZAKA
周辺マップ
N
報土寺
珍しい弓なりの築地塀
うねり
三分坂
江戸時代の坂名が残っているように、「サカス坂」も坂名だけ残るという日が訪れるのだろうか
氷川神社
裏口からの参道が美しい
椿
下ル
上ル
さくら坂
サカス坂
赤坂Bizタワー
ACT
BLITZ
TBS
赤坂駅
千代田線
江戸時代に活躍した力士雷電為右衛門の墓がある。
カッコイイ名前！
千年以上の歴史がある神社。紀州徳川家の産土神。徳川吉宗が、1730年現在地に建立。倹約政策をとった吉宗らしく、社殿は質実簡素な造りで、意匠に工夫が見られる。総欅造りで建立当時の姿のまま残る。
報土寺
うねり
さんぷんざか
三分坂
江戸時代、急坂の為、車賃銀三分《さんぷん》割り増しされたそうだ。
公園
本屋
双子のライオン堂
勝海舟邸跡
転坂
勝海舟と龍馬の像
氷川坂
氷川神社
稲荷
裏口
南部坂
今も昔も高級住宅街
江戸時代、この辺りは、大名屋敷が多かった。当時の道が多く残る。
日本銀行氷川分館
イチョウの木
樹齢400年以上
アメリカ大使館宿舎
江戸時代初期に南部家中屋敷があった。江戸切絵図にも「南部坂」とある。
高い擁壁、マンションに囲まれている。「マンションの谷」
石垣
道が細く長くうねりがあり良い坂
迷宮感あるな
①
②
最寄り駅
千代田線 赤坂駅
赤坂駅 → 氷川神社 → 本氷川坂コース
参考文献：「江戸切絵図で歩く広重の大江戸名所百景散歩」人文社

15

相生坂、赤城坂

本氷川坂に行ったとき、父が最後に過ごした坂を見に行こうと決めた。最後の坂は赤城坂という。神楽坂の駅の近く、赤城神社の横の坂だ。神楽坂にはよく行くし、赤城坂の前も通る。なのになかなか行く気にならない。ほかの坂とはわけがちがうのだ。

父は死ぬ前の数年間、女性と暮らしていた。赤城坂の下にある「あかり」という料理屋を営む女性で、父の葬式を出したのもその人だった。と言って、籍を入れていたわけではない。内縁の妻ということだろうか。女性は料理屋の二階に住んでおり、そこに父が同居していた、という話だった。父が死んだことを連絡してきたのは、この前氷川坂の近くで会った信託銀行のササモリさんだった。葬儀の行われる場所や、喪主が同居人の女性だということもササモリさんから聞いた。母に話すと、父が死んだことに驚いてはいたが、葬儀には絶対に行かない、と言った。

いろいろあったにしても父は亡くなったのだし、葬儀に行かなければ後悔するのではないかと思ったが、母はときどき信じられないほど強情になることがあり、いったん決めると絶対に引かない。この件はそのような類のものであると直感し、あきらめてひとりで葬儀に出向いた。

小さなセレモニーホールで、参列者も多くなかった。だがわたしはむしろ少数でも参列者がいることに驚いていた。ここにいる人たちが父とどのようなかかわりを持ってきたのかさっぱりわからないままお経を聞き、焼香した。

喪主の女性も見かけた。しっかりと隙のない表情で、涙を見せることもなく、参列者に頭をさげている。母とはだいぶちがうタイプだな、と感じた。

母はずっとショートカットで白髪も染めていない。働いていたころはトラッドなスーツで身を固め、引退したいまはカジュアルな服にスニーカー。マニキュアもしないし、アクセサリーもつけない。伯母に言わせると、ミイちゃんは女を捨てている。しかし、わたしが知るかぎり、母はずっとそういうスタイルだ。大学時代の写真を見てもトラッドなジャケットにシャツ、制服のような形のスカートかジーンズ。捨てたわけじゃない。最初から女を演じることがいやというか、そういうことに抵抗を感じていたのかもしれない。わたしも似たところがあるから少しわかる。

女性は料理屋を営んでいるからか、背筋が伸び、物腰も洗練されていた。たぶん母よりずっと若い。目は切れ長で、頬骨が高く、顎が細い。白髪染めされ、所帯染みたところはまったくない。着物もしっくりなじんでいる。首が長く、すっきりしたうなじがうつくしかった。ある意味女性的だが、伯母とはまたちがう。伯母とはきっとソリが合わない。この人は伯母を見てもなんとも思わないだろうけど、伯母は即座にあの女はきらい、とそっぽを向くだろう。

母はどうだろう。母は伯母とちがって働く女性だった。大学の事務員として生真面目に働き、みんなが結婚する歳になっても結婚はせず、かわりに実家を出てひとりで暮らしはじめた。三十近くになって父と出会って結婚。その後もずっと同じ大学で働き続け、部長までいった。勤勉で実直な人生だ。

伯母によれば、母も大学時代までは短歌のようなものを作っていたみたいだが、いまはなにもしていない。趣味は読書とテレビ鑑賞。観察眼は鋭いが、常に受け身だ。手芸や運動もしないし、カラオケで歌うようなこともない。なにかをあきらめて生きているように見える。その性格はたぶん、娘のわたしにも引き継がれている。

赤城坂に行くのをためらっていたのは、「あかり」というその料理屋を見るのが怖かったのだ。もちろん黙って素通りすればいいことだ。だが、最後まで父に会わずに終わったことを後悔し、父が最後に暮らした坂を訪ねる決心をしたというのに、店を無視してよいのか。その二階に父は住んでいたのだ。と言って、暖簾をくぐって店にはいるというのも考えられない。女性はきっとわたしのことを覚えていない。だが、せっかく会ったのだから話しかけるべきなのではないか。晩年の父の様子などを聞いたりすべきなのではないか。考えれば考えるほどわからなくなる。

それで踏ん切りがつかずにぐずぐずしていたのだが、一週間ほど前、担当している教授の出版記念会で偶然ユリカさんと再会した。ユリカさんとは、もう十年以上も前に出産で退職した会社の先輩だ。退職したあとも何度か家に遊びに行ったりしていたが、むこうは子育てで忙しく、いつのまにか年賀状のやりとりくらいになってしまっていた。

なにしろ十年以上経っているから、はじめはだれだかわからなかった。しばらく見つめ合って、同時に気づいた。ユリカさんの子どもも中学にあがり、いまは校閲事務所に籍を置き、在宅で校閲の仕事をしているらしい。事務所はどこなんですか、と訊くと、神楽坂、という答えが返ってきた。赤城坂のことばかり考えていたから、その名前にびくっとした。

そうそう、今度事務所の近くのギャラリーでトウマさんの個展があるのよね、とユリカさんが言った。そういえばわたしのところにも案内ハガキが来ていた、と思い出す。トウマさんは陶芸作家で、ユリカさんの友人だ。ユリカさんが会社にいたころ、何度かいっしょに個展に行き、その後もずっと案内ハガキが送られて来ていた。都合が合えば足を運ぶこともあったが、ユリカさんと顔を合わせることはなかった。

そのときはパーティーの最中であまりゆっくりは話せなかったが、今度いっしょにトウマさんの個展に行こう、と約束した。


よく晴れた日だった。どうせ神楽坂に行くなら、ユリカさんと会う前に相生坂《あいおいざか》にも寄ってみよう。そう思って少し早く家を出た。

相生坂は父が最初に住んだ坂だ。最初に相生坂の近くに住んで、最後は赤城坂の近くに住んだ。地図で見ると、相生坂と赤城坂は目と鼻の先。東京のあちこちに移り住んだというのに、最初と最後がこんなに近い場所だとは。

神楽坂上の交差点から斜めにはいっていく路地。地図を見ながらその細い道を歩く。この冬はあたたかい。いつまでたっても冬らしくならない。コートを着ていると少し暑いくらいだ。手すりのついた階段の前を通り、第三玉乃湯という銭湯の裏を通りすぎて左に曲がる。瓢箪坂をのぼりきると、白銀公園というわりと大きな公園の前に出た。

公園の真ん中には砂山のような不定形の遊具があり、上に小学生たちが鈴生りになっていた。水からあがって石の上で日向ぼっこしている亀のようだ。砂場やブランコには小さい子どもたち。公園の木はみな葉が落ちていて、地面に裸の木の影が重なりあってのびている。公園を出て、マンションの前のまっすぐな道を抜けると相生坂の看板が見えた。

相生坂
『続江戸砂子』によると「相生坂、小日向馬場のうえ五軒町の坂なり。二つ並びたるゆえの名也という」とある。また『新撰江戸誌』では鼓坂とみえ「二つありてつづみのごとし」とある。一方『御府内備考』『東京府志料』では坂名の由来は、神田上水の対岸の小日向新坂（現文京区）と南北に相対するためであると記されている。

父が二本のうちどちらの近くに住んでいたのかはわからない。片方をくだり、片方をのぼった。どちらもまっすぐで見通しの良い坂で、勾配もそれほどじゃない。父が住んでいた坂にしてはいたってふつうだ。

そういえば、ここに住みはじめたときはまだ坂に住もうと決めたわけじゃなかった、と言っていた。たまたま知人の紹介で住みはじめ、目の前に坂があった。何度も坂をのぼったりおりたりするうちに坂というものに興味を持った。神楽坂には有名な坂がいくつもある。それらをめぐって散歩するようになり、次も坂のそばに住もうと決めた。そうして名前のある坂の近くを転々とするようになったんだ、と。

繁華街からそれほど離れていないのに、嘘のようにしずかだ。空がぽかんと広がり、のんびりして少しさびしい。ここからはじまったのか。そうして終わってしまった。人の一生があっけないものに思えてくる。

地図で見たところ、相生坂の上から細い裏道を通れば赤城神社の方に抜けられそうだった。見ると工事中の土地があり、その横に小道がのびている。ここだろうか。ほんとうに抜けられるのか不安だったが、道から出てくる人もいるので思い切ってはいってみた。道は細いが続いている。右手の工事中の土地から高いクレーンがのびている。左はマンション。その先で道が折れている。さっき出てきた人はマンションの住人で、道はここまでかもしれない。そう思いながら近づいてみると、道はなんとかまだ続いている。

少し行くと視界が開けた。もう使われていないであろう小さな井戸。駐車場のようなスペース。そしてその先は崖だった。意外なほど高く切り立った崖の上に立って見おろすと、高いマンションがいくつもならんで建っているのが見えた。そういえば、三田の幽霊坂の近くにもこんな場所があったなあ、と思う。こんなにアップダウンの多い土地に張りつくように家が作られ、そのひとつひとつに人が住んでいる。

小道を曲がりながら進むと赤城神社の裏手に出た。八耳神社、出世稲荷神社、東照宮の三つがならんだ小さな社があり、ひとつひとつにお参りする。狛犬と螢雪天神の前を抜けると赤城神社のガラス張りの建物が見えてくる。

赤城神社がこの形になったのは、いまから十年くらい前のこと。『新撰東京名所図会』に「拝殿の内部は格天井を組み花鳥を描き欄に唐土日本の人物及び奇禽異獣を彫る刀の妙神に入る」と書かれた壮麗な社は昭和二十年の戦災により焼失。本殿が復興されたのは昭和三十四年。そのときは赤い神社だった。その後、平成二十一年から赤城神社再生プロジェクトなるものがはじまった。社を建て替え、神社の敷地内に分譲マンションを建てる。デザインは建築家の隈研吾氏で、完成後にはグッドデザイン賞を受賞、東京でいちばんオシャレな神社、とかなり話題になっていた。

父が相生坂に住んでいたのは昭和四十年代だから、まだ前の赤い神社だったのだろう。だが、晩年赤城坂に住みはじめたときはいまのガラス張りの社に変わっていた。転居ハガキに、えらくいまふうの社に変わってしまった、と残念そうに書いてあったのを思い出した。

このあたりには仕事だけでなくプライベートでもしょっちゅう来る。このオシャレな神社も鳥居の向こうから何度かちらっと見た。だが寄らなかった。近くのギャラリーやスタジオで開かれる知人の個展や朗読会に行ったこともあるのに、赤城神社にも寄らず、赤城坂をおりることもなかった。連れがいたり、待ち合わせや会の開始時間ぎりぎりで時間がなかったり、そのほかもろもろ、いつだって真っ当な理由があった。

でもそれは言い訳だったのかもしれない。神社の近くの路地裏のパン屋や雑貨店に立ち寄ったり、駅の向こうの住宅街を散策して不思議な古民家を見つけたりしたこともあったのだ。父が赤城坂の下に住んでいることは知っていた。このあたりに父がいるかもしれない。ちらとそんな思いが頭をよぎることもあったが、坂をおりたことはなかった。


気がつくとユリカさんとの約束の時間が迫っていた。駅の前の道を右に進み、個展会場のアユミギャラリーの前に立つ。イギリスと日本の折衷のような古い木造の建物で、小さいが趣がある。前の庭にあるオブジェをながめているとユリカさんがやって来た。いっしょにギャラリーにはいり、作品を見た。あれこれ悩んで、ユリカさんはゴツゴツした平たい皿を買い、わたしは小鉢にもカフェオレボウルにもなりそうな器を買った。

それから道沿いにあるブックカフェにはいり、お茶を飲んだ。ユリカさんは子育てが一段落ついてから校閲の学校に通い、そこの伝手でいまの事務所にはいったのだと言う。会社にいたころのような専門書ではなく、実用書を手がけている。だが、最近は文芸書の仕事もまかされるようになった。もともと文芸の仕事をしたかったから楽しいよ、と言っていた。

同僚たちの近況を訊かれ、キヌエさんが富山に帰ったことも話した。キヌエさんは独身で、両親の世話のために故郷に戻ることになった、と言うと、きれいな人だったのに結婚しなかったんだ、ご両親の介護、それは大変だねえ、とユリカさんがため息をつく。

わたしの歳になると人生だんだん暮れかかってくるんだよね。ユリカさんがつぶやく。子どもを産む前は、子育てが終わったらまた自由な日々に戻れるかと思っていたけどとんでもない。父の介護があって、いまは義母。義父がほとんどのことをしてるから、わたしはそれほど大変じゃないんだけど。でも、なんだかんだでいつのまにか四十代半ばを過ぎていて、ちょっと前までまだずっと先があるような気がしていたのに、最近もう先はそんなに長くないんだって気づいた。そう言われて、坂のことを思った。のぼってくだる。いや、ほんとは人生はずっと長いくだり坂なのかもしれない。

そういえば、キヌエさんと別れるとき富山に遊びに行く約束をしたんです。いつかいっしょに行きませんか。富山か、行ったことないけどいいわねえ、とユリカさんは言った。ヒサエさんも誘いましょうか。小説家になったヒサエさんがユリカさんと親しかったことを思い出し、そう訊いた。ヒサエさんか、なつかしいなあ、活躍してるから忙しいかもしれないけど、行けたらいいね。ユリカさんが笑った。

いつのまにか外は暗くなっていた。このあと予定ある？　とユリカさんが訊いてくる。わたしは今日は大丈夫なの、ごはん、いっしょに食べない？　ええ、わたしもとくに用事は……。でも、実は訪ねたいところがあって。思わずそう答えた。ユリカさんともう少し話したかったが、このまま食事に行ったら、たぶん赤城坂に行かないことになる。そうしたらまた足が遠のいてしまうだろう。

訪ねたいところってどこ？　訪ねたい、というか、見るだけでいいんです。赤城坂、と答えそうになり、坂を訪ねるというのはふつうには変だろう、と思い直して、つい赤城坂の下にある「あかり」という料理屋だと答えてしまった。

ああ、「あかり」？　何度も行ったことがあるよ。ユリカさんから意外な答えが返ってきた。それなら「あかり」に行こうか。小さい店だけどけっこう美味しいし。この時間ならたぶんはいれる。どうしよう。迷った。まさか食事することになるとは。でも、ひとりではあの坂をおりられないかもしれない、と観念してうなずいた。

店を出て、赤城神社の方に戻り、赤城坂をおりはじめる。

赤城坂

赤城神社のそばにあるのでこの名がある。『新撰東京名所図絵』によれば、「…峻悪にして車通ずべからず…」とあり、かなりきつい坂だった当時の様子がしのばれる。

細い坂だ。途中、加賀屋という飲み屋の前で道がくねっと曲がる。ここで坂は終わりかと思うと、もう一度くねって坂が続く。いい坂だなあ、と思う。いい坂？　苦笑いする。坂をいろいろめぐるようになったが、こんな言葉が浮かぶとは思わなかった。

右の路地の先に、さっき立っていた崖が見えた。今度は下から崖を見あげているのだ。コンクリートでかためられているが、かなり急な崖だ。少し前の自分があそこに立っていた、と思うとなんだか不思議な気持ちになった。

そうそう、「あかり」の女将はアサさんって言うの。坂をおりながらユリカさんが言う。もう六十代なかばだと思うけど、全然そう見えない。何年か前、いっしょに住んでた人が亡くなってひとりになったの。その言葉にどきっとする。たぶん父のことだ。

と言っても、アサさんはその人と長いこといっしょだったわけじゃないみたい。三十代で離婚して、そのあとずっとひとりで店をやってきて、十年くらい前にずいぶん年上の男の人と同居しはじめたのね。同居、っていうか、アサさんは店の二階に住んでいて、その人が勝手に住み着いちゃった、っていう話で……。で、何年かして死んじゃった。

その人と会ったことあるんですか。声がふるえそうになるのをなんとかおさえた。ほとんどないかな。まだあの店に行きはじめてまもないころだったから。でも一度、店の隅っこで飲んでるのを見たよ。影みたいな人だった。なじみのお客さんたちとはけっこう親しかったみたいで、何人かと楽しそうに話してたっけ。父が客と話していた。あまり他人に関心があるように見えなかったけれど、わたしが子どもだったからわからなかったのか。それとも歳をとって変わったのか。

店に着き、ユリカさんが扉をあける。ふわんと出汁の匂いがした。小さい店だがまだ席は空いている。ユリカさんが声をかけると、女将が笑って、どうぞ、と言った。一瞬目が合い、さりげなく顔を伏せた。葬儀のときより少しだけふっくらした気がする。あの時はきっとやつれていたんだろう、と思う。

ユリカさんは壁のメニューを見ながらおでんとつまみをいくつか頼んだ。お通し、お酒、つまみ。おでんがやってくるとあの出汁の匂いが濃く漂った。ここにいるのがなんだか嘘のよう、夢のような気がした。父が死んだあとのこと、坂をめぐり歩いたことも全部夢だったんじゃないか。父はまだこの二階に住んでいて、わたしが訪ねてくるのを待っているんじゃないか。そんな思いがどこからともなくこみあげてくる。

ゆっくりとおでんの昆布を取り、つまむ。じわっと出汁の味がして、ユリカさんが目の前にいるのに泣きそうになる。おいしいでしょう？　ユリカさんの声で我にかえった。ええ、そうですね。なんとかそう答え、父のことから気持ちをそらした。しばらくユリカさんもわたしも無言でおでんを食べた。熱いので、食べながらでは話しにくい。

遠くからほかのお客さんの声が聞こえてくる。タカシさんが亡くなって、もう七年？　早いねえ。その言葉にはっとして、声の方を見る。タカシとは父の名前だ。しゃべっているのはカウンターの前に座った年配の男性。頭は白髪、くたびれたセーターを着ている。

アサさんもさびしいでしょう？　まあね、でも、いっしょに住んでたころもあんまりしゃべらない人だったから。それに同居してたって言ったって、居候だからね。アサさんが笑った。居候、って。いっしょに住んでたわけだから、タカシさんはアサさんのこと好きだったんでしょ。ええっ、おたがいにそんな歳じゃないし。歳なんて関係ないでしょう？　まあそうだけど、でもそういうんじゃないと思うよ、だって最初に家に来たとき、まあここでもいいか、って言ったんだよ、ここでもいいか、坂の前だし、って。それで勝手に住み着いちゃったんだから。

ははは。でもそれで三年もいっしょに住んでたんだろ。そうそう、三年。いっしょにいたけど、なに考えているのかさっぱりわかんなかった。わからないまま死んじゃった。つまり、わかりたかったんだよな。じゃあ、アサさんの方は好きだったんだ。そりゃ、きらいだったらいっしょには住まないよ。

やりとりがぽつぽつと心のなかに落ちてくる。父の葬儀にいたのはきっとこの人みたいな店のお客さんだったんだろう。わたしの知らない父の話。でも同じだ。母もわたしも父のことはわからなかった。だれのことだってわかっているとは言えないけれど。

でも、変な人だったなあ。いつだったか、自分は持っているものを全部捨てながら生きてきた、って言ってた。最後に自分も捨てる。そしたらすっきりするだろうなあ、って。アサさんが言うと、客は、なんだそりゃ、と笑った。

それからは別の話になってしまい、ユリカさんとわたしもおたがいの仕事や家の話をした。ユリカさんが会社を辞めてからの十数年がふいに消えて、ずっといっしょにいたような気がしてくる。今度は富山に行こう、ヒサエさんも誘って、キヌエさんといっしょに日本海を見よう。ユリカさんはなんだかとてもうれしそうに言って、日本酒を飲んだ。

勘定のとき、ユリカさんのうしろに立っていると、アサさんがこっちを見た。目を細め、じっとわたしを見る。そうして、前にもいらっしゃいましたか、と訊いてきた。いいえ、はじめてです。そうですか、すみません、なんだかどこかで会ったような気がして。アサさんがしずかに笑う。葬儀のときに顔を合わせた。だがあのときも彼女はわたしがだれかまではわからなかっただろう。

言うべきか、言わないべきか。心臓が高鳴る。少し悩んだが結局声は出なかった。

また来てくださいね。店を出るとき、アサさんが言った。いつでも待ってますから。ごちそうさま、おいしかった。ユリカさんがにこやかに言って扉を閉める。ユリカさんと坂をのぼりはじめる。暗いなかに家や店のあかりが灯る。

もしかしたら父は、もとに戻ろうとしたのかもしれない。相生坂の近くに戻って、最初からやり直そうとしたのかも。

いつでも待ってますから。ふいにアサさんの言葉が頭のなかに響いた。やっぱりわかっていたのかもしれない、と思った。意気地なしだ、わたしは。暗い坂に立ってふりかえると、店の灯がぼんやりとにじんで見えた。

赤城神社
裏路地より見る
ジグザグした古い道が残る
ジャニーズ嵐ファンの絵馬多し！
見通しのよい普通の坂。2本平行してある所が面白い。江戸時代、「鼓坂」とも呼ばれていたらしい。
相生坂
鎌倉時代、正安2年、牛込早稲田に創建。弘治元年、現在地へ移る。平成22年に、隈研吾設計の現代風な社殿となる。
八耳神社
出世稲荷神社
東照宮
高台
崖
建設中
つづみ
下ル
上ル
町中華
龍朋《りゅうほう》
地元ファンも多い
アユミギャラリー
井戸
赤城神社
ジグザグ小道
建築家高橋博設計。英国ハーフティンバー風木造建築
亀井堂
食パン美味しい
出口1b
出口1a
出口2
新宿区立白銀公園
瓢箪坂《ひょうたんざか》
坂の形状から名付けられた
神楽坂駅
かもめブックス
カフェ・ギャラリー併設
BOOK
本のセレクト・陳列方法が良い。新しい本との出会いがある本屋さん
木製の連窓
神楽坂通り
手すり支柱
途中で曲がる趣ある階段坂
かつてダンナが住んでました！
一水寮
高橋博設計、元々は大工寮。現在は店舗・事務所として使用されている。登録有形文化財
抜け道
第三玉乃湯
神楽坂上
五十番肉マンうまい
飯田橋駅
ⓐ 第1のくねりポイント
北参道
赤城神社上ル
階段坂
参道なのでずっとまっすぐ見通しよい道
赤城神社
曲がりくねり距離が長くきつい坂
でも良坂！
ⓑ 第2のくねりポイント
赤城坂
周辺マップ
N
最寄り駅
東西線 神楽坂駅
神楽坂上→相生坂→赤城神社→赤城坂コース

16

蛇　坂

母が突然、赤羽に行くと言い出した。フキコ先生が亡くなって、告別式があるのだと言う。フキコ先生とはわたしが通っていた絵画教室の先生のことだ。わたしが四歳から五歳にかけてのころで、そのときは赤羽に住んでいた。父もいっしょだったから、当然、住まいは坂の近くだった。蛇坂という長く蛇行する坂である。

父と暮らしていたころ、わたしたちは四回引っ越している。わたしが生まれたときに住んでいたのは世田谷区の行火坂《あんかざか》の近く。一歳のとき目白の富士見坂に引っ越し、三歳のとき赤羽の蛇坂に越した。つまり、わたしにとって三番目の住まいということになる。一番目と二番目は幼すぎて記憶がないが、蛇坂のことはうっすらと覚えている。それから五歳で三田の幽霊坂、六歳で大田区の蓬莱《ほうらい》坂と移り住み、八歳のときに父は家を出て行った。

その後もしばらくその家にいたが、賃貸契約の更新の時期が近づいて来たとき、母が引っ越すと言い出した。もうこの坂の多い場所はうんざりだ、と。そうして、とにかく坂がない場所を探した。東京の都心や西側は坂の多い土地ばかりだ。東側の町をいくつかめぐって、荒川区の町屋の物件を探しあてた。とにかく土地は平らだったし、母はむかしながらの商店街があるところも気に入ったらしい。それですぐに越した。以来ずっと町屋に住み続けている。坂のない土地で、引っ越しもない。父がいたころとはまったくちがう、根の生えた植物のような暮らしだった。

フキコ先生は母よりかなり年上で、たぶん父と同じか少し上くらい。ずっと独身で、むかしはご両親といっしょに住んでいた。母とはなぜか気があったようで、その後もつきあいが続き、先生が個展を開くと母はいつも見に行っていた。告別式は赤羽駅からすぐの斎場で、わたしは子どものころにお世話になっただけだったけれど、赤羽もいつか訪ねなければと思っていたからいっしょに行くことにした。

告別式は土曜の昼だった。おだやかな最期だったようで、母は久しぶりに会った知人としばらくフキコ先生の絵の話をしていた。

斎場を出て、赤羽の駅ビルで母と昼食をとった。食べ終わるころ、これからどうする、と母が訊いてきた。どうするって？　帰りに寄りたいところでもあるのだろうか、と思って訊き返す。蛇坂に行かなくていいの。母が言った。わたしは驚いて母の顔を見た。あんた、坂をめぐってるんでしょう、お父さんが住んでた坂を。表情も変えず、母は言った。気づいていたのか。すうっと肝が冷えた。答えようとするが、声にならない。めぐってた、ってわけじゃ……。言い訳じみた言葉だけが口からこぼれた。

別にいいのよ、あんたはお父さんの子どもでもあるんだから。お父さん、あんたのところには必ず転居ハガキを送ってきてたし、遺言状にも坂の名前が書いてあったって言ってたもんね。母は見透かしたように言う。怖い、と思う。いつ気づいたのかわからないが、気づいているのにいままでなにも言わなかったのだ。

坂はもうたくさん。重い荷物を持って歩くのはしんどいし、かたむいているところには住みたくない。町屋に引っ越すときの心底うんざりしたような母の声を思い出しながら、いいの？　とおそるおそる訊いた。いいよ、行こうよ。フキコ先生のことを思い出して、わたしも久しぶりに蛇坂に行きたいと思ってたところだったんだ。帰りに歩くことになると思って、ちゃんと歩きやすい靴で来たんだよ。母は笑うでもなく、しかし不機嫌というわけでもなく、ただきばさばとそう言った。

会計をすませ、駅ビルを出る。弁天通りを歩き、蛇坂に向かった。弁天通りは谷の底のような道で、右手は赤羽台の方に上がる斜面、左手も赤羽西に向かっていくつも坂がならんでいる。三日月坂、弁天坂、そして蛇坂。三日月坂に続く路地にはいり、しばらく歩くと坂になる。三日月坂は急坂だ。途中に道灌湯《どうかん》という銭湯があったから道灌坂とも呼ばれていた。道灌湯には何度も行った。銭湯らしい建物に立派な煙突、庭もあった気がする。ぼんやりした記憶がよみがえる。だが、もう跡形もない。

上の通りをしばらく進むと弁天坂。やはり細い急坂だ。坂はくだらず、そのまま上の通りを歩いていく。ここの地形は独特だ。崖が扇型に張り出し、この通りはそれに沿うように大きくカーブしている。通りの右側はずっと急な斜面で、家が下の斜面を覆い尽くしている。

フキコ先生の自宅兼教室は弁天坂と蛇坂のあいだ、通りから右にくだる細い路地の途中にある。路地にはいると対岸の赤羽台の団地群が見えた。いまは見慣れないあたらしい建物がならんでいるが、蛇坂の家からあのあたりがよく見えたことを思い出した。

フキコ先生の家はそのまま残っていたが、教室の看板はなくなっていた。教室、十年ぐらい前に閉じたんだよね。母がぼそっとつぶやく。ふいに教室のなかの風景が頭によみがえった。高い天井。板張りの床。棚には石膏像やオブジェがならんでいた。フキコ先生は、今日はこれを描きましょうね、と言うだけで、わたしたちが絵を描いているあいだはなにも言わない。それでもみんな一心に絵を描いた。あの独特の雰囲気の部屋で絵の具の匂いに包まれていると、なぜか絵を描くことに没頭してしまうのだった。

フキコ先生の教室、楽しかったなあ。あそこで絵を描いていた時間は、なんていうか、自由だった。そうか、よかった。あんたはわたしに似て、あんまり思ったことを口にしないタイプだったからね。でも絵を見ると気持ちがわかるような気がした。母に言われ、そうだったのか、と思う。思ったことを口にしない。たしかにその通りだ。頭のなかに渦巻くものがあっても、口から外に出すことがない。むかしからそうだった。

路地からもとの通りに出て、蛇坂に向かった。建物がなくなった場所から視界が開け、また対岸の団地群が見えた。覚えのあるファミリーショップむらたという洋品店。その向かいに蛇坂の標識の杭が立っていた。

蛇坂《へびざか》

この坂は蛇のようにくねっているところから名がついた。蛇坂とその西にある市場坂の谷を北谷《きたやつ》といった。谷の奥にわき水があり、釣堀があった。夏の夕暮れどきこの谷をうめつくす程ヤンマが飛び交い、この坂でとんぼ採りをする子供達でにぎわったという。

目の前に見覚えのある坂がのびていた。だらだらと長く、蛇行する坂だ。まさに蛇。傾斜はなだらかだが、ときどき階段坂と交差する。わたしたちの家はいちばん最初に交差する階段坂をのぼったあたりにあった。

ゆるゆると坂をおり、階段坂の下で止まった。ここだね、と母が言った。階段の上に家が建っているのが見えた。わたしたちが住んでいたのとはちがう家が。しばらく黙って家を見あげ、ふたりで階段をのぼった。対岸の団地群がよく見えた。フキコ先生はむかしあっちの団地に住んでたんだって。団地群を見ながら母が言う。そうなの？　うん、桐ヶ丘団地っていうところ。そこから家族でこっちに移ってきた。

桐ヶ丘団地？　行ったことあるよ。うっかり口にして、はっと黙った。行った？　いつ？

母がわたしを見る。ここに住んでいたころ。お父さんといっしょに。正直にそう答えた。お父さんと？　母がぽかんとした顔になる。いつも家からあの団地をながめて、ずっとあそこにはなにがあるんだろう、って思ってたんだ。そのことを話したら、じゃあ、探検に行こう、って。

へえ。母はまた笑うでもなく、不機嫌な顔をするわけでもなく、遠い対岸を見た。まあ、お父さんはそういうとこ、あったよね。変わった人だけど、子どもと遊ぶのは好きだった。お父さん自身子どもみたいなところもあったし。母はちょっと笑って、じゃあ、これから行ってみようか、と言った。耳を疑った。この数十年、父の話をするのは避けてきた。母からその話題が出ることもなかった。くらぼね坂に行ったときも、父が住んでいたことは話さなかった。母の方は薄々気づいていたのかもしれないが。

階段をおり、また蛇坂をくだりはじめる。母の真意がわからず、少し緊張した。だが、なぜかあたたかい気持ちになった。春めいた日のせいだろうか。ゆったりと日差しを浴びながら、蛇のなかに潜っていく。お父さんってほんと変な人だったわよねえ。歩きながら母が言った。いつもいつも坂のことばかり。遠出するって言っても、別の町の坂を見に行くだけ。あんたが小さいころはずっとおんぶで、こっちは大変だったのよ。母が言う。だがとげとげしい口調ではない。うっすら微笑んでいるようにも見えた。

蛇坂をおり、駅の方に少し戻る。左側の亀ヶ池弁財天の方に行く細い道にはいった。小さな赤い祠《ほこら》の横を抜けると、対岸の崖を斜めにのぼる坂があった。そのうえに変わった形の団地が見える。母によると、スターハウスというらしい。上から見るとYの形に見える建物で、どの部屋も日当たりがいい。昭和期にはあちこちに建てられていたのだそうだ。もう人は住んでいないようで、となりの大きな敷地は遺跡発掘調査の最中だった。

スターハウスの奥には、あたらしい団地群が広がっている。赤羽の駅の近くから続く赤羽台団地だ。ずいぶんきれいになったんだねえ。白い建物を見まわしながら母が言った。小学校や保育園、公園もあって、遊んでいる子どもや、親たちの姿もあった。親たちの多くはわたしより若い。このままいくと、わたしは一生子どもを持たない。結婚もしないかもしれない。母が亡くなったらひとりきりで生きることになるだろう。

団地を抜けて通りに出た。大きな歩道橋を越えると桐ヶ丘団地が見えた。ここは変わってないんだね。母は建物を見て立ち尽くしている。だが、このあたりも建て替えが進んでいるようで、赤羽台に近い建物は柵に囲まれ、はいれなくなっている。通り沿いに歩いて、桐ヶ丘中央商店街の前に立つ。団地の下に古い看板がかかっていた。ここにはまだ人が住んでいるらしい。ベランダに洗濯物がかかっている。

看板をくぐり、商店街にはいる。万国旗がはためく小さな広場だ。閉まっている店も多いが、青果店に米店、飲食店、洋品店、電気店などいくつかの店がひっそりと開いていた。玩具店の前にはコインで動く遊具や古いゲーム機がならび、店の屋上で鉢植えの植物が風に揺れている。いつの時代のどこにいるのか。ふっとわからなくなる。はっきりした記憶はないのに、たしかにここに来たことがある気がした。

そういえば、ここ、フキコ先生と来たこともあったね。母が言った。そうなの？　うん、たしかフキコ先生がこっちに住んでたころの知り合いがお店をやってて、いっしょに買い物にきた。あんたはああいう遊具に乗って遊んでたわよ。そうなのか、と思う。さっきよみがえってきた記憶がいつのものかはっきりしない。父と来たときか、母やフキコ先生と来たときか。いろんなことが靄《もや》の彼方《かなた》だ。

商店街を抜けるとしばらく古い建物が続いていた。記憶のなかの建物と同じ形だ。真四角の形も、金属でできたドアも。ところどころ、あたらしくなっている建物もあった。団地の案内板を見ると、桐ヶ丘団地はE、W、Nの三つの地区に分かれた広大な団地だとわかった。斜面の上の土地だから、空がやけに広い。

古いプールのある公園。広い空き地の向こうには白い給水塔が立っている。

フキコ先生は、学童疎開に行ったんだよね。空き地に沿って歩きながら、母がぼそっと言った。巣鴨のあたりに住んでいたけど、疎開から帰ってきたら、家は空襲で焼けてたんだって。学童疎開という言葉を久しぶりに聞いた気がした。

フキコ先生のお父さんは戦争に行って帰ってこなかったけど、お母さんとお兄さんは生きていたんだよね。先生が疎開から帰ってきたとき、上野駅にお母さんが迎えに来た。でもねえ、だれも迎えにこない子もいたんだって。上野には親も住む場所もなくした子どもたちがたくさんいた。浮浪児って呼ばれて、食べるものがないから盗みを働いたりして、一日何人も飢えて死んでいった。母はそう言って空を見た。細い雲がいくつも浮かび、流れていく。

家がなくなっていたから、フキコ先生はしばらく親戚の家に住んで、そのあと赤羽の火薬庫に移ったんだって。火薬庫？ そう。それまで陸軍の火薬庫だった建物が終戦で不要になって、家をなくした人たちに開放されたらしくて。一家族六畳くらいの狭いスペースで、となりの家との仕切りは紙。火薬庫に住んでいた人たちは、そこを赤羽郷って呼んでいたんだって。フキコ先生はそんなところで何年も暮らしたみたい。桐ヶ丘団地は、その火薬庫の跡地に建ったんだよ。このあたり一帯、全部陸軍の土地だった。坂の下までずっと。そうか、この土地が。広い団地を見渡す。空の青さに頭がくらくらした。

お父さんも学童疎開に行ったんだよね。うん。でも、お父さんのところは家も家族も無事だった。それでも不自由はしたんだろうけど。終戦後、教科書の不都合な文字を墨で塗りつぶせ、って言われたんだって。真っ黒になるページもあって、真実なんていくらでも変わるものだと悟った、って言ってたっけ。わたしは戦後の生まれだから、戦争のことはあまりわからないんだけどね。母は少しうつむいて地面を見た。

お父さんはさ、ずうっと坂をくだってる人だったんだよ。信じられるものなんてないと思って、親ともうまくいかずに家を出て、ただふらふらと生きてきた。少しだけど財産みたいなものもあって、働かなくてもなんとか生きていけた。だから全然働かなかった。高度経済成長って言われて、みんなが上を目指していたときも、全然のぼろうとしなかった。持っていたものを使い潰し、ただひたすらおりようと思ってたみたい。

母がこんなに父のことをしゃべるのははじめてだと思った。わたしはその勢いに押され、ただ黙って聞いていた。

いろんな坂の近くに住んだのも、東京のすべての坂をくだってやろうと思っていたからかもしれない。でもさ、そんなのおかしいでしょう？　坂にはのぼりもあればくだりもある。というか、すべての坂が、上から見たらくだり坂、下から見ればのぼり坂でしょう？　くだるだけなんてありえない。母の言葉にはっとした。

——蓉子、なぞなぞだ。東京の坂で、のぼり坂とくだり坂、どっちが多いか。

父の声が頭によみがえる。

——のぼり坂とくだり坂の数は同じだよ。だってさ、どんな坂も、のぼりでもあるし、くだりでもあるんだ。上から見るのと、下から見るのでちがうだけ。

父はそう言って笑ったのだ。

お母さん、その話、お父さんとした？　したわよ、何度もね。それでいつも喧嘩になった。そうだったのか、と思った。あのなぞなぞは母とのやり取りから生まれたものだったのだ。

お父さんはね、わかってたと思うよ。わたしは言った。母がわたしをじっと見た。なんでわかるの？　お父さんからそういうなぞなぞを出されたことがある。三田に住んでいたときだよ。

東京の坂でのぼりとくだり、どっちが多いか、って。

え、ほんとに？　母が目を見開く。同じって答えたけど、理由をうまく説明できなかった。そのとき、お父さんは言ってた、どんな坂ものぼりでもあるし、くだりでもある。上から見るのと下から見るのでちがうだけ。さっきお母さんが言ったのと同じこと。そう言うと、母は黙ったままうつむいた。

いつのまにかN地区まで来ていた。このあたりはむかしの風景のままに見えた。古い団地がならび、まだ人も住んでいるらしく、ベランダには洗濯物が揺れていた。あのときは父とふたり、給水塔を目指してこういう団地のなかを歩いたんだった。どこまでも同じ形の建物が続いて、わたしはしだいに自分がどこにいるかわからなくなり、団地の世界から出られないのではないか、とあせった。

あのころはきっと、父と母との暮らしが団地のようにどこまでも続いていくのだと思っていた。だが父はわたしたちのもとから消え、やがて世界から消えた。世界はまぼろしだ。いや、わたしたちがまぼろしだ。世界の上を通り過ぎるまぼろしだ。

若いころはね、そういうお父さんが好きだったのかもしれない。母がぽつんと言った。好き、っていうか、かわいそうだと思った。だからいっしょにいようと思った。でもだんだん無理になっちゃったんだよね。ずっとくだり続ける人生につきあい続けるなんてできない、って思った。母はまっすぐに給水塔を見た。

お父さんがいなくなったとき、やっぱり、って思ったよ。だけど追いかけようとは思わなかった。わたしはもともとくだるのなんか好きじゃない、って気づいたんだ。あんたもいたし、これ以上くだりたくない。のぼるのも好きじゃないけど、くだるのも好きじゃない。同じ場所に踏みとどまっていたい。それに、お父さんの坂くだりはお父さんのものでしょう。結局、同行するなんてできないんだよ。だからわたしはその旅からおりることにした。坂を離れて、平らな場所で生きよう、って決めた。別にわたしの方が捨てられたとかそういうんじゃない、あいこなんだ。お父さんのことも恨んではいないんだよ。遺言状に悪かったって書いてあったしね。

　そうだったんだ。わたしは……。言いかけて口ごもる。母がもう父を恨んでいないことは、どこかでわかっていた気がした。同じ場所に踏みとどまっていたい。それこそがまさにわたしの知る母の姿だった。この前行った赤城坂を思い出す。くだっていった先にある、アサさんの店。あそこが父の最後の土地だった。

——変な人だったなあ。いつだったか、自分は持っているものを全部捨てながら生きてきた、って言ってた。最後に自分も捨てる。そしたらすっきりするだろうなあ、って。

　アサさんの言葉を思い出す。父はいろんな坂で暮らした。でもほんとはどこにも住みたくなかったのかもしれない。これまで訪ねた坂が次々と頭のなかに浮かびあがる。

　少しずつ日がかたむき、団地の壁が色づいてくる。父と歩いたときも、団地はこんな色合いだった。いやもしかしたら長い時間ここを歩いて、その果てに夕暮れをむかえたのかもしれないが。おりていくだけの父。止まったままの母。どちらが正しいとは言えない。たぶんどちらも正しいし、正しくない。正しい、なんて言葉もまぼろしにすぎない。

言えてよかった。すっきりしたよ。母の声が聞こえた。母はこのことを話したくて坂に行こうと言ったのかもしれない。ならよかった。わたしもぼそっと答えた。父のことはわからない。といって、母のこともわからない。なんの答えも出ないけれど、生きているかぎり、のぼったりくだったりしながら歩いていくしかないのだと思った。

母とふたり、団地を歩く。これまでと同じように。言葉を交わすこともなく、同じ方向を向いて。いつの、どの場所を歩いているのかもわからないまま、夕暮れのなかを歩いていった。

高低差の激しい地形や大規模団地群と、見どころ満載
北区域は明治時代より軍施設が建ち始め、「軍都」として栄え、戦後は団地群が建てられた。
地形断面イメージ
団地エリア
弁天通り
蛇坂エリア
桐ケ丘団地
戦後建てられた大規模団地で、E・W・Nの3つの地区がある。建て替えの計画があるようだ
北にN地区がある
◎桐ケ丘中央商店街◎
給水塔
アパートをくぐるとレトロ商店街
桐ケ丘中央商店街
桐ケ丘中央公園
文
桐ケ丘団地E地区
E33
団地フォント
当時の建物がまだ数多く残っていた
赤羽西五丁目アパート
赤羽自然観察公園
緑道
赤羽住宅
旧赤羽台団地 23区内初の大規模団地
陸軍被服倉庫だった所に建てられた。現在はヌーヴェル赤羽台として建て替えられ、41～44号棟（昭和37年建設）は、令和元年に登録有形文化財に登録された
階段室
全住戸が南面する贅沢な設計
おしゃれな現代風
板状階段室型
よく見るタイプ
スターハウス
JR赤羽駅西口
ヌーヴェル赤羽台
44
41
43
42
公園
弁天池の坂
亀ケ池弁財天
埋蔵文化財発掘中
陸軍施設跡
谷の底一番低い
高台
弁天通り
下ル
弁天坂
道幅約3m程の急坂
三日月坂
坂上に"三日月茶屋"があったことが由来。坂自体も三日月のような形をしている
三岩通り
ヌーヴェル赤羽台
蛇のようにくねっている長い坂。傾斜はゆるやか
上ル
階段
下ル
対岸を一望できる
見晴らしgood
ファミリーショップむらた
交差する階段坂が、景観に面白さを与えている
蛇坂
平成九年三月
東京都北区教育委員会
N
周辺マップ
最寄り駅
JR赤羽駅西口
蛇坂 → 旧赤羽台団地 → 桐ケ丘団地コース
参考文献：北区HP、UR都市機構HP

17

蓬莱坂

二年以上続いた坂めぐりだったが、春になってぴたりと止まってしまった。新型コロナウィルスの影響である。三月も不穏な状態が続いていたが、四月になって緊急事態宣言が発令されると、会社も完全なテレワークとなった。

学校も休校、店も映画館も劇場も博物館や美術館もなにもかもが閉まり、みんなどこにも行かなくなった。テレビにはこれまで見たことのないようながらんとした街が映し出され、見るたびに不思議な気持ちになった。原因がウィルスだから、ほかの災害とちがって風景には変化がない。なにも起こっていないように見える。だが、政府も自治体も不要不急の外出を控えろと言った。坂めぐりはまさに不要不急である。坂を歩くだけなら問題ないとも思うが、目あての坂に行くためには電車に乗らなければならないし、外を歩いているだけで不謹慎と言われそうな気配もあった。

数年前に引退した母はいつも家にいる。それで、平日の昼間もずっとふたりで過ごすことになった。母とは家のなかでいくらいっしょにいてもまったく衝突することがなかった。たいていはそれぞれ自分の部屋で過ごし、食事のときだけリビングに出てくる。とくに口に出して相談することもなく、家事は自然とふたりで分担し、それ以外はおたがいに干渉することもない。母と自分が似ていると感じたことはなかったが、生活に関する本性のようなものだけは一致していて、これ以上ストレスのない関係をほかのだれかと築くのは不可能に思われた。

外出自粛が続き、坂に行けない日々が続くと、途中から坂に行きたい気持ちが募った。これまで行った坂の風景が頭によみがえり、そのとき撮った写真をながめた。ほとんど飢餓感である。父が暮らした坂でなくてもいいから、とにかく坂に行きたかった。だが、なにしろうちのまわりは土地が平らで、坂などどこにもない。坂というのは、あるところにはたくさんあり、ないところにはないのである。東京の東側には坂のない低い土地が広がっていて、電車を使わなければわたしはそこから出ることができないのだ、と気づいた。

もちろん、こんな状態が何年も続くわけがない。それでも坂に行きたいという思いはふくらんでくる。坂に行きたい、坂に行きたい。ときどきそんな思いがこみあげてきて、いてもたってもいられなくなる。

五月の終わりになって、緊急事態宣言が解除され、人々はまた少しずつ外出するようになった。会社は依然としてテレワーク推奨だが、週に一度か二度は出社しなければならない用もあり、電車にも乗るようになった。駅にも電車にも少しずつ人が戻ってきた。だが行き交う人はみなマスクをつけている。しずかに話すことが推奨され、このままいくとそのうちみな声で意思疎通をすることをやめ、公用語が手話になる日がくるかもしれない、などと思った。

街なかの風景も変わった。飲食店も開いている店はほとんどなく、営業していたとしてもテイクアウトのみだったりした。閉店してしまった店もちらほら見え、目に見えない怪物がうろついて、街をじわじわと壊しているようにも感じられた。ほんとうだったらあと一ヶ月ほどでオリンピックのはずだったのに、いまとなっては夢みたいだ。

家の最寄駅の町屋からは、いつも千代田線で西日暮里まで出て、山手線で御徒町へ、上野御徒町から都営大江戸線に乗り換え、蔵前に行く。山手線では電車からでも坂が見える。坂が見えるたびに電車をおりたいという思いに駆られたが、坂めぐりはやはりどう考えても不要不急であり、行きたいという気持ちが募るほど、気ままな道楽に思えてくる。結局いつも思いとどまり、会社と家を往復するだけだった。

その日は会議があって出社し、たまっていた雑務を片づけ、五時過ぎに会社を出た。電車は空いていた。乗り換えのために山手線のホームに立ち、上野の山が見えたときどうしても坂を歩きたくなった。これまでに行った坂の風景が頭によみがえり、父の暮らした坂でなくてもいい、名前のない坂でいい、どこでもいいから傾斜のある道を歩きたい、と思った。

このままここで駅を出よう。上野のあたりには坂はたくさんある。奏楽堂の裏から谷根千に向かってもいい。だが、どうせ行くなら。そう思って足が止まった。蓬莱坂。その名が浮かび、心臓がぎゅっとなる。蓬莱坂は大田区の西馬込の近くにある長い坂だ。わたしたちが父と最後に暮らした坂。赤城坂と同じようにずっと避けてきた坂である。坂めぐりをはじめたころ、大森までは行った。そのとき少し足をのばせば西馬込だった。だが行かなかった。その後もどうしても行くことができなかった。

でも、これからしばらく坂をめぐることができないのだとしたら、あそこしかないと思った。西馬込は都営浅草線の終点だ。ここから家と逆方向の山手線に乗って新橋か田町か五反田で乗り換えれば行ける。簡単なことだ。こんな状態になる前だったらなんでもないことだった。いつのまにか歩き出し、階段をおりて一、二番線ホームに向かった。ちょうどはいってきた山手線に乗る。電車は空いていた。座席に腰かけたとたん、思わず息をついた。ふだんならなんでもないことなのに、とんでもないことをしているような気がした。

秋葉原、神田、東京、有楽町。窓から見慣れた東京の景色が見える。がたんがたんと電車が揺れる音がして、人間だけがこんなふうに乗りもので移動するようになって、大きなビルを建てて土地の主のように闊歩していることが滑稽なことに思えた。

新橋で都営浅草線に乗り換える。三崎口行だったので、泉岳寺で乗り換え、西馬込に向かった。いまの家に越してから、西馬込に行ったことはない。いまの家に越したのはわたしが中学にあがる春のこと。つまり西馬込を訪れるのはそれ以来、ということになる。

電車をおりて地上にあがる。小さな建物から外に出ると、目の前が国道一号で、ああ、知ってる、と思った。まわりの店や建物は変わっていたが、広い国道の横に立つ駅の小さな建物や、そこからうちの方に向かう小道は泣きたくなるほどむかしと同じだった。

東口から小道を通って右に曲がり、広い道を渡る。右手に都営線の車両基地。少し進むとわたしが通っていた小学校があり、門からのぞくと校舎と校庭が見える。ここに通ってたんだ、としばらく立ちどまっていた。学校には人の気配はない。むかしはこの校庭で遊んだ。遠いむかしのことなのに、建物はあまり変わらず、なんだか嘘みたいだ。坂をのぼるうちに小学校時代のあれこれが少しずつ頭によみがえってくる。

それまでに住んだ家のことはどこか夢のようだったが、西馬込のことはかなり鮮明に覚えている。その前の家はどこも二年ぐらいしか住まなかった。だが父が出ていったので、西馬込には母とふたりでさらに数年住んだ。年齢があがって物事がわかるようになったということもある。学校もひとりで通うし、子どもだけで活動することも増え、親に連れられていたときとはちがって主体的に道を覚えるようになった。近所の公園だけでなく、国道の向こうの公園まで遠征することもあったし、ただぶらぶらと近所を歩きながらおしゃべりすることもあり、いつのまにか都心に通勤するだけの母よりあたりのことにくわしくなっていた。

休みの日も友だちと遊ぶようになり、父と散歩することはほとんどなくなった。父は坂のことばかり話していたが、学校の友だちは坂にほとんど関心がないのだと気づいた。このあたりは異様に坂が多く、ローラースケートや自転車で滑りおりる楽しさについて語ることはあっても、坂自体の形について語るものなどいなかった。急に世の中の多くの人は坂に関心がないと悟り、知らず識らず、坂を意識することも減っていった。

　小学校の前の坂をのぼりきり、信号を渡るとぱあっと視界が開ける。目の前に貴船坂という坂がのびていて、遠く川崎の方まで見渡せるのだ。のぼったと思ったらすぐくだり。それがこのあたりの土地の特徴だ。右手には池上本門寺の山があり、木々がこんもり茂っている。なんだか気持ちまでぱあっと開けて、急な貴船坂をぐんぐんくだっていった。

　坂の下までおりて右側の小道にはいると本門寺公園。寺の山のふもと一帯に広がる公園で、児童遊園やグラウンドなどがある。子どものころはその児童遊園や山の斜面でよく遊んだ。公園にはいってみるとわたしが子どもだったころの遊具はもうなくなって、別のものに変わっている。だが山は変わらない。ここでよくどんぐりを拾って歩いたり、秘密基地ごっこをしたりしたな、と思った。

　貴船坂の下から本門寺の山とは逆の方向にも坂がのびている。この坂には名前がない。だがのぼりきると、反対には汐見坂という坂があってまたくだる。汐見坂というのは、むかしはそこから海が見えたことからついた名だ。大森から蒲田にかけて、いまは埋め立てが進んで陸地が遠くまでのびているが、むかしはすぐ近くまで海だったのだそうだ。本門寺に飾られた江戸時代の地図を見て、ほうっと思ったのをよく覚えている。

　名前のない坂をのぼりはじめ、途中で右に行く小道にはいった。その先に急坂があり、坂の左右が階段になっている。貴船坂やわたしたちの家があった蓬莱坂は広い道だが、このあたりにはいくつも入り組んだ小道があり、あちこちにこういう階段坂がある。坂をのぼりきり、そのまままっすぐ進むと太田神社だ。神社の向こうはまたくだっている。神社の参道も階段坂で、くだった先にはいまどきめずらしい電話ボックスがある。このボックスはむかしもあった。電話やボックスの形は変わっていたが、残っていたことに驚いた。

坂の下の道を左に進むとわたしたちの家があった蓬莱坂の下に出る。いったん坂の下に立ったが、のぼりたくない。ここは上からくだると決めていた。それでそのまま通り過ぎ、ひとつ先の坂をのぼった。こちらの方が急坂で、途中少しカーブがある。蓬莱坂は車の通りもあるので、わたしはこっちの坂の方が好きだった。坂をのぼりきり、道を渡った向こうにはくだりの階段坂になっている。階段坂の上からはこのあたりの山と谷の地形がよく見えた。

わたしはこのおそろしく見晴らしの良い階段坂が好きだった。両脇の階段でよくじゃんけんグリコをしたし、高学年になってからは階段に座って友だちと話すこともあった。女子の友だちの、だれそれくんがかっこいいとか、なになにちゃんとだれそれくんがつきあっている、などという噂は当時のわたしにとってなにがおもしろいのかさっぱりわからない退屈な話で、しかし楽しいふりをしないと世の中ではやっていけないのだと思っていた。どうせ家に帰ってもだれもいない。そのころはもう父は家を出て、母は仕事で毎日帰りが遅かった。それになぜか階段坂にいること自体が楽しく、友だちと友だちらしいことをしているという充実感もあって、ずっとここにいたいと思った。

父が出ていったのはわたしが三年生のときだった。お父さんがいなくなったらしい、と最初のうちは少し噂になったみたいだったが、子どもなりに気をつかっていたのか、親や教師から言われていたからか、だれも直接わたしにそのことを訊かなかった。たまに父親の話になったとき、わたしがいるのに気づいて話に妙な間があくときがあり、なんだか申し訳ないような気がした。だが長期休みやクラス替えのたびにみなだんだんそのことを忘れていき、わたし自身もそれがあたりまえになっていった。

坂の上の道をそのまま歩いて、こんもりと木々が茂る小山に突きあたる。右も左も急な坂。左に行く坂は半分階段坂になっている。みると下に大きな児童公園ができている。むかし佐伯栄養学校があったところが開かれて、公園になったのだ。佐伯栄養学校はどうなったのだろう。なくなったのか、移転したのか。むかしは門から校舎に向かう林のなかの坂になんとなくあこがれたものだったけれど。

公園は夜になると施錠されるらしく、人影はない。その前はむかしと変わらず五叉路になっていて、角に小さなお地蔵さんがある。左に行けば汐見坂だ。汐見坂にはむかしよく遊んだノリエちゃんの家があった。もうずっと連絡をとってもいないのに、坂の下に立ったとたん、ノリエちゃんという名前が勝手によみがえってきて、自分でも驚いた。汐見坂をのぼっていくと、途中に中央五丁目公園という児童公園がある。広い公園で、園内に起伏があり、その斜面を使った大きな遊具がある。

坂の途中にノリエちゃんの家が見えた。ノリエちゃんの苗字の表札がかかっている。でもノリエちゃんが住んでいるかはわからない。両親はいても、ノリエちゃんはもう結婚してどこかに行ってしまったかもしれない。汐見坂をのぼるあいだ、あちこちに自分の影を見た気がした。外出自粛の影響か、それともそもそも住宅地だからこの時間には人がいなくなるのか、ここまでもずっと人通りが少なかった。薄暗く、さびしい坂道にノリエちゃんやほかの友だちと地面にチョークで丸を描き、けんけんぱをしている姿が浮かぶ。これまでとちがって、この町にはわたしの姿があった。父と切り離され、ひとりで友だちと行動している自分のあとがあちこちに残っていた。

坂の途中の家はあたらしいものも多かったが、いくつか見覚えのあるものもあった。こうして見ると、建物は変わるし、町名や番地だって変わることもあるけれど、道というのは案外残る。区画整理で道の場所が変わることはあっても、坂はそう簡単に移動できない。それに、坂の名前というのはたいてい通称で、町名や番地とちがって行政で定められたものではない。いつのまにかそう呼ばれるようになっていた、というだけ。区画整理で変えられることもない。整えられて道幅や傾斜が変わることはあるだろうが、名前だけはそのまま残ったりするものなのかもしれない。父は移り変わる風景のなかで、できるだけあとの残る場所を選んだのかもしれない。

汐見坂をのぼりきると交差点があり、左にくだっていくのがわたしたちの住んでいた蓬萊坂だ。坂の上に立つと、目の前になつかしい風景が広がった。立ち尽くし、遠くまで広がる風景をながめおろす。
わたしたちはここにいた。
父と母とわたし。三人でこの坂の家に住んでいた。

蓬莱坂
坂上の東北（中央三丁目四－二）に通称「黒鶴稲荷」という稲荷社がある。伝説によるとその境内で捕獲された黒い鶴を、将軍家に献上したところ吉兆であると喜ばれたという。「蓬莱」とは、縁起のよいことに使われる意味もあり、坂名はその黒鶴伝説に因みつけられたのであろう。

蓬莱というのは、黒鶴稲荷の黒鶴のことだったのか。子どものころはそんなことも知らなかった。夏になると毎年黒鶴稲荷でラジオ体操が行われた。そこで学校の友だちと会って、遊ぶ約束をしたりした。お祭りもあった。このあたりでは夏や秋にたくさん盆踊りやお祭りがあった。黒鶴稲荷に本門寺、馬込八幡神社。友だちと約束して、あちこちの祭りに行った。いまとなってはなにが楽しかったのかわからないが、暗いなかに火が灯るのを見ていると、どこか知らないところに来たような気がした。

坂をいくらめぐっても、父がなぜ坂から坂へ移り住んだのか、はっきりした答えは出なかった。生きているうちに会いに行けば、なにか答えのようなものが得られたのかもしれない。あるいはいまからでも赤城坂のアサさんのところに行って自分の素性を話し、父のことを訊けばなにかわかるのかもしれない。でも、大事なのはそういうことではない気がした。そこには答えなんかきっとないのだ。父自身もなぜそうしなければならないのかわからなかったのかもしれない。

——なあ、蓉子、父さんはまたちょっとちがう坂に住んでみたいと思うときがあるんだ。

そういえば、出ていく少し前、父がそんなことを言っていたな、と思い出した。特別仲がいい友だちがいるわけでも、学校に愛着があるわけでもなかった気がするが、ただ慣れたこの土地を離れるのがなんとなく怖くて、わたしは即座に、引っ越したくないなあ、と答えた。

——そうか、そうだよな。母さんにも蓉子にも、自分の暮らしがあるもんなあ。

父はそう言って笑った。

その数日後、母が仕事に行ったあと、父はひっそりと出て行った。わたしは夏休み中で、いったんラジオ体操に行ってから、父と母と朝食をとった。その後母は仕事に出かけ、わたしは友だちとの約束の時間まで間があったから、自分の部屋でごろんと横たわり、読みかけの本を読んでいた。そのうちにうたたねしてしまったのだろう。

玄関の方でがたがたいう音に気づいて、父が出かけようとしているのだな、と思った。一瞬、玄関まで出て、行ってらっしゃい、と言おうかと考えたけれど、ぼんやりしてすぐには起きあがれなかった。がたがたいう音はやみ、鍵ががちゃんと閉まる音がした。まあ、いいや、お父さんはいつもいるんだし、またすぐに会えるんだし。そう思ったとたん、なぜか、でもたとえば出先で死んじゃったら、と、いつもは考えもしないことを急に思いつき、あわてて起きあがって窓から道を見た。

いつもと同じように坂をくだっていく父のうしろ姿が見えた。なぜか、小さいころよく父に連れられて坂を歩きまわっていたことを思い出した。小学校にはいる前の記憶は、そのころのわたしにとってはとても遠く、かすかでぼんやりしたものだった。お父さんって坂が好きだったよなあ、なんであんなに好きなんだろう、と思い、数日前にまたちょっとちがう坂に住みたい、と言っていたのを思い出して、変人ってやつかな、と少し笑いそうになった。そうして、帰ってきたらなぜなのか訊いてみよう、と考えているうちにまたうたたねしてしまった。

だが、それきりだった。あのときのうしろ姿は大きな荷物などなにも持っていなかったのに、父はそのまま帰ってこなかった。あとで母から、父がまた引っ越したいと言っていて、蓉子の学校もあるし、そういうわけにはいかない、と答えた、と聞いた。もしかしたら父は、だからわたしにちょっとちがう坂のことを訊いたのかもしれない。わたしが引っ越したくないと言ったから、父は出て行ったのかもしれない。

母は父ではなくここでの暮らしを選び、わたしもまたここでの暮らしを選んだ。わたしたちはふたりとも父を否定した。それはそんなに変なことじゃないだろう。転勤のように会社から強制されたことではない。引っ越しは父の道楽だ。母やわたしがこころよくしたがうだろうと思っていたのだとしたら、あまりにも手前勝手な理屈である。父ももちろんそれくらいはわかっていたのだろう。だからわたしたちに言われたことを受け入れた。わたしたちではなく坂を選び、あっさりと出ていった。手ぶらのような格好で。

しばらくはいつか帰ってくるのだろう、と思っていた気がする。少しだけ別の坂に住んで、満足したらまた戻ってくるのだろう、と。だが一年経ったあたりでわたし宛に父からの転居通知が届いた。裏面に知らない坂の名前が書かれていた。それを見たとき、父はもう戻らないと悟った。

くらぼね坂に行くまで知らなかったけれど、母はそのあいだに別の女に会ったりして、いろいろ思うところがあったのだろう。あるとき急に決意していまの家に越した。中学にあがる節目だったし、当時のわたしも、それが母とわたしにとって必要な儀式であると知っていた。だからすんなりと引っ越しを受け入れた。そうして、わたしは父にならい、父のあたらしい住所に転居通知を出した。

その後も父からは引っ越しのたびに転居通知がきたが、出ていった父に会う気にはなれなかった。ずっと時間が経ってから、一度くらい父と会ってみるか、などと思い立っても、また今度でいいだろう、とのばしのばしにしているうちに父は死んで、二度と会えなくなった。もしかしたら父の方だって、いつかは戻ろうと思っていたのかもしれない。戻らないまでも、一度くらいは会いに来ようと思っていたのかもしれない。だが、結局そのまま死んだ。

坂をめぐる前にくらべたらいろんなことを知ったが、わかったとは言えない。説明が得られることと、わかることとはちがう。なにがどうなったらわかったと思えるのか。

いまの家に引っ越す少し前、ひとりでこのあたりを歩きまわったことがあったのを思い出した。馬込城があったという湯殿神社から郷土博物館の前を抜け、萬福寺のあたりをうろうろした。坂を歩きながら、父はなぜあんなに坂が好きだったのか、と問い続けた。歳はとったけれど、わたしはあのころとなにも変わっていない。

これまでめぐった坂が次々に脳裏をよぎり、その坂たちが父の生きた証のように思えた。なにもかも捨てて坂をめぐることでしか生きられなかった父の、生きた証。

坂をのぼり、坂をくだったすべての人たちと同じように、わたしたちも生きて、坂をのぼったり、くだったりして、いつかこの世から消える。どの人生もその人だけのもので、ほかの人から見たらわけがわからないし、きっと本人もわけがわからないまま、ただ生きている。

スマホがぶるっとふるえ、見ると母からのメッセージが届いていた。

——遅いから先に食べちゃったけど、ごはんもおかずも残ってるよ。

もうすぐ帰る、とだけ打ってスマホをしまう。

このままいけばたぶんわたしより先に母は亡くなるだろう。わたしはいつかひとりになる。

だからと言っていまさら結婚するとも思えないし、母をひとりにしたくない。だが、母がいなくなったあともあの家にそのまま住み続けるのだろうか。

蓬萊坂をくだりはじめる。わたしたちがかつて住んでいた家はもうない。空は暗く、遠くに川崎の工場の火が見えた。いまのような状況でも火は燃えて、人々の営みを支えている。

――蓉子、なぞなぞだ。東京の坂で、のぼり坂とくだり坂、どっちが多いか。

父の言葉がよみがえる。

一歩ずつ坂をくだる。

生きて、歩いている。

都営浅草線
西馬込駅
東口
南口
第二京浜
東京都交通局
馬込総合車両基地
文
↙2F部分
下ル
坂の途中、土地の高低差により2階
建てが平屋のようになり、空が広くなる
蓬莱坂の坂名の
由来となった神社。
徳川家光の頃鷹匠
が境内で捕えた黒
鶴を将軍に献上し
吉兆と賞された
上ル
松濤園
蓬莱坂
汐見坂
黒鶴稲荷
かつて坂
から海が
見えた
上ル
階段
五ツ叉地蔵
日蓮聖人
御廟所
小堀遠州
の造園と
いわれている
下ル
貴船坂
見晴らし
良い
上ル
公園
下ル
急坂22°
下ル
佐伯山
緑地
スカイ
ツリーが
見える
上ル
急坂17°
卍本殿
弁天池
上ル
下ル
力道山
のお墓
本門寺
公園
GOAL!
紅葉坂
卍大堂
下ル
太田神社
そば屋だった
建物。古い
壁掛けメ
ニューがある
古民家カフェ
卍
卍
卍
雑木林の
小高い丘
卍五重塔
階
段
坂
創建350年以上前
といわれている。
高台にあり、古くから
景勝地だった。
東京唯一、那須
与一ゆかりの神社
仁王門
池上本門寺
約700年前、
日蓮聖人が
入滅した霊跡。
日蓮宗の大本山
蓮月
総門
名無し坂
香川
迫力ある大堂!
急坂の為、両脇に
階段坂がある
此経難持坂《しきょうなんじ》
蓬莱坂（ほうらいざか）
周辺マップ
N
1606年頃、加藤清正が
寄進、造営されたと伝え
られている石段。「法華
経」宝塔品の偈文96文
字にちなみ96段である。
当時の姿を残していると
いわれている
カイダン
カイダン
上ル
良坂
最寄り駅
西馬込駅
主人公が辿ったコース ＋ 池上本門寺
参考文献：池上本門寺、太田神社 HP

初出
ＰＲ誌『ちくま』二〇一七年一二月号―二〇二〇年六月号に隔月掲載。
「17　蓬莱坂」は書き下ろし。

ほしおさなえ

1964年東京都生まれ。作家。1995年「影をめぐるとき」が群像新人文学賞小説部門優秀作に。小説に『活版印刷三日月堂』シリーズ（ポプラ文庫）、『菓子屋横丁月光荘』シリーズ（ハルキ文庫）、『紙屋ふじさき記念館』シリーズ（角川文庫）、『言葉の園のお菓子番』シリーズ（だいわ文庫）、『三ノ池植物園標本室』（ちくま文庫）など多数。ほかに児童書『ものだま探偵団』シリーズ（徳間書店）、詩集『夢網』（思潮社、大下さなえ名義）などがある。

東京《とうきょう》のぼる坂《さか》くだる坂《さか》

二〇二一年五月三〇日　初版第一刷発行

著者　ほしおさなえ

発行者　喜入冬子

発行所　株式会社　筑摩書房
一一一-八七五五　東京都台東区蔵前二-五-三
電話番号　〇三-五六八七-二六〇一（代表）

印刷・製本　三松堂印刷株式会社

ISBN978-4-480-80503-4 C0093

◉筑摩書房の本◉

未知の鳥類がやってくるまで

西崎憲

「行列」「開閉式」「東京の鈴木」などSF的・幻想的・審美的な作品と、書き下ろしの表題作をはじめ本をめぐる冒険の物語。全10作をおさめた不思議な味の短篇集。

◉筑摩書房の本◉

睦家四姉妹図

藤谷治

横浜は戸塚区の原宿の家で、睦家の四姉妹、貞子・夏子・陽子・恵美里はそれぞれの人生模様を生きていく——。平成の日本を浮き彫りにする傑作ホームドラマ。

空芯手帳

✻第三六回太宰治賞受賞

八木詠美

女だからという理由で延々と雑用をこなす人生に嫌気がさした柴田は、偽の妊婦を演じることで空虚な日々にささやかな変化を起こしてゆく。